D1857322

Maja im Weihnachts-Chaos
Ein Advents-Krimi in 24 Kapiteln

Bibliografische Information der Deutschen Nationalbibliothek
Die Deutsche Nationalbibliothek verzeichnet diese Publikation in der Deutschen Nationalbibliografie; detaillierte bibliografische Daten sind im Internet über http://dnb.d-nb.de abrufbar.

FSC
www.fsc.org
MIX
Papier aus verantwortungsvollen Quellen
FSC® C014496

5 4 3 2 16 15 14 13 12

© 2012 arsEdition GmbH, München
Alle Rechte vorbehalten
Text: Claire Singer
Covergestaltung: Sandra Stefan
unter Verwendung von Bildmaterial von getty images/thinkstock
ISBN 978-3-7607-6681-2

www.arsedition.de

C. Singer

Maja im Weihnachts-Chaos

Ein Advents-Krimi in 24 Kapiteln

arsEdition

Freitag, 30. November

Maja zieht den Schal fester um Hals und Mund. Gar nicht so einfach, denn es ist ein Witz von einem Schal, dünn und mit einem Muster aus Löchern. Ein eisiger Wind fegt in die Ecken des Schulhofs, in die sich kleine Grüppchen Schülerinnen drücken und die Köpfe zusammenstecken. Nur Maja hat eine Ecke für sich. Eigentlich völlig klar, Maja wundert sich auch längst nicht mehr und zieht noch ein wenig fester an den Schalfransen, die schon bessere Zeiten gesehen haben.

Diese Situation hat ihr Cleo eingebrockt. Cleo, die Schöne. Cleo, die Anführerin. Cleo, die »Ich reiß die Klappe so weit auf, dass alle sehen, dass ich keine Zahnspange tragen muss«. Cleo aus Reichtumshausen. Cleo, die Beliebte. Die Daumen-rauf/Daumen-runter-Institution.

In Majas Fall ist das Mobben für sie eine eher einfache Aufgabe. Denn Maja ist zwei Köpfe kleiner als Cleo, unscheinbar, dünn, mit einem blassen Gesicht. Maja hängt nachmittags auch nicht an den üblichen In-Treffs ab. Maja simst und chattet nicht, denn sie hat nicht die passenden Geräte zum Simsen und Chatten. Maja schreibt bessere Noten als Cleo, obwohl sie weniger Zeit hat. Denn Maja muss ihrer Mam helfen. Bald jeden Tag, und das nicht in einer Edelboutique oder in einem schicken Lokal, sondern auf dem Künstlerweihnachtsmarkt, der morgen eröffnet wird. Was heißt, dass Maja die nächsten 24 Tage nach der Schule gebrannte Mandeln und Postkarten verkaufen wird. Von 14 bis 20 Uhr. Bei Wind und Wetter. Vor Englischarbeiten. Nach anstrengenden Sportstunden. Während andere bei Adventsfeiern sitzen, Plätzchen backen und in Ruhe ihre Geschenke basteln, wird Maja ranklotzen müssen, sonst können sie und ihre Mam einpacken. Licht aus, Hartz IV beantragen. Der jährliche Künstlerweihnachtsmarkt ist die Haupteinnahmequelle. Köstlicher als Mams Mandeln sind keine anderen. Schöner verpackt auch nicht, denn Majas Mam lässt sich immer wunderschöne Tütenmuster einfallen. Mal mit altmodischen Miniblumen, andere mit leuchtenden Punkten und Schnörkelschrift, wieder andere mit Rentieren darauf oder mit bunten Schneemännern. Keines wie das andere, denn Mam bedruckt kleine weiße Papiertüten mit Stempeltechnik. Dazu schnitzt sie aus dicken Riesenradiergummis die Motive, färbt die Stempelflächen mit Acrylfarbe und verziert so die Tütchen. Die haben Sammlerwert, und das ist das Geheimnis von Mams Mandelstand: Manche Kunden kommen jeden Tag und kaufen so viele Mandeln, als wollten sie selbst damit handeln. Alles nur wegen der hübschen Verpackung. Meistens nehmen sie dann auch noch einige Postkarten mit, die Mam in derselben Technik mit Weihnachtsmotiven bedruckt. Denn Majas Mam ist eigentlich Illustratorin. Aber leider hat es nie gereicht, um damit genug Geld zu verdienen. Und dann kam der Tag, als sie von ihrem Onkel einen Karamellisierofen geerbt hat. So einen großen Kupferkessel, in dem Wasser, geschmolzener Zucker und Vanille jene honigfarbene Mischung ergeben, in die man feinste Mandeln aus Ägypten rührt und so lange dreht und wendet, bis sie einen hauchzarten Knackmantel aus Zucker bekommen. Dann kommt Majas Lieblingsarbeit. Die dampfenden Mandeln mit einer Kelle aus dem Topf holen und in eine der zierlichen Künstlertütchen füllen. 100 Gramm für drei Euro. Maja hat schon oft geholfen, allerdings immer nur ausnahmsweise, wenn Mam sie nach langem Anbetteln gelassen hat oder Mams Freund Jan keine Zeit hatte.

Dieses Jahr ist alles anders. Denn Majas Mam ist schwanger. Und Jan ist weg. »Wegen Panik«, »einer anderen«, »zu viel Verantwortung«, »noch nicht reif für ein Kind«, »so viel Veränderung«, »können wir uns nicht leisten«, »wie soll das gehen« oder von allem etwas, hat Mam gesagt, nachdem sie drei Tage geheult hat wie ein Schlosshund und schließlich Jans Siebensachen in einen kackbraunen Müllsack gesteckt hat. Das war vor acht Monaten, und das Würmchen in Mams Bauch hatte damals noch die Größe einer Erdnuss. Heute spricht Mam von ihrem Elefantenbaby, wenn sie sich über den Bauch streicht, der sich tatsächlich mächtig unter dem dicken Wollmantel wölbt. Dass der Bauch total unpraktisch beim Mandelnkaramellisieren ist, ist ja logisch. Deswegen hat Majas Mam eine hölzerne Riesenkelle gekauft und einen Elefantenlöffel, mit dem man über den Bauch hinweg im tiefen Topf die Mandelmasse rühren kann.

Maja muss, wenn sie daran denkt, hinter ihrem Schal ein wenig glucksen. Bei dem ganzen Haufen Kummer, den Mam in den letzten Monaten hatte, ist anscheinend passend zum Bauch auch ihr Humor gewachsen. Sehr praktisch, vor allem für Maja, die in der Schule wenig zu lachen hat.

Maja lässt die fransigen Schalenden los und beschließt, wieder ins Schulhaus zu gehen. Zu eisig ist die Luft, von der sie in den nächsten dreieinhalb Wochen noch genug haben wird, denn der kleine Mandelstand bietet keinen guten Schutz gegen die Kälte. Und für neue Winterstiefel hat es auch nicht gereicht.

Maja bemerkt aus dem Augenwinkel, dass ihre spezielle Freundin Cleo mit einem kleinen Fantrupp über den Schulhof schlendert. Nicht allzu schnell, aber zielgerichtet, genau auf Maja zu.

»Na, bald Zimtparty, Maja? Pass auf, dass du dich in deinem Kupferkessel nicht verläufst. Und nasch nicht so viel, siehste ja, was das mit der Figur macht, wenn du deine Mutter anschaust!« Ein waschechter Cleo-Kommentar, bei dem sie sich sicher sein kann, dass alle ihre Freundinnen sie nun bewundern. Cleos Witze sind billig und entsprechend nervig. Maja hat seit einiger Zeit eine gute Strategie entwickelt, um die Bosheiten abtropfen zu lassen. Ihre

Mam nennt es das Teflonprogramm, aber heute gelingt ihr das nicht ganz. Vielleicht weil der Witz auf Kosten ihrer Mam ging, die nun wirklich die absolute Pechkarte gezogen hat. So viel Pech, wie es sich die reiche, behütete Cleo wohl nicht vorstellen kann, ganz abgesehen davon, dass Maja Cleos Verstand auf Mandelgröße einstuft. Aber das wäre unfair den Mandeln gegenüber.

»Ach Cleo, wenn du schon deine lächerlich kleine Witzkiste öffnest, dann schütte sie doch nur über Anwesende aus. Und jetzt lass mich durch, mir ist kalt!« Maja versucht zwischen Cleo und ihren vier Bewunderinnen durchzuwischen, die sich wie ein Sichtschutz aufgestellt haben und an ihren Fingernägeln knabbern.

»Ach, ich dachte, du stehst auf Polarjobs?« Cleos Blick ist zwischen Pitbull und Zuckerwatte angesiedelt und erwischt Maja genau in dem Augenblick, in dem sie sich durch die Viererkette Mädels durchdrängeln will.

»Danke Cleo, du hast einfach Einfühlungsvermögen und bringst es wie immer auf den Punkt!« Auch wenn Majas Stimme noch ein bisschen dünn klingt, hat sie sich wieder gefangen. Sie registriert den abschätzigen Blick Cleos, der sie nicht beeindruckt, auch nicht ihre spöttisch verzogenen Mundwinkel und schon gar nicht die Eisblicke der Cleo-Crew. Eisig ist es ohnehin, da hilft nur eins: Schal hoch bis zu den Augen und durch. Leider übersieht Maja bei der Aktion die vorwitzigen Stiefelspitzen Cleos und legt sich einmal lang.

Nur nicht aufregen. Maja rappelt sich wieder hoch und geht, ohne sich noch einmal umzudrehen, ins Schulhaus. Als Cleo noch ruft: »Pass auf, dass du keine Mandelaugen bekommst!«, perlen die Worte schon wieder an der bewährten Teflonschicht ab. Bis heute Nachmittag wird der Vorfall nur noch eine müde Erinnerung sein. Dann wird sie mit ihrer Mam die letzten Vorbereitungen am Weihnachtsmarkt treffen, und Cleo kann ihr wahlweise am Nord- oder Südpol begegnen.

Ein Weihnachtsmarkt am Tag vor der Eröffnung ist nicht wirklich romantisch, und man kann sich kaum vorstellen, wie daraus ein »Winterzauberglück« werden soll. So wird der Künstlerweihnachtsmarkt nämlich dieses Jahr heißen. Wer auch immer sich diesen Titel ausgedacht hat, war noch nie mit dem Aufbau des Weihnachtsmarkts beschäftigt. Überall liegen leere Kisten herum. Schachteln wehen durch die Budenstraße wie Heuballen in einer Westernstadt. Hellgelbe Sägespäne haften an allem, was man anhat. Zwischen Bretterböden und künstlichen Zäunen stapeln sich die Müllsäcke. An allen Büdchen werden noch Restdekorationen angebracht. Tannenzweige hängen wie Unkraut von den Budendächern und noch hat sich niemand beim Verlegen der Kabel so rechte Mühe gegeben. Alle 24 Buden bilden einen Ring um ein kleines Podium, auf dem jeden Nachmittag Musik oder kleine Theaterstücke vorgespielt werden sollen, und über allem thront eine Tanne, die über und über mit sehr bunten Sternen geschmückt ist. Toni, der Sohn vom Filz-Josef aus dem Bayerischen Wald, der in diesem Jahr zum ersten Mal den Nachbarstand betreibt und dort Filzschuhe verkauft, hat da in der letzten Woche kräftig mitgearbeitet und lief dabei wie zufällig immer wieder Maja über den Weg, die ihrer Mutter beim Aufstellen des Verkaufsstandes und der Kochgeräte geholfen hat. Toni ist zwölfeinhalb und Maja damit um ein halbes Jahr überlegen, aber im Umgang mit dem diesjährigen Weihnachtsmann leider auch keine Hilfe. Denn der für diesen Künstlerweihnachtsmarkt zuständige Weihnachtsmann, der eigentlich erst nach dem 6. Dezember seine großen Auftritte hat, übt seine erzieherische Rolle im Vorfeld schon ausgiebig ein.

»Das gibt ein kräftiges Minusstrichlein in meinem großen Buch, Maja, wenn du weiterhin mit diesem Toni rumhängst, anstatt deiner armen Mutter zu helfen, die ja wohl noch so ein Teil wie dich in die Welt setzen muss!«

Das ist nur einer von vielen gleich klingenden Sätzen, die der dicke Typ, der den Weihnachtsmann spielt, in den letzten Tagen losgelassen hat. Und während Toni knallrot vor Wut wird, lässt Maja die Bosheiten souverän abgleiten. Was trotz Übung gar nicht so einfach ist, denn der Dicke streicht sich bei seinen Kommentaren immer ausladend über seinen echten Bauch, zieht an seinem echten Bart und grinst so schief, dass man seine von zu vielen Zigarren gelb gefärbten Zähne sieht. Echt appetitlich. Maja schüttelt sich, wenn sie daran denkt, dass der Dicke, der schon

Tage vor der Eröffnung des Markts seinen roten Umhang trägt, alle naselang auftaucht, um Gift zu verspritzen. Wer den für den Job engagiert hat, hat noch nie was von Tolkiens *Briefen vom Weihnachtsmann* gehört, geschweige denn gelesen. Majas absolutes Lieblingsbuch in der Vorweihnachtszeit. Entstanden ist es, weil Tolkien über Jahre hinweg seinen vielen Kindern vor Weihnachten Briefe geschrieben hat. Briefe vom Weihnachtsmann, der am Nordpol haust und zusammen mit seinem gutherzigen, aber leider völlig verpeilten Helfer von einem Missgeschick ins nächste stolpert. So wie Majas eigener Vater, der gestorben ist, als Maja fünf war. Auch ein Künstler und zu gut für diese Welt. Leider eben auch zu schwach. Und zu arm, aber das rutscht Majas Mam nur ganz selten raus, wenn sie mal wieder am Monatsende alle Pfandflaschen zusammensuchen, um einen Minieinkauf hinzubekommen, bevor Paps' Minirente eintrudelt. Bei diesen Gedanken bekommt Majas Seelenteflon immer kleine Risse und sie muss ganz schön schlucken. Jetzt nur nicht losheulen, das fehlt noch, genügt schon, wenn einem die Kälte Tränen in die Augen treibt. Gleich nach der Schule läuft Maja zum Weihnachtsmarkt. Mit einem kleinen Hungerloch im Bauch und einem Schulranzen, der sich wie eine Ladung Betonklötze anfühlt.

Für heute Nachmittag scheint sich der gemeine Gelbzahnweihnachtsmann oder die Rotbauchkröte, wie ihn hier alle nennen, was ganz Besonderes ausgedacht zu haben. Maja bemerkt es schon, bevor sie auf das Gelände des Markts kommt. Majas Mam steht mit in den Rücken gestemmten Händen vor ihrem Stand und unterhält sich mit dem Filz-Josef, der mit seinen Riesenpranken weite Bewegungen macht. Als Maja näher kommt, verstummen beide, und Maja umarmt ihre Mam, der sie die Aufregung an den hektischen Flecken ansieht. Das kann natürlich auch an dem stattlichen Filz-Josef liegen, der auffällig oft zu ihrem Stand hinschaut und Mam den einen oder anderen heißen Tee rüberbringt. Wenn man ehrlich ist, sind es solche Mengen an Tee, dass kein einzelner Mensch sie trinken kann, auch wenn er ein Elefantenbaby mit sich herumschleppt. Das alles hat Maja in den letzten Tagen natürlich auch gesehen und sich ein bisschen für ihre Mam gefreut, die mit der ganzen Aufmerksamkeit kaum umgehen kann. Geht mir nicht so, denkt Maja, als der Toni angeschlendert kommt, ihr eine Tüte Maroni reicht und scheinbar platzt vor Neuigkeiten.

»Die Gelbzahnkröte hat alle Budenbesitzer beim Organisator verpetzt, dass sie nicht rechtzeitig fertig werden, das Ganze ein Saustall wäre und wir Künstler eh nichts vom Geschäft verstehen würden. Glaubst du das? Dieser Fleischberg in Rot, dieser Riesenfliegenpilz traut sich das? Hat selbst nichts zu erledigen hier, als ab dem 6. Dezember Bonbons zu verteilen, ein Goldenes Buch herumzuschleppen und mit seinem Nikolausstab zu wedeln. Ich könnt platzen. Und mein Paps auch und deine Mam auch, oh entschuldige, ich wollte nicht ...« Der Toni verschluckt sich fast an seiner Maroni, weil er die Doppeldeutigkeit in dem Augenblick kapiert, in dem er sie ausspricht. Maja muss lachen, auch wenn sie jetzt Mams hektische Flecken verstehen kann. Denn sie kann sich noch genau an den Paragrafen im Vertrag erinnern, den hier alle unterschreiben mussten, wenn sie einen Stellplatz für ihren Stand mieten wollten: »Wer seinen Stand nicht rechtzeitig in ordnungsgemäßem Zustand gemäß § 2 der Marktordnung fertigstellt, muss eine Konventionalstrafe von 500 Euro bezahlen.« Mam wollte deswegen den Vertrag damals fast nicht unterschreiben, aber natürlich sind eben genau diese 24 Tage vor Weihnachten die wichtigste Einnahmequelle des Jahres. Ganz abgesehen davon, dass es eine Ehre ist, auf diesem Weihnachtsmarkt einen Platz zu haben. Nur künstlerisch Wertvolles darf hier verkauft werden, und es gibt jede Menge Neider, die finden, dass hübsch gestaltete Mandeltüten und Sammlerpostkarten nun kein Vergleich sind mit ihren Keramikzwergen oder Schnitzbrettchen.

Jedes Jahr ist die Aufnahme in die Liste der 24 eine Zitterpartie, und bisher hat es immer geklappt. Wenn nun aber ein übereifriger Weihnachtsmann Polizist spielt, haben sie alle ein Problem. Der Filz-Josef hat es dieses Jahr mit seinem Sohn das erste Mal geschafft. Auch die beiden Kerzenzieher aus dem Erzgebirge und der Schnitzer mit seinen modernen Krippenfiguren, die so kunstvoll einfach gestaltet sind, dass sie auch als Einzelfigur ein Schmuckstück sind und das ganze Jahr aufgestellt werden können, sind zum ersten Mal dabei. Eigentlich sind die

24 Standl-Besitzer, wie man sie hier nennt, eine Art Familie. Keiner ist darunter, der nicht reinpasst, obwohl alle ein wenig wunderlich sind. Die äthiopische Strickerin mit ihren originellen Hundemäntelchen kommt seit Jahren, auch der Glaskünstler, der Seifenmann, die Hutmacherin. Kein Wunder, dass sich der blöde Weihnachtsmann unbeliebt macht.

»Trinkt erst amal einen Tee, ist eine Mischung aus Ringelblüten und Ingwer mit ein bissl Kardamom und g'scheit viel Honig!« Der Filz-Josef ist ein praktischer Mann, den nichts so leicht umwirft, aber wenn Majas Mam hektische Flecken kriegt, scheint ihn das nicht kaltzulassen. Maja verbrüht sich gleich mal die Zungenspitze an dem heißen Gebräu, das wie geschmolzenes Weihnachtszauberglück schmeckt, auch wenn hier zunächst nichts nach Glück und Zauber aussieht, sondern nach mächtig Ärger und noch viel Arbeit. Und was noch viel schlimmer ist, Mam scheint heute keine Kraft mehr zu haben. Das geht ja schon gut los. Wie soll das nur in den nächsten vier Wochen werden?

Immer mehr der Budenbesitzer versammeln sich vor Mams kleinem Stand, bewundern die schönen, neuen Tütchen und den Ständer mit den ausgesucht schönen Postkarten. Kein Motiv wie das andere. Die Arbeit eines Jahres. Und Mam ist am Ende. Das Elefantenbaby, der verschwundene Vater dazu, das fehlende Geld. Wenn Maja und ihre Mam eines bräuchten, dann wäre es ein Weihnachtswunder.

Samstag, 1. Dezember

Und dann ist gestern doch tatsächlich noch ein großes Wunder geschehen. Maja kriegt Gänsehaut, wenn sie daran denkt. Maja konnte ihrer Mutter die Sorgen und, was noch viel schlimmer war, die Kraftlosigkeit ansehen. Und nachdem sie noch die Geschichte mit dem dämlichen Weihnachtsmann gehört hatte, war ihr klar, dass Mams Reserven langsam aufgebraucht waren. Als Mam so schwach auf ihrem Stühlchen in ihrem Stand saß und selbst Josefs Wundertee nicht geholfen hat, sind nach und nach alle Standbesitzer zusammengekommen. Aifa, die Äthiopierin mit ihren Stricknadeln, der Glasbläser-Willi, Mereth, die Königin der Strohsterne, Max, der Kerzenkünstler, Kiki, die Lebkuchen in selbst bemalten Blechdosen verkauft, Schorsch mit den entzückenden Kissen aus Schaffellen, der Kirschkern-Rudi mit seinen Wärmekissen, Lina, die über und über mit ihrem eigenen Schmuck behängt ist, die Malerin Selma, Kira und Mike mit den selbst gemachten, herrlich schrägen Sockentieren, die Handschuh-Emma, der Kugel-Joscha, der Rosenkugeln und Weihnachtskugeln fertigt, Leila mit den Duftpotpourries aus ihrem eigenen Garten, der Glühwein-Sandro, der eine Art warmen Sangria mit und ohne Alkohol herstellt,

Samira und ihre Zauberplätzchen in den zierlichen Spanschachteln, Essig-Esra, Seifen-Merlin, ein lustiger Freak, dem die wohlriechendsten Seifen gelingen, die Pfannkuchen-Brüder Kiko und Miko, Xavi und seine Holzfiguren, die Trockenobst-Senta, die die besten Apfelringe der Welt verkauft, und die Hut-Wilma mit ihren eigenwilligen Kopfbedeckungen. Und schließlich kommt auch noch der Werner vom Kinderkarussell, der mit seiner altmodischen Uniform wie ein Zirkusdirektor wirkt.

Sie alle standen zunächst samt dem Filz-Josef und dem besorgt guckenden Toni um den halb fertigen Mandelstand herum und dann haben alle schließlich mitgeholfen. Im Nu sah der Stand aus wie eine Eins, und Mam hat die hektischen Flecken gegen eine fröhliche Röte getauscht. Der Filz-Josef bezog das auf seinen Tee und brachte gleich noch eine Tasse. Und schließlich ist ihm noch der blendende Einfall gekommen, dass immer einer der übrigen 23 Standbesitzer am Nachmittag bei Mam aushelfen könnte, stattdessen solle Maja dann in den anderen Ständen beim Verkaufen helfen. Damit wäre für Abwechslung gesorgt, und Mam müsse nur mittags zum Mandelbraten und die Abendstunden von 17.00 bis 19.30 Uhr am Stand sitzen. Die Idee musste noch ein wenig diskutiert werden, weil nicht alle gleich verstanden hatten, dass das in der Zeit bis Weihnachten für jeden nur einen Nachmittag bedeuten würde. Doch nachdem der Filz-Josef gleich mal die Reihenfolge festgelegt hatte, war alles klar.

Und das Prinzip »Wir bauen die Stände zusammen auf« hat dann auch bei allen anderen blendend funktioniert. Um 20 Uhr sah der Markt tipptopp aus. Genau rechtzeitig, bevor der selbst ernannte Nikolauspolizist seine Runde drehte, überall an den Verkleidungen herummeckerte und mit spitzen Fingern Papierreste aufhob. Toni erspähte ihn als Erster, als er mit schmatzenden Schritten um die Ecke bog, um sich unter der Weihnachtstanne eine Zigarre anzuzünden, die dann wie ein schmauchender Schornstein aus seinem Bartgestrüpp ragte. Bis dahin hatte beste Stimmung am Markt geherrscht und Maja hatte sogar so etwas wie Lampenfieber bekommen. Was für eine coole Idee, in den verschiedenen Buden auszuhelfen. Das wird nicht nur Spaß machen, sondern vermutlich auch noch richtig spannend sein, vielleicht lernt sie dann auch Pfannkuchen zu backen und Lebkuchen herzustellen, vom Glasblasen und Schnitzen ganz zu schweigen. Maja schwebte auf einer Wolke, in der sie sich schon als Meisterin aller Handwerkskünste sah. Kurz bevor sie sich völlig in ihren Träumen verlor, posaunte der Weihnachtsmann dazwischen.

»Geht ja wohl nicht mit rechten Dingen zu hier, alles nur zum Schein ordentlich, seh ich doch, nichts hält richtig, lasst mal den ersten Schnee kommen, dann fliegen euch die Tannenzweige und Sterne um die Ohren. Künstler, von wegen ...«

Maja hätte dem Typ am liebsten die Barthaare einzeln zu Rastalocken gedreht. Toni hatte die Fäuste in den Taschen geballt, und der Filz-Josef machte den Eindruck, als wollte er den Typ mit heißem Tee übergießen. Nur Mam hatte ihre Fassung wiedergefunden.

»Herr Weihnachtsmann, wir schaffen das ganz gut alleine hier. Vielleicht üben sie schon mal ein wenig für ihre Aufgabe in den nächsten Wochen: »Gütig sein« und »den Menschen Freude schenken« sind ja nicht so Ihre Stärken, da müssen Sie noch ein bisschen feilen an der Rolle!« Mams Worte klangen wie Samt und der rauchende Bart keuchte. Einige der Budenbesitzer rückten näher zusammen und ein Stück auf den Weihnachtsmann zu, der im Gegenzug zurückwich. Fast wäre er über seine Stiefel gefallen, die mindestens vier Zentimeter dicke Sohlen hatten und mit Schnürsenkeln zugebunden waren, mit denen man früher Schiffe vertäut hätte. So wie der auftritt, ist er tatsächlich angezogen, dachte Maja gestern. Ein Trampel, dem jedes Feingefühl abgeht.

Nur langsam hatte die Gruppe sich dann aufgelöst und der Filz-Josef samt seinem Sohn ist ein bisschen wehmütig nach Hause gegangen. Also das, was man Zuhause nennen kann, denn die beiden leben während der Zeit des Weihnachtsmarkts in einem Wohnmobil. Maja hatte das Gefühl, dass er nach einer Runde Tee auch gerne noch ein paar Worte mit Mam gewechselt hätte. Irgendwie rührend, wie der Mann mit seinen Riesenpranken die kleinen Hände von Mam genommen und so etwas wie einen Handkuss angedeutet hat. Toni hielt es mit der Verabschiedung ein wenig zeitgemäßer und klatschte Majas Hand ab. Anschließend hat Maja ihrer Mam geholfen, die letzten Tüten zu verstauen und den Stand für die Nacht zu verriegeln, also Fensterläden zu, Gitter davor, abschließen. Das klingt zwar einfach, ist es aber nicht, weil die Gitter und die Läden sperrig sind und die Sicherheitskette schwerer als der ganze Stand zu sein scheint. Jedenfalls schwitzte Maja ziemlich, als sie in ihrem Rücken eine wohlvertraute Stimme hörte:

»Wusste gar nicht, dass Mandelbraten Schwerstarbeit ist. Zu blöd, dass euch der Mann weggelaufen ist, der euch helfen könnte.« Eindeutig ein echter »Cleo«-Kommentar, den konnte Maja nach diesem Tag noch brauchen. Sie drehte sich um. Cleo war in weißen Plüsch gekleidet und hatte Stiefel an wie aus einem Theaterstück. Pelzbesatz, farbige Bommel und Stickereien. Der Unterschied hätte nicht größer sein können: Maja in ihrer Arbeitskluft, in der sich Tannennadeln und Sägespäne verfangen hatten, wirr verklebte Haare und Rußspuren im Gesicht. Giftspritze Cleo dagegen im Eisrevue-Look.

»Ach Cleo, mach dir nichts draus, dass du diesen Sport nicht ausüben kannst, aber Mandel-Jogging ist einfach nichts für Sensibelchen und du willst dir auch bestimmt deine Klamotten nicht schmutzig machen!« Ein bisschen stolz war Maja schon auf ihre schlagfertige Antwort, aber Cleos Gegenkommentar wollte sie dann doch nicht mehr abwarten. Sie hatte ihr das Victory-Zeichen gezeigt und ihre Mam, die noch beim Filz-Josef stand, mit sich gezogen.

Man muss Tage nicht überstrapazieren. Für den gestrigen Tag waren es eindeutig genug Kicks. Schließlich ist die Vorweihnachtszeit doch die Zeit des Friedens. Bis jetzt hat Maja davon nichts bemerken können, aber heute wird alles anders werden. Heute wird der Markt eröffnet werden, und wenn alles gut geht, werden sie ein ordentliches Geldpolster fürs nächste Jahr anlegen, schließlich brauchen kleine Elefantenbabys neben viel Liebe jede Menge Windeln.

In der Nacht konnte Maja dann kaum schlafen. Was für ein Glück, dass der 1. Dezember in diesem Jahr auf einen Samstag fällt. Maja und ihre Mam starten mit einem echten Weihnachtsfrühstück in den ersten Tag auf dem Weihnachtsmarkt. Zimtpfannkuchen, Obstsalat und Vanilletee. Heute schon geht der Adventsmarathon los.

Maja zieht die wärmste Unterwäsche an, die sie finden kann. Flauschige Leggings mit kleinen Schneesternen drauf. Das ist zwar ein bisschen peinlich und wäre für Cleo ein gefundenes Fressen, aber die Chance, dass Cleo erfährt, wie Majas Winterwäsche aussieht, ist ja eher gering. Schließlich kommen über die flauschigen Schneesternchen noch eine Thermohose, ein selbst gestrickter Norwegerpulli und ein Anorak mit Kapuze. Mam zieht sich und dem Elefantenbaby eine ähnlich reizvolle Kombination an. Als beide zum Frühstück in ihrer winzigen Küche zusammentreffen, sieht es aus wie die Jahreskonferenz der Michelin-Männchen, und Maja und ihre Mam vergessen über der komischen Situation fast, die Milch rechtzeitig vom Herd zu nehmen. In der Wohnung ist alles furchtbar klein, aber das verstärkt noch ein wenig mehr den Eindruck der Puppenstube. Mam hat alle Wände mit ihrer Stempeltechnik verziert.

»Früher konnten sich nur die reichen Menschen eine Tapete leisten, bei den anderen wurden die Wände bemalt oder eben bestempelt«, erzählt Mam, wenn man sie danach fragt, denn sie hat auch einmal Innenarchitektur studiert, und das sieht man der Wohnung auch an. Trotz Platzmangel ist alles an seinem Platz, mal in die Höhe gebaut, mal hinter Bildern versteckt. Alles in leuchtend pastelligen Farben wie in der Karibik, wo Mam mit Majas Vater mal eine Zeit lang gelebt hat, als sie noch sehr jung und sehr idealistisch waren und dachten, von Sonne, Liebe und Kokosnüssen leben zu können.

Majas Mam, die am Markt alle Mandel-Maria nennen, stellt die Zimtpfannkuchen, Stollen und Kakao auf den Tisch, dazu Obstsalat und Joghurt.

»Für den ersten Tag auf dem Weihnachtsmarkt, der noch dazu auf das erste Adventswochenende fällt, muss man eine Grundlage im Bauch haben«, sagt Mam und streicht mit der einen Hand ihrem Baby im Bauch scheinbar über den Kopf, mit der anderen Maja die Haare zurück, die sich heute einfach nicht zu einem Pferdeschwanz binden lassen, nachdem Maja sie gewaschen und geföhnt hat. Majas Haare sind fein und dünn und laden sich im Winter durch Mützen, Kälte und Heizungsluft gerne auf. Wenn andere Mädchen mal von einem »Bad Hair Day« sprechen, könnte Maja von einer ganzen »Bad Hair Season« reden, so genervt ist sie manchmal von dem fliegenden Feenhaar auf ihrem Kopf. Ihre Mam nennt sie dann liebevoll »mein Seidenäffchen«, und Maja witzelt weiter, dass Mam bald einen eigenen kleinen Zoo hat, wenn das Elefantenbaby erst einmal da ist. Doch heute früh ist für solche Fantasien kein Platz, denn beide sind ziemlich aufgeregt. Noch dazu hat das Baby Mam nachts ordentliche Boxstöße verpasst, und Mam ist somit unausgeschlafen, der Kakao ist leicht angebrannt und Maja kriegt von den Köstlichkeiten auf dem Tisch fast nichts runter. Der Druck ist zu groß, dass dieser Weihnachtsmarkt ein finanzieller Erfolg wird, und Mam, die eine große Träumerin ist und eigentlich die Welt nur in den leuchtendsten Farben sehen möchte, ist von diesem komplett unromantischen Ziel total genervt. Als Maja sie ein bisschen aufheitern möchte, sagt sie nur »Ach Maja« und lässt sich auf einen bunten Korbstuhl plumpsen. Um 12 fängt der Weihnachtsmarkt an, und es ist 11 und beide sitzen in Skiunterwäsche in der Küche und schwanken zwischen Lampenfieber, Erwartungsdruck und einem mulmigen Gefühl, das Weihnachtsgeschäft heißt. Eine Wortkombination, von der Majas Paps immer gesagt hat, dass sie auf die Liste der Hasswörter gehört. Maja knabbert an einem kleinen Stück Stollen, als ihr einfällt, wie sie Mam aufheitern könnte. Sie holt aus ihrem Zimmer eine Schnur, an der 24 Streichholzschachteln aufgereiht sind. In jeder ist ein Gutschein drin, zum

Beispiel für 1 x Abspülen, 1 x Einkaufen, 1 x Vorlesen. Mit diesem Adventskalender kommt sie in die Küche zurück, genau in dem Augenblick, in dem ihre Mam einen Adventskalender aufhängt: 24 Streichholzschachteln an einer Schnur.

»Das gibt's doch nicht, Mam, wir hatten beide dieselbe Idee!« Maja drückt ihre Mam vorsichtig und packt gleichzeitig ihre erste Streichholzschachtel aus: zwei entzückende Glasperlen. Nach 24 Schachteln wird sie 48 Stück davon haben, daraus kann man eine kleine Kette oder ein großes Armband machen.

»Hurra, einmal Abspülen, danke, Seidenäffchen, dann mal los!« Mam, die ihre erste Schachtel ebenfalls ausgepackt hat, freut sich über den Haushaltsdienst, den Maja gleich einlösen darf. Denn jetzt müssen sie sich beeilen. Bevor um 12 Uhr eine Akkordeon-Truppe mit Schunkelmusik den Weihnachtsmarkt eröffnet, muss der Karamellisierofen noch aufheizen.

Als Maja und ihre Mam auf dem Markt ankommen, ist dort schon richtig viel los, nur der Filz-Josef ist heute merkwürdig verschlossen und griesgrämig. Vielleicht hat er auch Lampenfieber, meint Majas Mam und versucht ihn mit einem Glas Tee aus ihrer Thermoskanne aufzuheitern:

»Josef, hier, für dich, ist selbst gekaufter Teebeuteltee mit fremdgepflückter Pfefferminze und viereckigen Zuckerstücken!« Aber der Filz-Josef scheint heute keinen Humor zu haben, selbst Toni winkt ab und sagt, dass mit seinem Pa heute nichts anzufangen wäre.

»Der brummt heut wie a Bär, den ma aus 'm Winterschlaf g'rissen hat!« Dabei macht der Toni ein Geräusch, das entfernt an einen Getriebeschaden erinnert, und schwankt breitbeinig im Kreis. Maja findet's komisch, Tonis Pa weniger und lädt dem Toni eine Fuhre Filzwolle auf den Arm, mit der er die Auslagefläche an ihrem Stand bedecken soll. Toni rollt mit den Augen und Maja verabschiedet sich. Ihre Mam wird jetzt die erste Fuhre Mandeln anrösten, gerade so viel, dass es für den Nachmittag reicht und Aifa, die Äthiopierin, für zwei Stunden ihren Stand hüten kann, während Mam sich zu Hause noch einmal ausruht. Aifa hat sich als eine der Ersten zum Hilfsdienst gemeldet, und Maja macht sich bei ihr am Stand jetzt gleich schlau, wie das mit den Stricksachen so ist.

Aifa steht vor ihrem Stand, als Maja ankommt, in der Hand je fünf Hundepullover in allen Größen. Gestrickt in dicken Zopfmustern oder kariert, mit Streifen oder bunten Flecken. Die Äthiopierin hat eine tiefe, rauchige Stimme, ist schmal und ziemlich groß und sieht mit ihren hoch aufgetürmten schwarzen Locken, dem bunten rostroten Tuch darum und ihrem ebenfalls selbst gestrickten gelbbraunen Pullover ein wenig aus wie eine Giraffe.

»Säähhrr gut, dass du kommst, Maja, du kannst gleich all die Pulloverrrrrchen aufhängen und diese Prrrrreiszettelchen anbrrringen. Damit alles seine Orrrdnung hat!«

Aifa gurrt die R immer wie ein Pürierstab, schnell und gleichmäßig. 100 R in einer Sekunde, nennt Maja das und freut sich über den Singsang. Außerdem findet sie Aifas Hundepullöverchen total süß. Und weil Aifa ja nicht doof ist und weiß, dass nur die Hälfte aller Weihnachtsmarktbesucher einen Hund hat und davon nur die Hälfte einem Hund ein Pullöverchen anziehen würde und davon wiederum nur die Hälfte einen Pullover tatsächlich kaufen würde, hat sie auch noch Stulpen, Kinderpullover und Strickminiröcke, die man einfach als Wickel über die Jeans zieht, im Angebot. An die nestelt Maja nun kleine Preisschildchen, während sie dem gebrummelten Akzent Aifas zuhört.

»Orrrrdnung ist die halbe Leben. Aberrrr, sage mir, Maja, was ist die andere Hälfte? Oder müssen wir unsärrrrren Wachhund von eine Weihnachtsmann frrragen? Wo ist därrrr übärrrrhaupt? Hast du diese, wie sagst du immärrrr, Gelbzahnkrrröte heute schon gesehen? Ich nicht. Aber ich värrrmisse ihn auch nicht. Diese Petzi. Das ist eine wundärrrbare Worrrt in Deutsch!«

»Es heißt Petze, Aifa, P E T Z E!« Maja könnte sich kringeln, wenn sie Deutschunterricht mit Aifa spielen darf, ein Spiel, das schon seit Jahren gut funktioniert. Aifa nennt viele Wörter deshalb Weihnachtsmarktwörter, weil sie sie dort gelernt hat.

Nachdem Aifa fünfmal das Wort Petze wiederholt, dabei immer lauter wird, hören beide, wie das Eröffnungskonzert beginnt. Sieben Akkordeons können einen ganz schönen Lärm machen und dabei ordentlich für Stimmung sorgen. Im Nu ist der Platz zwischen den Buden voller Leute. Maja kann kaum mehr zum Mandelstand hinüberschauen. Die Akkordeons kriegen sich gerade gar nicht wieder ein, irgendein Sinti-Roma-Traditional mit ungeheurem Tempo.

»Da wirrrrd unsärrrr Weihnachtsmann-Spion einen Hörsturrrrz krrrrriegen. Muss errrr sich gleich beschwärrren!« Aifa ist immer noch bei ihrem Lieblingsthema, dem Vollhonk von Weihnachtsmann. »Hässlicherrrrr Gelbe-Zähne-Mann, därrrr!« Aifa hat sich in Rage geredet und wedelt mit ihren langen Armen, die von gelben Tütenärmeln mit braunem Camouflagemuster bedeckt sind. So wütend hat Maja Aifa noch nie erlebt. Der Weihnachtsmann muss ihr mächtig auf die Nerven gegangen sein. Okay, ihnen allen, aber jetzt könnte Aifa mal wieder Ruhe geben. Gut, dass sie jetzt zum Mandelstand verschwinden muss, um Mam abzulösen.

Der Rest des Nachmittags vergeht in Majas Augen wie im Flug. Toni kommt zweimal vorbei, jedes Mal, wenn Maja gerade ein Hundepullöverchen verkauft. Voller Bewunderung ist er, denn sein Paps mit seiner Stinklaune bringt heute nichts an den Mann oder an die Frau. Aifa huscht einmal schnell herüber, um zu sehen, ob Maja zurechtkommt, und freut sich über das erste Geld in der Kasse.

»Lass die Piepen rrrrrollllään, Maja, strrrickä doch nicht, damit die Krrrrrram liegen bleibt!«

Piepen ist auch so ein typisches Weihnachtsmarktwort, das Aifa in der letzten Saison gelernt hat und nun bei jeder passenden und unpassenden Gelegenheit anwendet. Kurz bevor Maja wieder zum Mandelstand zurückkehren will, um ihrer Mam bei der Schlussschicht Gesellschaft zu leisten, hört Maja nur allzu vertraute Laute.

»Oh, wie cool ist das denn, schaut mal, unsere Maja ist unter die Hundemodeschöpfer gegangen.« Cleo hält sich ein Hundemäntelchen vor die Brust und flötet: »Steht mir das, Kinder?«

Ihre »Kinder«, wie sie ihre Groupies nennt, nicken kichernd. Eigentlich klar, Cleo könnte auch sagen, dass Hundewürstchen gegrillt am besten schmecken, und sie würde für diesen Nicht-Witz bewundert werden.

»Kannst du das wieder hinhängen, es wird sonst dreckig!« Maja hat heute keine Teflonmethode parat.

»Na, wenn die Sachen irgend so eine Töle trägt, werden sie doch auch dreckig!« Cleo ist in Kampfstimmung und Majas Stimmung ist im Keller. Sind denn heute alle auf Krawall gebürstet? Der sonst so friedliche Filz-Josef vergrault sich die Kunden mit Brummeligkeit, Aifa hetzt gegen den Weihnachtsmann, und Cleo hat wahrscheinlich einen Adventskalender, der mit Reißnägeln gefüllt ist und ihr die nötige Kratzbürstigkeit verleiht.

»Komm Cleo, lass die gute Seite in dir zum Klingen kommen und zieh Leine, außerdem steht dir die Farbe von dem Hundepullover eh nicht. Dazu ist deine Haut zu leichenfarben!« Autsch, solche Kommentare wird Maja büßen müssen, gar nicht gut, wo ist denn nur ihre Teflonschicht abgeblieben?

Cleo und ihr Begleitschutz beziehen auch gleich Stellung. Zwei rechts, zwei links von Cleo. Bei zwei rechts, zwei links muss Maja lachen, die stellen sich doch glatt als Strickmuster auf.

Leider vergeht ihr das Lachen, nachdem Cleo tatsächlich zwei Hundepullöverchen auf den Boden fallen gelassen hat, wo Sägespäne, Tannennadeln und Rindenmulch einen weichen Belag ergeben, der entfernt an Waldboden erinnern soll. So schnell Maja auch springt, um die Pullover zu retten, kann sie nur verhindern, dass Cleo die Sachen auch noch mit der Schuhspitze in den weichen Boden bohrt. Jetzt sollte der dämliche Weihnachtsmann mal aufkreuzen, jetzt könnte er sich nützlich machen als Oberpolizist. Aber heute ist nichts von ihm zu sehen. Maja schüttelt die Pullover aus, während sich Cleo und ihr Trupp entfernen, weil sie Aifa kommen sehen.

»Aifa, es tut mir so leid, aber diese Cleo ist die Pest. Ich krieg das aber bestimmt wieder sauber!« Maja bürstet wie verrückt an den Pullovern herum, um die kleinen Holzstückchen rauszubekommen, doch Aifa nimmt sie ihr aus der Hand.

»Lass, Maja, das mache ich morrrrgen frrrrüh, wenn nichts los ist. Rrrrreg dich nicht auf, irrrrgendwann wird diesärrrrrr Cleo ein gesalzänerrr Brrrrrocken auf die Füße fallen!« Auch wenn das Sprichwort irgendwie nicht ganz stimmt, kapiert Maja natürlich, was gemeint ist, und ist heilfroh, dass Aifa nicht wegen der Pullöverchen motzt, sondern sie überschwänglich lobt, weil richtig viele Piepen in der Kasse sind. Hoffentlich wächst sich Cleo nicht zu einer Plage aus, denkt Maja, als sie zu ihrer Mam an den Mandelstand kommt, der mit seinen gebrannten Köstlichkeiten für den Hauptduft auf dem kleinen Weihnachtsmarkt sorgt. Von den niedlichen Tütchen fehlen schon eine ganz Menge und Mam wirkt ausgeruht. Aifa hat den Job wohl toll gemacht, jetzt werden Maja und ihre Mam aus dem ersten Abend auch noch einen Erfolg machen. Maja hat so richtig Lust am Verkaufen und schwatzt den Leuten meist noch einige Postkarten auf. Tatsächlich aber scheint Mam der Magnet zu sein. Mit ihrem dicken Bauch und den rosigen Wangen, dem Schal, den sie wie einen Turban um ihren Kopf gebunden hat, sieht sie genauso aus, wie sie heißt, wie Maria aus einem Krippenspiel. Einziger Wermutstropfen heute ist, dass der Filz-Josef seine Laune immer noch nicht wiedergefunden hat und nur ein einziges Paar Filzschuhe verkauft hat. Als Maja und ihre Mam den Markt verlassen, winkt der Josef nur müde. Kein Teeangebot, kein angedeuteter Handkuss. Schade, und das nach so einem guten Eröffnungstag.

Sonntag, 2. Dezember

Mam zündet zum späten Frühstück die erste Kerze auf dem Adventskranz an, der natürlich total anders aussieht als bei normalen Leuten. Weiß lackierte Tannenzapfen, die Mam zu einem Kranz gebunden hat, in den sie kleine Buchsbaumzweige und Hagebutten gesteckt hat. Darauf hellgrüne dicke Kerzen. Obwohl er weihnachtlich wirkt, passt er perfekt zu dem Karibik-Style in ihrer Küche.

Heute haben sie richtig lange ausgeschlafen, nachdem beide gestern völlig erschöpft ins Bett gefallen sind. Jetzt scheint die helle Wintersonne auf ihren Frühstückstisch. Eigentlich alles prachtvoll, bis auf die zwei bohrenden Fragen in Majas Bauch: Was ist mit dem Filz-Josef los, und wie kann sie verhindern, dass Cleo ihr das Leben auf dem Markt zur Hölle macht? In der Schule ist es nicht so schlimm, da muss sie ihr einfach nur aus dem Weg gehen. Aber wenn sie an einem Stand aushilft, geht das nicht. Sie versucht gerade, die Worte zu finden, um Mam nicht zu beunruhigen, aber trotzdem ihre Sorgen loszuwerden, als Mam die Sache mit dem Filz-Josef selbst anschneidet.

»Ich kenn den Josef so gar nicht. Die ganze Zeit war er die Fürsorge selbst, immer guter Laune, und dann gestern das. Sag mal, hast du das Gefühl, ich hab was falsch gemacht?« Mams Augen haben so einen verdächtigen Schimmer. Maja kennt das schon, man sollte nun aufpassen, was man sagt, sonst vergießt Mam Krokodilstränen und der schöne Morgen ist im Eimer.

»Ah, das ist doch Quatsch, Mam, warum sollte der sich über uns ärgern. Und du bist sowieso immer lieb zu ihm gewesen. Viel zu lieb ...!« Maja zwinkert und spitzt die Lippen zu einem angedeuteten Kuss.

»Du bist ein Knallkopf, Maja, denkst du, der will mich anbaggern? Sicher nicht, da kann er gleich im Zoo mit den Nilpferden flirten!« Mam dreht sich um die eigene Achse und hätte mit ihrem Bauch beinahe die Brötchen vom Tisch gefegt. »Siehste, selbst die Brötchen gehen in Deckung, wenn ich komme.«

Ein guter Zeitpunkt, um Mam zu umarmen und sie ans Öffnen des zweiten Advents-Schächtelchens zu erinnern. Das Thema Cleo verschiebt Maja dann lieber mal, nachdem sie gerade an der Klippe Filz-Josef vorbeigeschlittert sind und Majas Mam jetzt endlich wieder Lachfältchen um die Augen hat statt feuchte Schleier.

»Ha, einmal Müll runtertragen, super, Maja, hier ist er.« Maja, die auch gerade ihr Schächtelchen öffnet, kriegt zwei Müllbeutel vor die Füße gestellt. Dafür sind die beiden Perlen heute eine echte Entschädigung. Orange und zartes Lila.

»Mam, die sind superschön, danke.«

»Bitte schön, Kind, wenn du Müllbeutel so hübsch findest, kann ich dir diesen Job immer freihalten!«

»Mam, echt, ich meine doch die Perlen!«

Mam grinst und sieht dann besorgt zur Uhr über der Spüle. 11.30 Uhr, gleich geht der ganze Spaß von vorne los.

Keine halbe Stunde später blubbern die ersten Mandeln im heißen Zucker und der Filz-Josef hat schon eine Tasse Tee herübergebracht. Damit man sich nicht die Finger verbrennt, hat er um die Tasse eine Manschette aus Filz gezogen.

»Einmal Tee im Schal!«, hat Toni gerufen, als sein Pa vorsichtig mit der Tasse herüberspaziert kam, scheinbar um Lichtjahre besser gelaunt als gestern. Zu gern würde Maja jetzt dem Gespräch lauschen, das Josef und ihre Mam führen. Oder zumindest Toni einmal ausquetschen, was denn gestern los war. Aber Maja muss rüber zum Glasbläser-Willi. Das wird heute eine heikle Aufgabe, mit diesen zarten Gebilden aus dünnstem Glas umzugehen. Maja schickt ein klitzekleines Stoßgebet zum Himmel. Vielleicht nützt es ja doch was, und wenn der liebe Gott gerade nichts Besseres zu tun hat, könnte er heute Nachmittag doch mal ein Auge auf diesen Weihnachtsmarkt werfen und Maja die Kackbratze Cleo vom Hals halten. Und wenn Cleo eine von Willis Weihnachtskugeln fallen lässt, ist das natürlich auch viel schlimmer als die Hundepullover, die man wieder waschen kann. Maja schickt noch einen Blick in den Schneehimmel und ist sich nicht sicher, ob durch die dicken Wolken ein Stoßgebet durchkommt. Und vermutlich hat der liebe Gott an so einem ersten Adventssonntag alle Hände voll zu tun, den Weltfrieden gleichmäßig zu verteilen. Da ist so ein winziger Brandherd wie ein Zickenkrieg Pillepalle.

Majas Konzentration muss jetzt aber unbedingt irdischer werden, denn sie sieht dem Glasbläser-Willi über die Schulter, wie er die Kügelchen, Kugeln und Glaszapfen in kleine Schachteln drapiert. Es ist eine Mordsarbeit, die Auslage vorzubereiten, denn zum einen sollen die Leute ja die Sachen anschauen können, auf der anderen Seite muss alles gesichert sein und dabei noch schön aussehen. Einige der Kugeln hängen auch zu Sträußen gebunden von der Decke und klirren leise im Wind. Willi hat sein Handwerk in Venedig gelernt, besser gesagt auf Murano, der Insel der Glaskunst. Wenn Maja ihn so ansieht, muss das vor circa 150 Jahren gewesen sein, denn seine Haut ist von vielen Tausend feinen Linien durchzogen. Kleine aschgraue Augen huschen ständig von einer zur anderen Seite. Ein Augenlid hängt dabei immer auf Halbmast, schließt sich nie ganz, hebt sich aber auch nicht. Nie bleibt sein Blick hängen. Dabei ist sein Kopf fast unbeweglich, wie bei einem Leguan. Vermutlich hat er beim Glasblasen zu viele Dämpfe eingesogen, denkt Maja und ist völlig fasziniert von dem Echsengesicht. Reden ist auch nicht so Willis Ding, das merkt Maja gleich, als sie die ausgestreckten Finger hektisch auf verschiedene Schachteln deuten sieht. Scheinbar das Zeichen, jetzt mal flott auszupacken.

»Du Willi, wo soll ich denn hin damit?« Maja ist ein wenig ratlos, was sie mit den vielen durchsichtigen Minikugeln tun soll, die in den Schachteln wie Kristall funkeln.

»Hmpf, Draht! Nich den, nimm 'nen andren, kannste besser biegen. Hast ja Finger wie 'ne Elfe!« Willi grunzt die Worte mehr, als dass er sie spricht, während er Maja eine Rolle mit hellblauem Draht reicht und eine Drahtzange. Maja findet, es ist viel schwieriger, als es aussieht, die zerbrechlichen Minikügelchen auf die Drahtstücke zu fädeln. Die Kugeln in der einen Hand festhalten, in der anderen die Drahtrolle und die Zange … Von wegen Elfenfinger! Gott sei Dank kommt Toni genau in diesem Augenblick vorbei, und Willi übernimmt es, die Kugeln an den Draht zu knüpfen. Mehrere zusammen bindet er dann zu einem Sträußchen. So werden sie auch verkauft, immer fünf Stück auf einmal … »Schneeglöckchen« nennt Willi dieses Modell und tippt mit seinen von Hornhaut hart gewordenen Fingerkuppen an die Sträußchen, bis ein kleiner Singsang entsteht. Viel zu zart ist das Geräusch, um auf dem turbulenten Weihnachtsmarkt gehört zu werden, aber klar genug, um für Toni und Maja einen Minizauber zu entwickeln. Jetzt lieber nicht zu Toni hinschauen, der sie vermutlich auch ansieht. Und das, wo Majas Nase vom Eiswind sicher schon rot wie eine Kirsche ist und die Sommersprossen blödsinnig auf ihrer blassen Haut leuchten, als hätte sie jemand mit einer Sprenkelbürste wahllos verteilt. Sie muss Toni vom Anstarren abbringen, und vielleicht ist das die Gelegenheit, ihn unverfänglich nach seinem Pa zu befragen. Vielleicht kann sie ja herauskriegen, warum der gestern so grottig drauf war und heute wieder strahlt. Aber der knorrige Glasbläser-Willi macht ihr einen Strich durch die Rechnung.

»Wenn der Weihnachtskasper vorbeikommt, kannste ihm eine Glaskugel auf seinen fetten Schädel hauen, würd ich glatt dafür opfern, dass der 'ne Schramme abkriegt und sich verpisst!«

Maja ist nun doppelt froh, dass Toni neben ihr steht, sonst hätte sie nicht geglaubt, was sie da hört. Denn plötzlich ist der sonst so wortkarge Willi nicht mehr zu bremsen.

»Solche Typen sind ideal für Diktaturen, ich weiß, wovon ich rede. Haben keine Achtung vor den Menschen. Machen schlimme Sachen ... wirklich schlimme Sachen ... schlimm ... Sachen ...!« So langsam scheint Willis Zorn zu verblubbern und er fällt wieder in Echsenstarre. Nur die Augen huschen, als wollte er sich mit Glaskugeln bewaffnen, falls der Weihnachtsmann um irgendeine Ecke kommt.

»Also Herr Willi, nur weil der rummosert, muss er ja noch kein Verbrecher sein!« Toni ist wirklich ein lieber Kerl, wie er versucht, in allem das Positive zu sehen. So einen bräuchte man immer an seiner Seite. Maja erschrickt ein bisschen, weil sie den Toni so gern anschaut, wenn er spricht. Komisches Gefühl. Irgendwie neu. Und vielleicht ganz gut, dass der Glasbläser-Willi dazwischenfunkt.

»Kleiner Freund, ich will dir mal was sagen, solche Typen erkenn ich nachts bei Neumond im Kohlenkeller, kannste glauben, der Typ stinkt zum Himmel, wie die Mafia. Und der da oben«, der Willi hebt seinen Hornhaut-Zeigefinger in Richtung dicke Wolkendecke, »würde nicht wollen, dass die Mafia jetzt Nikolaus spielt!«

Klapp, plötzlich ist Willis Auge ganz zu, und er sieht aus wie eine der Riesenechsen auf den Galapagos-Inseln, die sich in der Sonne räkeln. Toni schaut Maja an, Maja sieht ratlos zu Toni. Was meint der Willi da? Und warum purzeln dem sonst so Schweigsamen die Worte wie scharfkantige Geröllbrocken aus dem Mund, wenn es um diesen Weihnachtsclown geht, der ja heute schon wieder auf unsichtbar macht?

»Kann ich dich mit dem wirklich allein lassen?« Der Toni wirkt besorgt, als er Maja ins Ohr flüstert.

»Klar, er muss ja jetzt eh rüber an den Mandelstand, damit Mam noch einmal nach Hause kann, sich hinlegen! Dann mach ich das alleine hier, wird schon schiefgehen!« Maja lächelt dünn und meint nicht ganz, was sie da sagt. Denn zwei Dinge sind ihr hier unheimlich: der wütende Willi und diese zarten Glasdinger, die nicht nur komische Geräusche machen, sondern auch noch viel Arbeit. Keine gute Kombination, um im Falle eines Falles die nötige Teflonschicht für einen Cleo-Angriff zu haben. Der Glasbläser-Willi drückt ihr noch eine schmierige Liste in die Hand, auf der die Preise vermerkt sind, und trollt sich im Echsengang zum Mandelstand, an dem Majas Mam schon wartet, um ihn in die Feinheiten des Karamellisierofens und Verpackens einzuweihen. Kaum ist er weg, fegt ein schneidender Ostwind durch die Gänge zwischen den Buden, und die Glaskugeln an Willis Stand verfallen in einen hohen Singsang. Maja sieht ganz genau, wie Toni fröstelt, als er das Geräusch hört.

»Wie die Totenglöckerl in unserm Dorf.« Mehr kann Toni jetzt nicht erklären, weil die Stimme seines Vaters über den Platz bellt. Gleich werden sich hier Menschenmassen von Bude zu Bude bewegen, da muss jeder auf seinem Posten sein.

Maja sieht Toni bedauernd nach. Irgendwie wäre ihr heute wohler, ihn an der Seite zu haben, aber da wollen auch schon die ersten Leute etwas von ihr wissen. Ob man die Kugeln auch im Internet bestellen könne, wie das mit der Verpackung sei und ob das Glas bleihaltig sei. Meine Güte, die sollen doch einfach ein paar Kugeln kaufen und an ihren Baum hängen, denkt Maja, da muss man doch keine Wissenschaft draus machen. Sorgfältig schlägt sie nach und nach Kugeln in rotes Seidenpapier ein und steckt sie in kleine Faltschachteln. Bald sind 160 Euro in der Kasse und das Ganze beginnt ihr Spaß zu machen. Ein Kunde ist besonders drollig. Erst sieht er sich alle Kugeln ganz genau an, dann hält er sie gegen das Licht und prüft ihren Ton. Ob das A-Dur sei, fragt er schließlich Maja, die nur bedauernd die Schultern heben kann. Er hätte nämlich schon ein paar Kugeln, die würden in G-Dur, D-Dur und Es-Dur erklingen, und mit einer in A-Dur hätte er schon eine kleine Glasorgel beisammen.

Und du hast, glaub ich, nicht deine sieben Zwetschgen

beisammen, denkt sich Maja, während sie ihm so zuhört und sein Gesicht beobachtet. Dicker grauer Schnauzer, kleine Kugelaugen, Knopfnase und ein rundes Mündchen. Ehrlich gesagt sieht der Typ aus wie ein Koalabär, weil er auch noch einen grauen, etwas plüschigen Wollmantel trägt, aus dem ein weißer Rollkragen ragt, und die Füße stecken in dicken Stiefeln, die wie Pfoten wirken.

»Ich probier das mal und nehme zwei Kugeln, kannst du das wechseln?« Er hält Maja einen Hundert-Euro-Schein hin. Klar, kann sie, nach dem blendenden Geschäft. Sie hat gerade das Rückgeld in seine Fäustlinge gelegt, als der Eiswind wieder durch die Buden fährt. Sirr – kling – sirr, die Kugeln jaulen ihren unheimlichen Singsang und einer der Geldscheine löst sich aus dem Haufen mit dem Rückgeld und wirbelt durch die Luft. Maja springt hinterher, doch nicht schnell genug. Jemand anderes hat sich schon auf ihn gestürzt und hält ihn triumphierend in der Hand: Cleo. Herausgeputzt wie Jardis, die Kaiserin von Narnia. Jetzt nicht provozieren lassen, ist Majas einziger Gedanke, als Cleo bereits den Mund aufmacht. Vermutlich werden jetzt gleich schneidende Eiskristalle herausfallen. Maja zieht instinktiv die Schultern hoch.

»Heute mal im Glashaus, Maja Wiedmann? Da darf man keine schnellen Bewegungen machen!« Mit einer rasanten Geste lässt sie den Geldschein in der anderen Hand verschwinden, verschränkt die Arme hinter dem Rücken und kräht: »Na, in welcher ist er denn, der schöne Schein?«

Von Teflon ist nichts zu spüren, Maja fühlt die Hitze ins

Gesicht steigen, weiß, dass sie gleich knallrote Wangen bekommen und die Nerven verlieren wird. Und das, obwohl Cleo heute allein, ohne Tross angereist ist. Vermutlich steht vor dem Weihnachtsmarkt ihr weißes Pferd, das sie in ihr Schloss zurückbringen wird. Majas Gedanken gehen mit ihr durch, und wenn der Geldschein nicht per Express wieder in der Hand des Kunden landet, dann weiß Maja echt nicht, wie das enden wird. So ähnlich formuliert sie es auch, leider nur so ähnlich, denn Cleo lacht ihr überhebliches »Ist-mir-doch-egal«-Lachen, das Maja die befürchtete Extra-Portion Röte in die Wangen treibt.

In dem Augenblick schiebt sich eine Koalabären-Pfote, nein, es ist natürlich ein Fäustling in Grauweiß, zwischen Cleo und Maja.

»Darf ich, meine Damen? Da der Schein im Augenblick noch mir gehört, bis er gewechselt ist, hätte ich ihn gerne wieder!«

Der Koalabären-Kunde zwinkert mit den Äuglein, und Maja malt sich aus, wie er mit diesen dicken Pfoten die A-Dur-Kugel läuten lässt. Jubelglocken könnten nicht schöner klingen. Maja jauchzt innerlich, denn Cleo rückt mit einem Flunsch den Schein wieder raus und hält ihn dem Mann mit spitzen Fingern hin. »Hätte ich eh gemacht, brauchen Sie gar nicht so oberpolizeimäßig zu tun, das ist eine Sache allein zwischen mir und Maja!« Irgendwie schon erstaunlich, wie Cleo auch noch so selbstbewusst tut.

»Na ja, nicht so ganz, junge Dame, denn Sie haben sich

da in unseren Geschäftsabschluss eingemischt, und das ist nun erst einmal etwas zwischen mir und Maja Wiedmann? Das war doch der Name?« Der Mann sieht Maja fragend an, die gerade feststellt, dass der Glasbläser-Willi die ganze Szene aus halb geschlossenen Augen beobachtet und nur darauf wartet, hinter dem Mandelstand hervorzuschnellen. Es hat auch seine Vorteile, wenn die Menschen sich gegenseitig im Auge haben.

Kaum hat der Kunde sein Rückgeld, trollt er sich mit seinen A-Dur-Kugeln. Nur Cleo bleibt noch lange vor dem Stand stehen und starrt Maja an. Vielleicht erstarrt sie ja, denkt Maja, als Eiskönigin lebt man diesbezüglich ja gefährlich.

Maja ist heilfroh, als ihr der Glasbläser-Willi die Arbeit mit seiner fragilen Ware wieder abnimmt, nachdem die drei Stunden rum sind. Mit halb geschlossenen Augen wackelt er vom Mandelstand herüber, als Maja gerade noch ein Glasglöckchen verkauft.

»Die da, war das die Tochter vom Weihnachtsmann? ... hat 'nen ähnlichen Charme ... und 'n Herz aus Eis ... weiß, wovon ich rede ... Herz ... Eis ...« Willis raue Stimme verebbt in einem tonlosen Gegrummel, und Maja wird die Gänsehaut nicht los, die sie heute den ganzen Nachmittag schon begleitet. Einerseits, weil es elend kalt ist und Toni nicht eine Sekunde Zeit hatte, ihr eine Tasse Tee rüberzubringen. Und andererseits scheint sie heute nicht immun gegen hässliche Worte. Dass der Abend dann noch ein echter Knaller wird, liegt an einer Gruppe schwedischer Touristinnen, die sich an den Mandeltütchen nicht sattsehen und an den süßen Nüssen nicht satt essen können. Mit einem vielstimmigen »Hejdo« verabschieden sie sich und spazieren laut, ein Lucia-Lied singend, davon, nachdem sie die letzte Fuhre Mandeln, die Mam aus dem Karamellisiertopf geholt hat, praktisch alleine aufgegessen haben. Gut, Toni und sein Pa haben ein wenig mitgeholfen, denn beide kommen immer wieder herüber, um ein bisschen zu naschen. Nu allzu gern gibt ihnen Majas Mam in Nüssen zurück, was sie die Tage zuvor in Tee bekommen hat. So gute Stimmung lässt Maja den Eissturm Cleo vergessen und irgendwie auch den Glasbläser-Willi mit seinen geheimnisvollen Andeutungen und den gemütlichen Koalabären-Mann mit seiner Glasorgel. Eigentlich war das ganze Wochenende schon so ein kleiner Winterweihnachtszauber, den Maja jetzt gerne noch 22 Mal wiederholen wird, besonders wenn sie die vielen Geldstücke und Scheine zählt, die ihre Mam in einem knallbunten Beutelchen gesammelt hat. Wenn da nicht die Schule wäre, die ihr die Kraft, und Cleo, die ihr die Nerven raubt. Und der Weihnachtsmann, der sich seit zwei Tagen nicht blicken lässt und trotzdem allen in den Köpfen herumspukt. Und damit ein echter Gute-Laune-Räuber ist.

Montag, 3. Dezember

Maja hätte sich denken können, dass Wunder nie lange anhalten. Nicht nur ein leichtes Kratzen im Hals, sondern auch der morgendliche Schulweg kündigt den Ton an diesem Montagmorgen an.

»Unsre Glas-Glöckchen-Queen geruht trotz guter Geschäfte noch in die Schule zu gehen!« Cleos Begrüßung am Schultor bringt Maja noch nicht aus der Ruhe. Als Cleo allerdings fortfährt, merkt sie, wie kräftezehrend das Wochenende auf dem Weihnachtsmarkt war. Majas Schutzschild zeigt Risse, und das nur, weil Cleo sich mit gespieltem Interesse nach einem Job als Hilfskraft für den Mandelstand anbietet.

»Kann das eigentlich jeder, so ein paar Nüsse in einen Topf fallen lassen und Zucker draufschütten, oder muss man dazu studiert haben? Ist ja schon ein Wunder, wie jeder auf dem Markt so mir nichts dir nichts an dem Stand aushelfen kann, während deine Mam sich zu Hause einen faulen Lenz macht!«

Maja fühlt, wie ihr die Hitze ins Gesicht steigt und sich die Fäuste in den Taschen ballen. Wenn sie jetzt auf die Unterhaltung einsteigt, kommt sie zu spät in den Unterricht, und da Extrajobs keine Entschuldigung für Zuspätkommen sind, will es Maja nicht gleich am ersten Tag darauf ankommen lassen, mit der Schulleitung Ärger zu kriegen. Also besser nichts darauf antworten. Vorbeigehen.

»Sag mal, krieg ich eine Antwort, oder soll ich allen erzählen, dass eure Mandeln die schlechtesten in der ganzen Stadt sind. Da hilft auch die coolste Verpackung nichts!« Cleo ist in Fahrt und hat ganz offensichtlich die Sache mit dem verpatzten Auftritt gestern nicht vergessen. Maja versucht es mit einem Peace-Zeichen, das Cleo mit einem hochgereckten Mittelfinger beantwortet, im Chor mit ihren vier Hofdamen. Für Cleo-Angriffe sieht sich Maja heute nicht gerüstet, zumal ihre Stimme wie ein kaputtes Rollo klingt. Ein Weihnachtswunder wäre jetzt hilfreich. Und auch wenn es auf den ersten Blick nicht so aussieht, kommt es in Gestalt von Englischlehrer Hansen daher, der die letzten Schüler von den Gängen scheucht, um sich gleich Majas Klasse zu widmen, in Form eines unangekündigten Tests. Mit einem stillen Lächeln nimmt Maja zur Kenntnis, dass Herr Hansens Aktion Cleo den Tag versaut. Maja kann den Test ohne große Vorbereitung locker schaffen. Cleo aber braucht vor jeder Klassenarbeit eine Extraportion Nachhilfe, bei unangekündigten Tests ist sie aufgeschmissen. Und auch ihre Gefolgsdamen sind keine gute Quelle zum Abschreiben. Da hat es Majas Banknachbarin Ella leichter. Großzügig schiebt Maja ihr das fertig beantwortete Blatt rüber und freut sich an dem dankbaren Blick Ellas, die so zierlich und schüchtern ist, dass sie durch Cleos Läster-Raster einfach durchfällt.

Doch, ein kleines Weihnachtswunder kann auch ein Englisch-Test sein, der Maja für den Rest des Vormittags Ruhe vor Cleos Frechheiten verschafft, weil die viel zu sehr damit beschäftigt ist, sich darüber aufzuregen, wie bescheuert ein Lehrer sein kann, am Montagmorgen einen Test zu schreiben. Und dass ihr Vater jetzt zum Direktor gehen wird und sich beschweren wird. Mindestens das, wenn nicht verklagen. Maja hat das Gemecker noch im Ohr, als sie schon längst auf dem Weg zum Weihnachtsmarkt ist, wo bereits kleine Rauchwolken aus den Büdchen hochsteigen, erste Schwaden von Zimt und Glühweinduft herüberwehen und man, wenn man sich sehr anstrengt, sogar die Glasglöckchen vom Willi hören kann.
Als Maja am Mandelstand ankommt, rührt ihre Mam gerade Berge von braunem, flüssigem Zucker um. Der Filz-Josef kippt die Mandeln aus einem braunen Sack nach und nach rein. Eigentlich ein richtig schönes Bild, zumal Majas Mam heute eine Kombination aus einem blauen Kopftuch, einem rotbraunen Mantel und dicken roten Stiefeln anhat und so ein kleines bisschen wie aus einem Weihnachtsbilderbuch aussieht, während der Filz-Josef in Loden und Filzhut direkt aus dem Trachtenmuseum gefallen ist.

»Hallo, mein Seidenäffchen!« Majas Mam drückt zwei dicke Küsse auf Majas Wange und der Josef murmelt was von »Schade, dass der Toni die Woche über nicht da sein kann!«.

Das ist wahr und ziemlicher Mist, ihre einzige jugendliche Stütze auf dem Markt muss ja die Woche über in Zwiesel im Bayerischen Wald auf die Schule gehen. »Der hat's nicht so leicht wie ich«, denkt Maja, deren Schule nur drei Ecken weiter ist. Toni musste gestern Abend noch nach Hause fahren, wo seine Oma auf ihn aufpasst, denn auch der Filz-Josef ist verwitwet. Während Maja noch darüber nachdenkt, was für ein merkwürdiger Zufall es ist, dass ausgerechnet zwei Halbwaisenkinder hier auf dem Weihnachtsmarkt aufeinandertreffen, füllt ihre Mam hektisch frisch gebrannte Mandeln in die Künstlertütchen. Eigentlich Majas Lieblingsaufgabe, aber es ist schon halb zwei, und Maja muss sich beeilen, um an Mereths Stand zu kommen, den sie heute Nachmittag betreuen soll.

Was für ein Glück, dass Mereth nicht nur eine Meisterin der Strohsterne und Strohanhänger ist, sie ist auch eine Meisterin im Gemüsekuchenbacken. Drei Stück davon verputzt Maja auf der Stelle und hat das Gefühl, dass die Teflonschicht mit jedem Bissen ein wenig dicker wird. Mereth kommt aus Dresden und redet breites Sächsisch. Maja kann sich gar nicht satthören an den weichen Silben und geknödelten Worten.

»Greif dir ruhisch noch en Stückschen, dafür hob isch ihn geboggen. Und och Stroschterne verkofen broucht seine Kroft. Sagamal, gloubst du, der Weihnachtsgubbi hat enen auff seine Mütze begommen? Wieso sieht ma den nisch mehr? Is doch in ener Tour mergwürdisch, Moja?«

Maja muss aufpassen, dass sie die Gemüsekuchenkrümel nicht lauthals rauslacht. Allein über das gegurgelte

»Moja« könnte sie sich kaputtlachen. Tatsächlich hat Mereth aber recht. Wohin ist dieser Miesepeter denn verschwunden, nachdem er ihnen während des ganzen Aufbaus das Leben zur Hölle gemacht hat?

Doch Maja bleibt kaum Zeit, sich diesem Rätsel zu widmen. Nachdem Mereth mit dicken Handschuhen und einer Pelzmütze bewaffnet zum Mandelstand gerollt ist – Mereth ist das Gegenteil ihrer zierlichen Strohsterne und bringt locker 100 Kilogramm auf die Waage –, wollen auch schon zwei ältere Damen Genaueres zur Geschichte von Strohsternen wissen. Maja hat zwar laue Erinnerungen an den Religionsunterricht, aber Mereth hat zwischen Gemüsekuchen und Gerüchteküche um den Weihnachtsmann noch was von »Geschenke der Armen und Stern von Bethlehem« gemurmelt. Daraus kann Maja tatsächlich eine Geschichte stricken, die die beiden Damen zum Kauf anregt:

»Angeblich saß eine Hirtin an der Krippe zu Bethlehem auf einem Strohballen und beobachtete den Stern über der Krippe mit dem Jesuskindlein. Dabei ist ihr die Idee gekommen, aus dem Stroh eine solche Form nachzubasteln. Aber das ist sicher nur eine Legende. Viel eher glaube ich, dass eine andere Geschichte stimmt. Stroh stand früher zur Verfügung, und so konnten auch die Ärmsten daraus Geschenke basteln.« Maja plaudert einfach drauflos, während die beiden Damen einen Stern nach dem anderen in die Hand nehmen, drehen und beratschlagen. Vielleicht sind sie auch furchtbar arm und können sich nur einen Stern leisten, denkt Maja, die sich schon ein bisschen wundert, warum der Einkauf von Strohsternen bei den beiden zum Staatsakt wird. Als Maja sieht, wie der größte anzunehmende Katastrophenfall, Cleo, zwischen den Buden herumschnüffelt, legt sie schnell noch eine Geschichte drauf, um den beiden zögerlichen Käuferinnen etwas Dampf zu machen.

»Im 19. Jahrhundert, als besonders viele Strohhüte benötigt wurden, weil kein Mensch im Sommer ohne Hut auf die Straße ging, da wären die Strohhuthandwerker im Winter beinahe pleitegegangen. Bis ihnen eine andere Verwendung des Strohs einfiel: Dekorationen für Advent und Weihnachten daraus zu basteln. Je feiner die Gebilde waren, desto kostbarer. Und auch das Haltbarmachen des Strohschmucks war eine Kunst!«

Maja beginnt zu schwitzen, denn sie möchte nicht wieder ein Verkaufsgespräch durch die trampelige Art von Cleo gefährden. Doch die beiden Damen haben endlich gefunden, wonach sie so ausgiebig gesucht haben. Einen Strohstern, der wie ein Schneekristall geformt und so filigran gebunden ist, dass Maja gar nicht fassen kann, wie Mereth den hergestellt haben soll mit ihren dicken Wurstfingern.

»So, das ist für dich!«, die eine Dame gibt Maja über den Verkaufspreis hinaus 50 Cent dazu, »damit die Strohsternmacher auch heute nicht pleitegehen!«

Selig packt Maja den Stern in Seidenpapier ein und legt ihn in eine flache Schachtel, die sie sicherheitshalber noch einmal mit einem Geschenkband verschnürt. Auch wenn langes Überreden nötig war, letztlich hat sich die Mühe gelohnt, denn das war eines von Mereths Prachtstücken, das da über den Ladentisch ging, und Maja sieht dem Cleo-Angriff wesentlich entspannter entgegen, als die beiden Damen sich laut schwatzend zur nächsten Bude aufmachen. Wahrscheinlich, um dort etwas über die Geschichte der Sockentiere zu erfahren.

»Na, Maja, du bist ja eine echte Allrounderin, gestern Glas, heute Stroh, und wieder läuft am Mandelstand alles wie von selbst, auch wenn niemand von der Familie Wiedmann da ist. Ah, und dein kleiner Freund aus dem Hinterwald wohl auch nicht!« Cleo hat den Stand erreicht und zieht ihre Lippen mit einem Gloss-Liner nach. Fehlt nur noch, dass sie sagt: »Packen Sie mir die Ware ein und tragen Sie sie zu mir nach Hause, aber benutzen Sie bitte den Dienstboteneingang.«

Cleo lässt das Lippgloss wieder in ihrer riesigen Handtasche verschwinden und zieht anschließend ein Feuerzeug heraus. Bei Maja gehen augenblicklich die Alarmglocken an: Stroh und Feuer sind eine schlechte Kombi. Doch Cleo spielt nur damit herum, sieht sich in aller Ruhe die Auslage an, bis sie einen sehr kleinen Stern am Zeigefinger baumeln lässt. In der anderen Hand das Feuerzeug, der Daumen liegt am Zünder.

Es wäre mal wieder Zeit für ein Weihnachtswunder.

Maja sucht den Himmel nach einem klitzekleinen blauen Hoffnungsfleckchen ab, aber zwischen den dicken

Schneewolken ist kein Platz für eine andere Farbe außer Grau, Grau und Grau. Früher hat Maja die Geschichten geliebt, wenn Mam in der Vorweihnachtszeit vom viel beschäftigten Weihnachtsmann erzählt hat, der mit seinem Rentiergespann vom Nordpol aus in die Welt startet, um am 6. Dezember pünktlich zu sein. Wenn der Himmel bedeckt war, dann war die Gefahr groß, dass sich der Weihnachtsmann verflog und eventuell am Nikolaustag nicht überall gefüllte Stiefel oder Socken bereitlagen. Wenn es regnete, dann war der Nikolaus verzweifelt, dass er nicht fertig würde, und wenn die Sonne schien, konnte es ihm eventuell zu heiß werden in seinem roten dicken Mantel, dem Bart und der schweren Mütze. Mam hatte für jede Wetterlage eine andere Geschichte parat, warum der Nikolaus nicht pünktlich sein würde. Und bis zum letzten Augenblick empfand Maja es immer als Zitterpartie, ob wenigstens etwas Klitzekleines vor der Tür stehen würde. Das liegt natürlich in Majas Erinnerung ungefähr 200 Jahre zurück, als sie noch an den Weihnachtsmann glaubte. Trotzdem hätte sie sich lieber dieses Bild bewahrt, als zu wissen, dass Weihnachtsmänner gemietete Miesepeter sein können und in Wahrheit gar keine netten Menschen sein müssen, um die Rolle zu spielen. So wie hübsche, blonde Mädchen in schicken Klamotten keine Garantie für einen guten Charakter sind.

Maja beobachtet Cleo scharf, die direkt unter dem kleinen Strohstern immer wieder den Abzug des Feuerzeugs schnappen lässt. Eine Maja mit Teflonschicht sitzt das aus und wartet, bis es Cleo zu langweilig wird. Eine Maja ohne richtige Schutzschicht lässt sich provozieren. Sie hätte vielleicht noch ein Stück Gemüsekuchen essen sollen, um den Schutzschild zu verbessern. Aber das wäre ja fast schon wieder ein Weihnachtswunder.

»Schade, dass man aus Stroh im Kopf keine Sterne basteln kann, dann wäre es wenigstens für etwas gut!« Majas Worte haben die Schärfe von Strohhalmkanten und zumindest den einen Effekt, dass Cleo mit dem blöden Schnappen des Zünders aufhört.

»Oh, Frau Oberschlau fühlt sich als was Besseres, weil sie kein Stroh im Kopf hat, aber dafür nachts auf Strohballen schlafen muss, weil es nicht für ein Bett langt!« Cleo ist in ihrem Element, wenn sie auf Majas Armut herumhacken kann. Das ist Maja gewöhnt und hält es aus, viel schlimmer findet sie Frechheiten gegen ihre Mutter.

»Wänn du nisch soford den Schtrohschtärn wieder ouf sänen Blatz lägst, gannst du misch ober gennenlernen!« Es gibt sie doch, die Wunder, und manchmal sprechen sie Sächsisch. Aus dem Augenwinkel sieht Maja, dass der Filz-Josef den Mandelstand betreut, während Mereth herübergerollt kommt, um sich jetzt vor Cleo aufzubauen. Dank 100 Kilo eine beeindruckende Showeinlage, die ihre Wirkung nicht verfehlt.

»Sachte, sachte, ist nix passiert.« Cleo hebt unschuldig die Hände und klimpert in der einen Hand mit ihrem Feuerzeug. »Hab mir nur die Hände wärmen wollen, ist ja nicht jeder diese Schaustellerei eben so gewöhnt wie Sie hier!«

In Mereths Augen entsteht ein merkwürdiges Flackern, als würde man Strohsterne anzünden. Ihre riesige Hand hebt sich, und fast sieht es so aus, als würde sie Cleo eine knallen wollen. Doch dann bremst die Hand kurz über Cleos Kopf ab und schnappt sich das Feuerzeug.

»Den Schtrohschtern schänk isch dir, isch glob, du gannst eenen goden Schtärn gebrouchen, du Früschtschen!« Das hat wahre Größe, Maja ist schwer beeindruckt von Mereths Standpauke, denn Cleo kann darauf nur ein Mini-Danke murmeln und findet keine Angriffsfläche mehr. »Chapeau«, hätte Majas Paps dazu gesagt, was so viel heißt wie »Hut ab vor solch einer pädagogischen Meisterleistung«.

»Grischst du den rästlischen Nochmiddag hin oder soll isch dir eenen Wachhund besorgen?« Ach, gegen einen kleinen Hund hätte Maja nichts einzuwenden, weiß aber natürlich, was Mereth damit meint. Klar wird das jetzt klappen, und wie es klappt. 53 Sterne hinterlassen über 250 Euro in der Kasse und Maja hat mal wieder viel über die Kaufgewohnheiten der Menschen gelernt. Auch der Koalabären-Mann war wieder da, kurz nach 17 Uhr. Diesmal hatte er eine braune Aktentasche dabei und war auf der Suche nach einem Stern mit zehn Zentimeter Durchmesser, denn er hätte schon einen mit sechs und acht Zentimeter. Die Vorstellung, wie das Koalabären-Männchen mit der Stimmgabel und dem Zollstock vor seiner

Weihnachtsdeko steht, um jeden Abend Inventur zu machen, war für Maja eines der lustigsten Highlights des Tages. Neben der Tatsache, dass auch am Mandelstand die Dinge im wahrsten Sinne des Wortes rund laufen, als Mam Mereth ablöst und sich die beiden runden Frauen kurz umarmen. Maja nimmt sich fest vor, sich ein wenig um den Filz-Josef zu kümmern. Der hat immer noch nicht zu seiner lustigen Haltung zurückgefunden. Sehr schade, denn der knorrige Filzhersteller und sein Sohn waren bisher eine echte Bereicherung.

Dienstag, 4. Dezember

In der Früh muss alles fix gehen. Schon am vierten Tag merken Maja und ihre Mam, dass dieser Weihnachtsmarkt ein echter Knochenjob ist. Nicht nur die Kälte, das lange Stehen, sondern auch immer freundlich zu sein, gleichzeitig darauf zu achten, dass die Mandeln nicht anbrennen oder die Tüten im Schneesturm verpustet werden. Überhaupt der Schnee. Gestern Abend hat es noch zu schneien begonnen, und Maja und ihre Mam haben sich tatsächlich durch ein dichtes Flockentreiben nach Hause kämpfen müssen, nachdem sie mit dem Filz-Josef noch eine Bratwurst gegessen und einen Kinderpunsch getrunken haben. Richtige Sorgenfalten hat er gehabt, und Maja leuchtete ein, dass die Geschäfte bei ihm nicht gut laufen konnten. Man muss eben schon ein Stück weit Weihnachtswunderlaune verbreiten – das ist auch die Aufgabe von einem Weihnachtsmarkt, so viel hat Maja verstanden von der Liebe der Leute, sich bei Wind und Wetter im Freien von Stand zu Stand treiben zu lassen, um selbst gebastelte Waren anzusehen oder gar welche zu kaufen. Majas Mam vermutet, dass er den Toni vermissen würde, aber Maja entgegnet, dass der Josef ja schon so mies drauf gewesen sei, als der Toni noch da war.

Das alles erzählen sich Maja und ihre Mam noch einmal am Frühstückstisch, auf dem es heute etwas spartanisch zugeht. Naturjogurt ohne Zucker und eine Tasse Kamillentee. Keine von beiden hat gestern in dem ganzen Markttrubel ans Einkaufen gedacht, Maja durfte sich in der Schule mal wieder mit den Gehässigkeiten von Cleo auseinandersetzen, und Majas Mam hat noch schnell ein paar Dutzend Papiertütchen bemalt und Postkarten bedruckt, denn nach einer kleinen Hochrechnung werden sie spätestens am 18. Dezember nichts mehr haben, um ihre Mandeln zu verpacken. Wenn das Geschäft so weitergeht, sind die Tüten, jedenfalls die künstlerisch wertvollen, dann aus, und wer weiß, ob die Oberpetze von Weihnachtsmann das nicht gleich den Organisatoren des Weihnachtsmarkts stecken würde. Dann wäre ihre Teilnahme im nächsten Jahr gefährdet.

Wie passend, dass Majas Mam heute einen Adventskalender-Zettel mit »1 x Einkaufen« zieht!

»Das geht doch nicht, wann willst du das denn machen«, fragt Majas Mam besorgt, aber Maja meint: »Nach der Schule, auf dem Weg zum Markt!« Die Sachen werden bei der Kälte sicher nicht schlecht werden, wenn wir sie am Mandelstand abstellen.

Maja bekommt einen Zwanzig-Euro-Schein aus den Einnahmen vom Weihnachtsmarkt und schnappt sich eine kleine Nylontasche, die zusammengefaltet in einem Etui nur so groß wie ein Geldbeutel ist. Die allmorgendlichen Perlen aus dem Adventskalender steckt Maja zu den anderen in eine kleine Spanschachtel, nicht ohne ihre Mam vorher zu umarmen und dem Elefantenbaby über den Kopf zu streicheln, zumindest dort, wo Maja den Kopf vermutet.

»Ich komm dann ein bisschen später auf den Markt, Mam, ja?« Maja ist schon fast aus der Tür, als sie ihre Mutter noch fragt: »Sagst du auch dem Schorsch Bescheid? Der kann sich, bis ich komme, ja dann noch ein wenig auf seinen Kissen ausruhen!«

»Klar, mach ich, jetzt saus aber los, sonst wird dir dein lieber Lehrer Hansen wieder was husten!«

Hast du eine Ahnung, Mam, dass mir der Herr Hansen noch der Liebste ist, der an der Schultür auf mich wartet, denkt Maja, als sie durch den Schnee läuft. Offensichtlich hat es in der Nacht so viel geschneit, dass der örtliche Räumdienst nicht hinterherkommt. Maja weiß, was das für den Markt bedeutet. »Jetzt erst recht«, denken sich die Besucher, die sich von totaler Winterstimmung noch mehr angesprochen fühlen. Das wird ein ganz trubeliger Nachmittag werden und Maja wird sich im Supermarkt beeilen müssen.

Anscheinend hat Cleo heute nicht das passende Outfit gefunden, jedenfalls steht sie weder am Schultor, noch sitzt sie im Klassenzimmer. Glück gehabt. Maja frohlockt, als sie Cleos leeren Stuhl sieht und weiß, dass sie sich völlig entspannt dem Unterricht widmen kann, so entspannt, wie es eben geht, wenn man die Hausaufgaben flink am Frühstückstisch erledigt hat, von Vokabelnlernen ganz zu schweigen. Gut, der Hansen wird wohl nicht gleich wieder einen Test schreiben, aber vielleicht die Französisch-Tussi Noël Bareau, die so betont entspannt tut, aber streng wie ein alter Pauker ist und wirklich aus Frankreich stammt, was sie bei jeder passenden und unpassenden Gelegenheit loslässt. So auch heute:

»Mesdames et Messieurs, toutes, alors, bitte Ruhe, wir werden heute eine Weihnachtgeschichte auf Französisch lesen. Ich liebe Weihnachten, schon deshalb, weil ich Noël, also Weihnachten, mit Vornamen heiße, und wisst ihr auch, warum? Weil meine Eltern an Weihnachten erfahren haben, dass sie ein Baby bekommen, und wenn es ein Mädchen würde, dann sollte es Noël heißen, c'est très jolie, n'est-ce pas?«

Sehr süß. Maja schüttelt den Kopf, wenn Namensgebung so funktionieren würde, dann hieße Maja jetzt Faschingsscherz. Noël Bareau wirft mit einer unglaublich lässigen Bewegung ihre langen braunen Haare über die Schulter und macht einen auf elegante Pariserin. Gut, dass Cleo das nicht sieht, das wäre eine Geste ganz nach ihrem Geschmack, mit dem klitzekleinen Unterschied, dass Cleo noch nicht einmal Deutsch so gut spricht wie Noël Bareau Französisch und Cleos Haare in dem undezenten Blondton nicht elegant, sondern ein bisschen billig wirken. Aber das sind ja wirklich Haarspaltereien, lieber sollte sich Maja auf den Unterricht konzentrieren, der so langsam Fahrt aufnimmt, genauso wie Noël Bareaus Sprechgeschwindigkeit. Selbstverständlich auf Französisch.

Als hätte Madame Bareau das Tempo für den Tag vorgegeben, so schnell fliegt der Vormittag dahin, und Maja sieht erste Anzeichen eines Weihnachtswunders, als die letzte Stunde ausfällt und sie so in aller Ruhe zum Einkaufen gehen kann.

In aller Ruhe? Zwischen Milchregal und Käse räumt jemand all zu Bekanntes Fitnessdrinks in seinen Einkaufskorb. Maja will schon den anderen Gang nehmen, da dreht sich Cleo um. Krank sieht sie nicht aus, eher bunt, aber wer den ganzen Vormittag zum Schminken hat, kann zu so einem aufgebrezelten Ergebnis kommen.

»Auch unter die Schulschwänzer gegangen?«, Cleo feixt Maja an, als würden sie seit Neuestem zu ein und derselben Mafia-Vereinigung gehören, »oder musst du noch Mandeln kaufen, damit ihr was zu verkaufen habt?«

Majas Teflon ist heute gut, vielleicht auch, weil sie es in der Schule nicht gebraucht hat.

»Wärst du in der Schule gewesen, wüsstest du, dass die letzte Stunde ausgefallen ist, Notenkonferenz, wahrscheinlich geht die gesamte Zeit drauf, um über deine zu reden!« Ah, Teflon mit Nägeln, Maja fühlt sich gut gerüstet für weitere Cleo-Sticheleien.

»Mist«, Cleo entgleisen kurz die Züge, »ausgerechnet wegen dem Hansen bin ich doch heute gar nicht gekommen, ich will erst, dass mein Vater den in der Sprechstunde zusammenfaltet!« Cleos Augen sind huskyblau, und Maja ahnt, dass der Supermarkt jetzt gleich zu einer einzigen Tiefkühltruhe gefriert. Sie muss sich aber sowieso beeilen, sonst ist der schöne Vorsprung durch die Freistunde gleich wieder dahin.

»Muss jetzt los, der Einkauf macht sich nicht von selbst.« Maja schiebt ihren Wagen an Cleo vorbei, als die blitzschnell Majas Schulrucksack festhält und reingreift. Triumphierend hält sie den Geldbeutel hoch.

»Bin mal gespannt, wie du jetzt zahlen möchtest!« Cleos Stimme klingt herausfordernd und Majas Teflon bröckelt. Im Geldbeutel sind die 20 Euro und ein bisschen Kleingeld, von dem sie sich jetzt noch einen Hamburger gekauft hätte.

»Gib das her!« Majas Hände schwitzen, im Einkaufswagen liegen genau so viele Artikel, wie sie für 20 Euro bekommt. Nichts Besonderes, aber das Notwendigste. Und sie hat nur jetzt Zeit, die Sachen zu kaufen.

»Kriegst es heute Nachmittag am Weihnachtsmarkt wieder, kannst dich also schon freuen, mich wiederzusehen! Und wage ja nicht, mich anzuschwärzen. Du wirst es so aussehen lassen, als hättest du den Geldbeutel verloren, und ich liebenswerte Person finde ihn und bringe ihn dir zurück, gegen Finderlohn, versteht sich. Du weißt ja, wie schnell erzählt ist, dass eure Mandeln scheiße schmecken und deine Mutter Hundekuchen in die Glasur bröselt.«

Genau die richtigen Worte, um Majas Gelassenheit in Luft aufzulösen. Mit einem Riesenschwung rast Maja auf Cleo zu, um sie mit dem vollen Einkaufswagen zu rammen. Die aber lässt ihren Einkauf fallen, dreht sich um und läuft aus dem Laden.

Als Maja ohne Einkaufstüte bei ihrer Mam ankommt, ist sie verheult, hungrig und viel zu spät dran, denn sie hat sich erst einmal beruhigen müssen, dann hat sie mit der Kassiererin ausgemacht, die Sachen noch vor Ladenschluss heute zu bezahlen und abzuholen. Maja ärgert sich am meisten darüber, dass ein so wunderbarer Tag so eine scheußliche Wendung nehmen kann. Tatsächlich erzählt sie ihrer Mam die Geschichte von dem in der Schule verlorenen Geldbeutel, was sie dann noch mehr ärgert, denn warum lässt sie sich von Cleo so einschüchtern? Aber der gute Ruf ist auf diesem Weihnachtsmarkt eben alles, und wenn schon zwei Personen versuchen, daran zu kratzen, dann wird es schwierig. Apropos die zweite Person. Der Weihnachtsmann ist wieder weit und breit nicht zu sehen. Das sagt sie auch ihrer Mam, um von dem »verlorenen« Geldbeutel abzulenken. Der Filz-Josef, der schon neben Mam steht, als Maja beim Stand ankommt, sagt gar nichts dazu, sondern schweigt in seinen dicken, großmaschigen Schal hinein. Mams Gesicht ist heute ein bisschen blass und nach der Erzählung vom verlorenen Geldbeutel noch ein bisschen blasser. Sie macht Maja keine Vorwürfe, versteht, dass man mit der Doppelbelastung einfach ein bisschen schusselig wird, aber 20 Euro sind nun mal fast sieben Mandeltütchen. Sieben Personen, die sich entschlossen haben, Mams Mandeln zu kaufen und nicht etwa Pfannkuchen oder Zuckerwatte oder selbst gemachte Bonbons. Maja nascht in den Mandelkrümeln, sie hat ein Loch im Bauch und Lust auf einen Hamburger, aber sie will ihre Mam jetzt nicht um Geld anhauen. Am besten, sie verzieht sich gleich mal zum Stand vom Schorsch, für den sie heute verkaufen soll, während Mam was gegen ihre Blässe tut und sich zu Hause ausruht.

»Ja, gumm nur nei in die gudde Stube«, begrüßt sie der Schorsch mit einem kräftigen Griff seiner Hand, die gleich darauf zärtlich über Schaffellkissen, Schaffellwärmflaschen und Schaffellhandschuhe streicht, als wären die Schäfchen noch lebendig. Der Schorsch kommt von der Fränkischen Alb und ist das, was man in Bayern ein Urviech nennt. Maja stellt sich den Halbriesen Hagrid in *Harry Potter* so vor. Schrankgroß, ein Kreuz wie ein Containerschiff, und wo andere Hände haben, hat der Schorsch Klodeckel. Hätte er nicht ein so unendlich gütiges Grinsen im Gesicht und Augen wie Schokotaler, die von schwarzen buschigen Augenbrauen überwachsen sind, müsste man sich ein bisschen vor dem mächtigen Mann fürchten. Der Riese steht inmitten wollweißer, gelblicher, schwarzer und braun gefleckter Schaffelle in allen Größen. An bunten Bändern hängen Wärmflaschenhüllen aus Schaffell, und kuschelige Nackenrollen stapeln sich an den Rändern seines Standes. Maja frohlockt innerlich, als sie die weiche Pracht sieht, die den Stand fast wie eine Wolke aussehen lässt.

»Dou mussd kanne Angst haben, meine Schäfla beißen ned, schau, wenn ma die mid dem Strich streicheld, dann ist des obtimal.« In seinen Armen hält der Schorsch ein

Kissen, als sei es ein frisch geborenes Lamm, und bürstet die Wolle von links nach rechts. Maja greift sich auch eins und ist begeistert. Allein das Streicheln ist eine Wohltat.

»Und ans mussd du wissen, Wolle reinigd sich selbsd, nur ausschüddeln. Des is wichdich für die Kunden, sonst haun die des Fell in die Waschmaschine, und dann wird's hadd wie ein Breddla und ich kriech die Beschwerden!«

Maja muss lachen, wenn sie daran denkt, wie der Schorsch mit seinen dicken Pranken einen Beschwerdebrief aufreißt und auf die Blödheit der Menschen schimpft.

»Es gibbd nix bessas als wira Schaffell! Meine sind mit Pflanzen gegerbt oder mid Alaun, alles naddürlich, und die Schafe kummen alle von der Fränkischen Alb, ich hab die quasi alle mit dem Namen gekannt.«

So genau will es Maja gar nicht wissen, obwohl ihr natürlich klar ist, dass für diese vielen kuscheligen Felle Schafe gestorben sind.

»Mehr mussd du ned können, Maja, die Breise hängen alle auf den Waren dran, wer zwei Sachen nimmt, kriecht 5 Brozent Rabadd!« Jetzt kommt Maja doch ins Schwitzen, denn Prozentrechnen ist nicht ihre Stärke. Scheinbar sieht Schorsch ihr diese Unsicherheit an und hat gleich eine Lösung parat.

»Du nimmst also den zehnden Deil der Summe und halbierst den und so viel ziehst du dann vom Ganzen ab!«

Großartig, so hat Maja nicht nur was über Schaffelle gelernt, sondern auch noch Mathenachhilfe bekommen.

»Und, Maja, bevor ich geh, du lässd dich von niemanden

blöd anschwätzen, schon gar nichd von dem Weihnachtsdroddel!« Der Schorsch fuchtelt mit den Riesenpranken durch die Luft, als würde er den Weihnachtsmann hinter einer Schneewolke vermuten, wo er mit einem Notizblock bewaffnet alle Unregelmäßigkeiten auf dem Weihnachtsmarkt notiert.

»Weihnachtstrottel« ist natürlich zum Schießen. Maja gluckst vor sich hin, und der Schorsch schaut komisch, weil er ja alles ernst gemeint hat.

»Und nimm dir was von dene Wörschdla da hinden, die had meine Frau gemachd!« Das ist das Stichwort, augenblicklich meldet sich bei Maja der Hunger zurück, und sie verdrückt, nachdem der Schorsch sich zum Mandelstand aufgemacht hat, drei köstliche fränkische Würste.

Bei aller Komik, auch der gutmütige Schorsch hat den Weihnachtsmann gefressen. Und obwohl der Kerl jetzt schon seit vier Tagen wie vom Erdboden verschluckt scheint, geistert er in allen Köpfen herum. Maja würde gern noch länger über das Phänomen nachdenken, aber ein Kunde will wissen, ob er das Fell auch als Allergiker benutzen kann, und eine andere Dame möchte ein Schaffell für ihr Enkelkind, das jetzt zwei Tage alt ist, und wieder ein anderes Pärchen hat sich in zwei Schaffellkissen verliebt, aber nur Geld für eines dabei. Zwar weiß Maja nicht auf alles eine Antwort und Mengenrabatt musste sie auch noch keinen geben, aber wieder einmal stellt sie fest, dass man mit Herzlichkeit auch Unwissenheit wettmachen kann.

Muss ich mal Cleo verraten, vielleicht wird das dann noch was mit ihrer Schulkarriere, denkt Maja und versucht gerade zwei Nackenrollen, die am Rand des Standes dekoriert sind, vor dem einsetzenden Schneefall zu retten.

»Na endlich bist du unter deinesgleichen!«

Maja fährt herum und hätte auch ohne die blöde Anspielung, ein Schaf zu sein, gespürt, dass Cleo sich mal wieder von ihrer besten Seite zeigt.

»Gib mir jetzt bitte meinen Geldbeutel wieder, Cleo, das sind echt alberne Scherze, die Zeit und Nerven kosten. Kann dir doch auch keinen Spaß machen!« Maja kommt gleich zum Punkt, denn sie will Cleo loswerden. Die unschuldigen weißen Schaffelle und dieses Biest, das geht nicht zusammen.

»Schön langsam, liebe Maja.« Cleo zieht den Geldbeutel in Zeitlupe aus ihrem sehr knapp geschnittenen lackschwarzen Anorak, gleichzeitig setzt sie eine Sonnenbrille auf, was angesichts der Wetterverhältnisse stark übertrieben ist, aber seine Wirkung nicht verfehlt. Cleo sieht nun aus wie ein Racheengel. Sobald Cleo den Geldbeutel endlich in ihrer Hand hält, will Maja ihn sich schnappen. Doch Cleo reißt den Arm hoch und lässt ihn unerreichbar werden. In der Zwischenzeit wollen wieder viele Menschen etwas von Maja wissen, die unkonzentriert antwortet und somit kein Stück verkauft.

»Dieser Schaffellfuzzi wird nicht begeistert sein, wenn du ihm das Geschäft versaust! Maja, Maja, so geht das nicht!« Cleo schüttelt gespielt streng den Zeigefinger und bringt so Maja nur noch mehr zur Weißglut. Von Teflonschicht ist heute nichts zu spüren.

»Ich weiß gar nicht, ob du bei so viel Unartigkeit etwas vom Weihnachtsmann bekommst.« Cleo legt noch nach, und Maja würde ihr den Kopf am liebsten mitten in ein Schaffell drücken, aber das wäre unfair dem Schaffell gegenüber.

Weihnachtswunder, wo bist du, fragt sich Maja gerade in dem Augenblick, als der Koalabären-Mann an den Stand tritt. Braune Aktentasche unter dem Arm und heute mit einer weißen Pudelmütze, die entfernt an eine Schaffellwärmflasche erinnert.

»Meine Damen, ist das eine Art Theaterstück, das Sie hier jeden Tag aufführen, oder warum werde ich jeden Nachmittag Zeuge eines Streits?« Der Koalabären-Mann nimmt Cleo den Geldbeutel aus der Hand.

»Wem gehört der?«

»Er gehört mir und Cleo hat ...« Weiter kommt Maja nicht, denn Cleo fällt ihr ins Wort: »... ja, und sie hat ihn verloren und ich habe ihn gefunden. Bin dann gleich her, um ihn Maja zu bringen, die haben's ja nicht so dicke, die Maja und ihre Mutter. Und so eine gute Tat bringt vielleicht ein Extrageschenk vom Weihnachtsmann, was meinen Sie?«

Cleo lächelt ihr »Ich bin ja so eine Traumprinzessin und Mustertocher«-Lächeln. Der Koalabären-Mann schaut von einer zur anderen und fragt:

»Ist das wahr, Maja, das war doch dein Name?« Maja

nickt, ohne zu lächeln, und verkrallt ihre mittlerweile blau gefrorenen Finger in eines der Schaffelle. Der Geldbeutel wandert so ohne Umschweife zu Maja, die gleich nachsieht, ob auch noch alles da ist. Tatsächlich fehlt nicht ein Geldstück, und auch der Schein steckt so in der Seitentasche, wie Maja ihn hineingesteckt hat.

»So, und nun zu meinem eigentlichen Anliegen«, der Koalabären-Mann wendet sich Maja zu, »ich brauche was für meine alte Mutter und habe an ein Sitzkissen aus Schaffell gedacht!« Dabei deutet er auf zwei Kissen, die besonders plüschig sind, und Maja wartet eigentlich nur noch darauf, dass der Koalabären-Mann sagt, er hätte schon ein Kissen mit zehn mal zehn Zentimetern und eines mit 30 mal 30 Zentimetern und jetzt fehle noch eines in 40 mal 40 Zentimetern, dann könnte er alle der Reihe nach sortieren. Aber nein, der Mann sieht Maja erwartungsfroh an und hat sich dabei so an den Stand gestellt, dass er Cleo die Sicht auf Maja verdeckt, die sich mit einer unmissverständlichen Geste ihres Mittelfingers zurückzieht.

Also entweder ist dieser Mann vom Büro für Weihnachtswunder oder er hat ein Gespür für das Unrecht auf der Welt, spukt es Maja durch den Kopf, während sie die beiden Kissen in Tüten packt. Endlich eine Gelegenheit, die Fünf-Prozent-Regel anzuwenden, was den Mann sichtlich freut.

»Also bis morgen, Maja«, ruft er im Weggehen. Von hinten sieht der Mann nun aus wie ein schwer bepackter Koalabär, obwohl die Kissen fast nichts wiegen.

»Wer war des denn?« Der Schorsch kommt von seinem Mandelstand-Einsatz zurück und Maja hat in der Aktion der letzten zwanzig Minuten völlig die Zeit übersehen. Es ist bereits 17 Uhr, und ihre Mam ist schon wieder dabei, die Mandelvorräte aufzustocken, weil der Schorsch ein Tütchen nach dem anderen verkauft hat und sich dabei immer wieder eine Handvoll Mandeln selbst gegönnt hat. Beim Schorsch ist allerdings eine Handvoll eine doppelte Portion und der Karamellisiertopf ist leer.

»Was wolld denn der Kerle von dir, Maja, hadd der dich beläsdigd?«

»Ach wo, der hat gleich zwei Kissen auf einmal gekauft, und die letzten Tage hat er sich ja auch immer was ausgesucht an den Ständen, wo ich gearbeitet habe!« Maja lächelt zum ersten Mal an diesem Nachmittag wieder, aber der Schorsch scheint mit der Antwort nicht zufrieden.

»Was gummt jetzd der immer an die Stände, wo du arbeidesd? Des is doch mergwürdich, oder?«

»Was meinst du damit, Schorsch?«

»Dass des auch leichd so eine ard Spion sein kann, von den Organisadoren, ob hier Kinderarbeid bedrieben wird. Vielleichd had der den Weihnachtsmann abgelösd?«

»Das glaub ich nicht, der ist total nett und der Weihnachtsmann ist doch ein mieses Schwein!« Majas Stimme überschlägt sich, und ein paar Leute bleiben stehen, weil es doch ziemlich ungewöhnlich ist, dass jemand auf dem Weihnachtsmarkt behauptet, der Weihnachtsmann sei ein Schwein, und dann auch noch ein mieses.

»Psst, ned so laud, mir kommen sonsd noch in Deufels Küche! Aber des machd doch alles Sinn. Der Weihnachtsmann ist verschwunden und gleichzeidich dauchd der digge Kaschberl auf und kaufd immer bei dir seine Weihnachtsgeschenge. Wenn des amal kane Falle ist?«

In der Zwischenzeit ist der Filz-Josef auch an den Stand gekommen, hat zwei Tassen Tee dabei und Schorschs letzte Sätze auch gehört.

»Na, macht's euch keine Gedanken, der is harmlos. Dass der Weihnachtsmann verschwunden ist, hat sicher einen anderen Grund, glaubt's mir's!« Schorsch und Maja schauen den Josef verwundert an.

»Fragt's mich jetzt nicht, aber es ist anders!«

Leider kann Maja dem Gespräch zwischen den beiden nicht mehr folgen, denn siedend heiß fällt ihr ein, dass sie ja die Einkäufe im Supermarkt noch auslösen muss. Sie rennt so schnell es die Schneeverhältnisse zulassen zum Supermarkt und kann so nicht mehr sehen, wie der Schorsch und der Josef die Köpfe zusammenstecken und bei dem heimlichen Gespräch die Augen vom Schorsch immer größer werden. Nicht mehr wie Schokotaler, sondern wie Schokoteller. Schwarz und unergründlich.

Mittwoch, 5. Dezember

Schon der Morgen dieses 5. Dezembers ist anders. Mam fühlt sich bereits in der früh schlecht und Maja ein wenig später nach der Vier in Englisch. Das einzig Vernünftige sind die beiden Adventskalender-Präsente: zwei Perlen in Türkis für Maja und eine Runde Fußekraulen für Mam. Und weil Maja diesen Gutschein gleich einlöst, kommt sie zu spät zur Schule. Gut, ihre Mam schreibt ihr eine Entschuldigung, auf der sie sich und indirekt das Elefantenbaby als Grund für das Zuspätkommen angibt, aber da Majas Leistungen wegen der Zusatzbelastung am Weihnachtsmarkt schon in der ersten Woche in den Keller rauschen, wird der Direktor auch noch alle Hühneraugen zudrücken müssen, um das zu tolerieren. Nach der zweiten Stunde wäre Maja beinahe eingeschlafen, und nur einem Stupser ihrer lieben Banknachbarin Ella ist es zu verdanken, dass das nicht peinlich auffällt.

Kaum am Weihnachtsmarkt angekommen, sieht sie, dass die Budenbesitzer in Aufruhr sind. Drei schwarz gekleidete Herren in langen Mänteln und Pelzkragen stapfen im mittlerweile tiefen Schnee zwischen den einzelnen Ständen herum.

»Was wollen die denn hier?« Maja fragt ihre Mam, die mit dem Filz-Josef, Aifa und Kiki beisammensteht. Der Filz-Josef ist merkwürdig blass, aber so passt er gut zu Mam, deren Gesicht sich weiß von ihrem dunkelgrünen Schlupfschal abhebt, der in einer weichen Welle vom Kopf bis zu den Schultern fällt. Das Elefantenbaby hat sie unter einigen Lagen Pullovern, Westen, Capes und einem Mantel eingebettet.

»Das sind die Herren Organisatoren. Den ganzen Vormittag staksen die schon hier rum, bohren mit den Schuhspitzen im Schnee, zupfen an den Verkleidungen der Buden und schütteln ununterbrochen den Kopf. Keiner hier versteht, wieso!« Majas Mam flüstert diese Worte und Maja nimmt instinktiv ihre Mam an die Hand. Der Filz-Josef hat wohl gleichzeitig denselben Gedanken, und so stoßen Majas und Josefs Hand aneinander. Maja muss schmunzeln. Soso, der Filz-Josef – jetzt ist er also über das »Teebringen« hinaus. Gleichzeitig sieht sie aber, dass sein Gesicht noch blasser geworden ist und er Mam aus tief liegenden Augen ansieht.

Die drei Herren bleiben jetzt vor dem Mandelstand stehen, sodass man ihre Worte gut verstehen kann.

»So geht das hier nicht weiter, die versinken im Schnee, bald wird niemand mehr kommen, weil das weiße Zeug zu hoch liegt. Verstehe eins nicht, wir hatten doch Streuguttonnen geordert, und dieser Miet-Weihnachtsmann sollte sich drum kümmern, wo ist denn der Kerl?« Einer der Pelzkragenmänner, der aussieht, als ob er sehr, sehr viel

Geld mit dem Betreiben von Weihnachtsmärkten verdienen würde, schaut sich mit einem fordernden Blick um.

Aifa hebt die Schultern: »Wirrrr habän diesen Härrrren auch schon lange nicht mährrrr gesehen. Errrr fählt uns abärrrr auch nicht.«

Der Filz-Josef stößt Aifa in die Seite und die Pelzkragen-Leute heben die Augenbrauen und sehen dadurch aus wie Schopfpinguine.

»Was wollen Sie denn damit sagen, Frau ... äh ... Aifa?«

»Das was ich sagä. Därrrr Mann hat kein Härrrrrrz für einen Weihnachtsmarrrrkt!« Das Wort *Herz* gurrt Aifa dermaßen laut und tief, dass Maja Gänsehaut bekommt, so gewaltig ist das Wort durch Aifas Betonung geworden.

»Na, na, na, hier wird es doch keine Feindseligkeiten geben? Muss man sich ja sonst Gedanken machen über die Zusammensetzung nächstes Jahr, nicht wahr, Frau Aifa?« Der eine Pelzkragen schiebt sich genüsslich eine Zigarre in den Mund und pafft, nachdem er sie mit einem monströsen silbernen Feuerzeug angezündet hat, in die Schneeluft, die bis gerade eben noch herrlich nach Winter, Mandeln und Punsch geduftet hat.

Aifas milchkaffeebrauner Teint ist grau geworden.

»Ich sagä nichtsssss, garrrrrr nichtssss mährrr!« Sie hebt ihre langen Arme und klimpert mit ihren tausend Armbändern.

»Na, dann schaun Sie mal alle, dass der Rubel rollt, und gehen in Ihre Stände zurück, und wir kümmern uns um das Streugut und die Räummannschaft, wenn das hier sonst keiner schafft!« Die Pelzkragen-Typen machen wedelnde Bewegungen, und Maja kann aus dem Augenwinkel sehen, dass ihre Mam die Zähne zusammenbeißt, um nichts zu sagen. Ebenso der Filz-Josef, Aifa, Kiki, zu der sie jetzt gleich gehen wird, und der Glasbläser-Willi, der die Szene aus der Ferne beobachtet hat und mit dem Zeigefinger quer über seinen Hals fährt.

»Wir werden vorsichtig sein müssen, mit den Typen ist nicht zu spaßen!« Mam versucht ein Lächeln und rührt im Karamellisiertopf, in dem es friedlich und goldbraun blubbert. Alles könnte so schön sein, wenn nicht diese Angst wäre, dass hier jemand spitzelt und seine Ergebnisse diesen Mafia-Typen von Organisatoren steckt. Langsam glaubt Maja, dass ihre Erfahrungen mit Cleo schon eine prima Vorbereitung auf das Leben sind. Knalltüten bleiben Knalltüten, und Maja kann sich Cleo ziemlich gut in einem langen schwarzen Mantel mit Pelzkragen vorstellen.

Als sich alle wieder in ihre Stände zurückziehen, geht Maja gleich mit Kiki mit. Heute stehen Lebkuchen und selbst bemalte Dosen auf dem Programm. Kiki kommt aus Russland und hat dort die Kunst der Lackmalerei erlernt. Stundenlang kann sie erzählen, von den großen Kunstschulen rund um Moskau und in Zentralrussland, wo seit Jahrhunderten eine besondere Kunst des Lackmalens gepflegt wird.

»Weißt du, Maja«, erzählt Kiki in astreinem Deutsch, von dem sich Cleo noch was abschneiden könnte, »früher haben die Lackkünstler Zaren-Paläste geschmückt und religiöse Motive auf Holztafeln aufgebracht, sogenannte Ikonen. Doch nach der Oktoberrevolution 1917 waren religiöse Motive komplett verboten und Zarenpaläste total out. Beinahe wären alle Lackkünstler verhungert. Aber wir in Russland sind an solche, wie sagt man, Stolpersteine gewöhnt. Um ein bisschen Freude im Alltag zu haben, kam der Schnupftabak in Mode. Und in den Städten wollte man sich schon von den kleinen Bäuerlein unterscheiden, die ihren Schnupftabak in schmierigen Lederbeutelchen in der Gesäßtasche trugen.«

Maja muss lachen, denn Kiki drückt sich so gewählt aus, dass man es gleich mitdrucken könnte. Außerdem ist sie kaum zu stoppen.

»Also haben die Lackschulen aus der Not eine Tugend gemacht und fingen an, Schachteln aus Pappmaschee kunstvoll zu lackieren. Meist lackschwarzer Grund verziert mit Märchenmotiven oder Blumen.«

Da scheint sich ja nicht viel dran geändert zu haben, denkt sich Maja, als sie die glänzenden Schönheiten an Kikis Stand sieht – kleine rechteckige Dosen, die allerdings nicht geheimnisvoll schwarz, sondern krachend bunt lackiert sind. Pink, Violett, Kobaltblau, und aus den Märchenmotiven sind Figuren der Jetztzeit geworden: Bart Simpson, Miffi, der rosarote Panther – alle inmitten herrlicher Blumenranken, die so echt aussehen, dass Maja nicht glauben kann, wie man so fein auf einer kleinen Pappschachtel malen kann. Gefüllt sind die Schachteln mit Lebkuchen. Vermutlich auch ein russisches Rezept, denn sie sehen anders aus als die Nürnberger Lebkuchen, die es sonst überall zu Weihnachten gibt.

Wie sehr diese kunstvoll verpackten Lebkuchen der Renner sind, merkt Maja gleich, nachdem sie ihren Dienst angetreten hat und Kiki mit einem unaufhörlichen Redeschwall zum Mandelstand gezogen ist. 20, 30, 40 Euro legen die Leute je nach Größe für ein Schächtelchen hin. Es gibt sogar Dosen für wahnwitzige 150 Euro, die mit poppigen Babuschkas, den russischen Holzpuppen, bemalt sind und wie aus dem Designer-Laden aussehen. Maja schafft es kaum, Schachteln nachzulegen, die unter der Präsentationstheke des Standes gelagert sind, so groß ist die Nachfrage. Als sie gerade wieder einmal bis zur Schulter in mit Holzwolle ausgefüllten Kisten versinkt, um nach Schachteln zu suchen, zwickt sie etwas rechts und links in die Seite.

Das fehlt jetzt noch. Cleo-Angriff aus dem Hinterhalt. Ganz großer Auftritt! Die gnadenlose Eiskönigin bei ihrem täglichen Folterspaziergang. Maja schießt aus der Kiste hoch, an Teflonschicht ist gar nicht zu denken. Mit einer schnellen Drehung will sie der Peinigerin einen Puschel Holzwolle ins Gesicht stopfen. Ist doch die Höhe, wie kann diese lästige Zimtziege es wagen, sich in den Stand zu schleichen?

Majas Hand ist kurz vor dem Gesicht ihres Gegenübers, bereit, ein Holzwollenmassaker anzurichten, sprich: ordentliches Jucken zu verursachen, was mit Holzwolle prima geht, als ihr Schwung gebremst wird. Einerseits durch ein Augenpaar, das nicht im Entferntesten an schockgefrorenes Kühlwasser erinnert, sondern eher an Siebenschläfer-Knopfäuglein, und andererseits durch eine Hand, die behutsam einzelne Fäden von Holzwolle aus ihren Fingern zieht.

»Toni!«

»Hallo, du wilde Hummel!« Toni zupft Maja einige Holzwollefasern aus den Haaren und grinst breit.

»Du weißt schon, dass du beinahe Opfer eines Holzwolleanschlags geworden wärst?« Maja ist immer noch überrascht und ein wenig restwütend, so sehr war sie auf Cleos Attacke fixiert.

»Was is denn mit euch los hier, ihr seids alle so nervös, selbst mei Papa!« Süß, der Toni und sein Niederbayerisch bringen gleich so was Warmes in diesen Nachmittag.

Maja erzählt Toni alles von Cleo, von den Pelzkragen-Männern, aber auch von dem grauen Gesicht seines Vaters, dessen Laune sich kaum gebessert hat.

»Ja, deshalb bin ich ja heute schon hier. Ich hab den Donnerstag und Freitag schulfrei bekommen. Also in vier Tagen werd ich doch meinen Paps wieder zurechtrücken können und dich auch, oder?«

Maja glaubt nicht richtig zu hören, und als dann auch noch der übliche Cleo-Besuch ausbleibt, ist das ein Zusatzsternchen. Oder vielleicht ein Weihnachtswunder, wäre ja nicht das erste Mal!

Donnerstag, 6. Dezember

Als ob Tonis Ankunft plötzlich alles verändert hätte, so verwandelt war die Stimmung am gestrigen Abend. Maja, ihre Mam, der Filz-Josef und sein Sohn haben sich nach dem Weihnachtsmarkt in der Pizzeria ein Abendessen gegönnt, weil die Geschäfte beim Filz-Josef endlich wieder gut liefen. Toni hat mit seiner sonnigen Art den Leuten gleich jede Menge Filztaschen und Filzschuhe verkauft, sodass es nur so geklingelt hat in der Kasse. Vielleicht wollte er auch beweisen, dass in ihm ebenfalls ein begnadetes Verkaufstalent steckt. Denn dass Maja darin einsame Spitze ist, hat er an Kikis Lackschachtel-Stand nur zu gut mitbekommen.

Sogar über die schwarzen Herren konnten sie dann alle zusammen wieder lachen. Vor allem als Maja meinte, dass sie die Gestalten ein wenig an die grauen Männer in *Momo* erinnerten, die mit ihren scheußlichen Zeit-Verträgen. Erschöpft, aber glücklich ist der Abend zu Ende gegangen, an dem Maja festgestellt hat, dass Vater und Sohn die gleichen lieben Siebenschläfer-Äuglein bekommen, wenn sie jemanden nett finden.

Als Maja an diesem Morgen in die Küche kommt, hat ihre

Mam schon Pausenbrote und Früchte für die Schulbox zurechtgemacht.

»Mam, leg dich doch noch mal hin, das kann ich mir doch selber machen!« Maja spielt entrüstet, gibt ihrer Mam und dem Bauch ein Küsschen und lässt sich auf den Stuhl fallen.

»Maja, bitte schau doch mal an der Tür, ich glaube, es hat geklingelt!« Majas Mam dreht sich bei diesen Worten nicht um, sondern befüllt weiter die Brotzeitbox.

Komisch, denkt Maja, wer soll denn so früh klingeln, aber dann setzt sie sich doch in Bewegung, besser man diskutiert nicht zu viel und versaut damit die Stimmung.

Maja drückt auf den Einlassknopf, hört aber unten an der Haustür kein Geräusch. Vorsichtig öffnet sie die Wohnungstür. Im selben Augenblick purzeln Mandarinen, Schokonüsse, Tannenzweige und Äpfel durch den Türspalt. Maja schämt sich fast ein bisschen. Zum einen findet sie, dass sie schon zu alt ist für so was, zum anderen hat ihre Mam doch wirklich genug zu tun, als noch daran zu denken, und überhaupt hat Maja vergessen, dass heute Nikolaus ist. Vor der Wohnungstür steht einer von Majas Winterstiefeln, gefüllt mit süßen Sachen, zwei Büchern und einem neuen Schal. Dunkelblau-weiß gestreift, und wenn man ihn trägt, kommt man sich vor wie am Meer.

»Mam, du spinnst, das machst du auch noch bei dem ganzen Trubel!« Maja läuft mit dem Stiefel, den Mandarinen, Äpfeln, Büchern und dem Schal in die Küche.

»Was redest du denn, du dummes Kind«, Majas Mam

setzt einen gespielt bösen Blick auf, was ihr ungefähr so gut gelingt wie dem Toni, »das war doch der Nikolaus. Der bringt auch Kindern was, die vergessen, ihre Stiefel vor die Tür zu stellen!« Ein drohender Zeigefinger in Richtung Maja soll die kleine Standpauke unterstreichen, die allerdings wie weich geschlagener Eischnee daherkommt. Anschließend tippt sie mit dem Finger auf die Armbanduhr und Maja schnappt sich fix ihr Frühstücksbrot und rennt zur Garderobe.

Der Schal passt 1 a zu ihrem dunkelblauen Mantel mit den Lederkordelknöpfen, wird aber sicher nicht Cleos Gnade finden, das weiß Maja schon jetzt. Nach schneller Umarmung rennt Maja in die schneeige Morgenluft. In der Nacht sind weitere sieben Zentimeter Neuschnee vom Himmel gefallen. Maja schaut kurz in die Höhe, es kann nicht schaden, dem großen Lenker da oben schon mal vorsorglich für die vielen kleinen Weihnachtswunder zu danken, die bisher passiert sind. Vielleicht klappt das ja noch einige Male, wenn man es nicht ganz dämlich anstellt. Allerdings ist Maja wohl doch ein wenig zu sehr himmelwärts orientiert, denn sie merkt gar nicht, wie sie verfolgt wird.

»Ey, Streifenhörnchen, hat es der Nikolaus gut mit dir gemeint und dich mal endlich von diesem grottigen Schal befreit? Ist ja süß, darf ich dich ab jetzt Maja Zebra nennen? Ist doch ein abgefahrener Name, könnte fast ein Künstlername sein. Die Streifenspezialistin Maja! Musst nur aufpassen, dass auf der Straße nicht alle Autos wie am

Zebrastreifen stehen bleiben!« Cleo hat ganz offensichtlich wieder Juckpulver in ihre Frühstücksflocken bekommen, so wie die heute drauf ist.

Majas Teflon ist eigentlich noch ganz gut, die gestrige Pizza, Toni und Nikolausgeschenke machen sie recht entspannt, und so zuckt sie nur mit den Schultern und versucht ihre Schritte zu beschleunigen, denn sie hat gesehen, dass Cleo heute Stiefel mit hohen Absätzen trägt und sichtlich Mühe mit den Schneemassen hat.

»Jetzt renn doch nicht auch noch wie ein Zebra!« Cleo keucht.

Wenn Maja jetzt noch einen Zahn zulegt, ist sie außer Hörweite und dann kann ihr diese Nervensäge den Buckel runterrutschen. Tatsächlich schafft es Maja unbehelligt in die Schule und ins Klassenzimmer, wo die Mathelehrerin mit einem Blatt wedelt. Ein Test in Prozentrechnen! Unerhört, wie oft Maja dieses Prozentrechnen in letzter Zeit in die Quere kommt. Und leider fällt Maja, außer wie man eine Pizza teilt, im Augenblick auch nichts dazu ein. Dass sie mit dieser Unwissenheit nicht allein ist, sieht sie an Cleos ratloser Haltung, mit der diese das Übungsblatt ganz weit an den Rand ihres Tisches schiebt. Wenigstens das haben sie heute gemeinsam.

Majas Laune ist nach dem verpatzten Schulanfang auch mittags noch nicht besser. Da hilft selbst Tonis sonniger Empfang nicht, der ihr gleich nach ihrer Ankunft verkündet, dass sie heute beide den Mandelstand hüten sollen.

Er habe schon mal angefangen, weil Majas Mam heute ganz besonders geschwächelt habe.

»Wie ein Schluck Wasser in der Kurve ist deine Mam dagesessen. Da haben der Papa und ich sie heimgeschickt, nachdem sie die Portion Mandeln für heute Nachmittag gebraten hat, aber um 17 Uhr will sie wiederkommen, vielleicht kannst du ihr das ausreden?!«

Maja ist fast ein bisschen enttäuscht, denn sonst hätte sie heute das alte Karussell von Werner betreuen dürfen. Das hätte sicher Spaß gemacht, auch wenn sie natürlich schon zu alt für solchen Kinderkram ist. Sie schaut auf die Uhr des Kirchturms, der hinter dem Weihnachtsmarkt aufragt. 14 Uhr 30 ist es jetzt, und schon ist jede Menge los am Markt. Kein Wunder, um 17 Uhr soll der Weihnachtsmann Geschenke verteilen. Jetzt wird er ja endlich wieder mal auftauchen, dieser merkwürdige Zeitgenosse, nachdem er sich sechs Tage Ruhe gegönnt hat.

Um 17 Uhr taucht zwar Majas Mam sichtlich erholt wieder auf, aber die Menge der Marktbesucher wird unruhig, denn nirgends ist der Weihnachtsmann zu sehen, obwohl es auf der Tafel groß angekündigt ist. Im Pulk der Menschen sieht Maja, wie Cleo mit ihren Gefolgsdamen umherläuft. Auch die schwarzen Herren sind wieder da und rennen von einer Bude zur anderen, stoßen mit ihren Lackschuhspitzen nervös an Papierkörbe und telefonieren ununterbrochen mit ihren Handys. Einer von ihnen murmelt was von »Scheiß Streuguttonnne …«

Vielleicht hat Tonis Vater heute deshalb wieder so eine Grabesmiene aufgesetzt. Maja wundert sich, was wohl seit gestern Abend, wo alles so nett und harmonisch war, vorgefallen ist.

Plötzlich geht ein Aufschrei durch die Menge. Mütter halten ihren Kindern die Augen zu. Einige Besucher rennen davon. Wieder andere versuchen, näher ranzukommen, an was auch immer. Schon hört man Polizeisirenen. Ein Krankenwagen fährt laut hupend aufs Gelände.

Maja und Toni versuchen, durch die Menge durchzukommen, um zu sehen, was passiert ist. Tonis Vater bleibt mit versteinerter Miene an seinem Stand sitzen, und Majas Mam rührt weiter in neuen Portionen Mandeln, für die sich jetzt natürlich niemand interessiert. Vier Streifenwagen haben in der Zwischenzeit den Markt erreicht. Polizisten in Uniform und mit Absperrbändern sichern den Platz um das Häuschen mit den Klos. Dahinter ist ein großes Gestrüpp, auch da werden rotweiße Bänder angebracht. Die Feuerwehr rückt an und hält Scheinwerfer auf den abgesperrten Bereich. Aus einem der Polizeiautos steigt nun ein Mann, der Maja nur allzu bekannt ist. Der Koalabären-Mann. Grauweiß, mit dicken braunen Fäustlingen und einer grauen Pudelmütze auf dem Kopf. Er nickt Maja im Vorbeigehen kurz zu und murmelt: »So was, ich hätte dich lieber beim Kauf meiner nächsten Weihnachtsgeschenke wiedergesehen!« Dann verschwindet er hinter den Absperrbändern und hinter dem Klohäuschen im Gebüsch. Die Polizei drängt die Menschen so weit zurück, dass sie nicht sehen können, was hinter dem Klohäuschen geschieht.

Aber sie erfahren es alle noch früh genug. Vor allem die Standbesitzer, die nacheinander von dem Koalabären-Mann befragt werden. Der ist nämlich der ermittelnde Kommissar, in einem Fall, der so gar nicht zu der Reihe von Weihnachtswundern passt. Denn man hat den Weihnachtsmann gefunden. In der Streuguttonne. Hinter dem Klohäuschen. Versteckt im Gebüsch. Irgendetwas hat sich dem Weihnachtsmann in die Brust gebohrt, so spitz und so tief, dass Teile seines roten Mantels wie in seiner Brust festgewachsen scheinen, verbacken mit jeder Menge Blut und einem Zimtstern, den der Weihnachtsmann anscheinend als Wegzehrung dabeihatte.

Maja wird es schlecht, als der Koalabären-Mann auch zu ihnen an den Stand kommt, um ihnen Fragen zu dem Fall zu stellen. In echt heißt er natürlich nicht Koalabären-Mann, sondern Bruno Wollweber, aber das passt ja auch irgendwie.

Und dann müssen sie alle sagen, wo sie die letzten Tage waren, was ja nicht schwer ist, weil alle die meiste Zeit beieinander waren und alle in Sichtweite auf dem Weihnachtsmarkt. Und schließlich stellen alle dieselbe Frage: Wird es weitergehen mit dem Weihnachtsmarkt oder wird er wegen der Ermittlungen geschlossen?

***

Der Koalabären-Mann schaut lange nachdenklich von einem Gesicht zum anderen. Gesichter, die er in den letzten Tagen oft gesehen hat bei seinen Besuchen auf dem Markt. Dann sieht er das verzweifelte Gesicht von Majas Mutter und sagt: »Wir lassen den Betrieb weitergehen, wenn ich hier in Ruhe ermitteln kann. Ist vielleicht sogar besser so, denn wer immer das war, verrät sich vielleicht innerhalb der nächsten 18 Tage. Und außerdem gehe ich selbst viel zu gern hierher, du weißt das ja, Maja!«

Maja wird rot, dass ausgerechnet sie von diesem Bruno Wollweber mit Namen angesprochen wird. Aber dann lächelt sie schüchtern. Und auch die anderen Budenbesitzer beginnen zu lächeln. Erleichtert. Denn die Show geht weiter. Und bei dem einen oder anderen kann Maja ein zufriedenes Lächeln beobachten. Keine Spur von Angst, dass einer aus ihrer Mitte ein Mörder sein könnte. Vielmehr ein Lächeln, als wenn ein Plan aufgegangen wäre. Aber diesen Gedanken will Maja nicht weiterdenken, denn es ist ein Mensch tot. Auch wenn ihn niemand leiden konnte. Aber mit einem tiefen Loch im Herzen zu sterben ist grausam. Doch für diesen herzlosen Menschen auch wieder typisch, und schon huscht auch über Majas Gesicht ein Lächeln. Weihnachtswunder können ganz schön grausam sein.

Freitag, 7. Dezember

Vielleicht ist es ganz gut, dass Maja ihren Nachmittag heute beim Kirschkern-Rudi verbringt. Kirschkerne haben etwas Beruhigendes und Kissen gefüllt mit Kirschkernen erst recht. Und Beruhigung haben sie alle nötig nach dem gestrigen Tag. Maja und ihre Mam haben noch lange in der Küche gesessen, jeder mit einem heißen Zimt-Tee in den Händen, und haben über den toten Weihnachtsmann gesprochen. Bei allem Hass, den sie auf den Kerl hatten, das haben sie ihm natürlich nicht gewünscht. Aber noch viel schlimmer ist, dass nun jeder auf dem Markt verdächtig ist. Dabei ist ja gar nicht gesagt, dass es einer der Standbesitzer war. Die drei Herren von der Organisation haben zwar alle Budenbetreiber angesehen, als ob sie Schwerverbrecher seien, aber letztlich geht es ihnen ums Geld, Hauptsache, der Betrieb läuft weiter. Wobei Maja echte Befürchtungen hat, dass solch ein Erlebnis die Besucher abschrecken könnte.

»Iwo«, hat da Majas Mam geantwortet, »je gruseliger etwas ist, desto lieber gehen die Menschen hin. Weihnachten mit Horroreffekt, das ist doch die perfekte Mischung!« Und dabei hat sie eine Spur zu bitter gelacht, weil ihr das Verhalten vieler Menschen manchmal sehr fremd ist. Das war wohl auch der Grund, warum sie mit Majas Paps damals Jahre in der Südsee zugebracht hat. Beide ein wenig weltfremd und zu gut, denkt Maja, als sie ihre morgendlichen Perlen auspackt und sie zu den anderen in die kleine Spanschachtel legt. Mam bekommt einen Kuss und als Adventskalender-Geschenk 1 x Wäsche aufhängen.

»Bis heute Nachmittag, Mam«, und schon ist Maja aus der Tür.

Genau sechs Stunden später trifft Maja auf dem Weihnachtsmarkt ein, der einem Hexenkessel gleicht. Neugierige Zuschauer stehen an den Absperrbändern und spekulieren. Sie sieht die Budenbesitzer, die miteinander reden, und nach wie vor viel Polizei, die jeden Winkel des Markts untersucht. An normales Vorweihnachtsgeschäft ist nicht zu denken. Allerdings, gegessen wird immer, und Mams gebrannte Mandeln gehen weg wie warme Semmeln. Bester Kunde ist der Koalabären-Mann, der sich jede Stunde Nachschub holt.

»Hallo Maja, Schule aus? Wem wirst du denn heute beim Verkauf helfen?«, begrüßt er Maja, als sie an den Stand zur ihrer Mam kommt.

Nachdem Maja den Kirschkern-Rudi nennt, möchte Kommissar Wollweber noch wissen, wie sie, Maja, den Weihnachtsmann fand. Jetzt nichts Verkehrtes sagen, denkt Maja und drückt sich vorsichtig um eine konkrete Antwort herum. Ein bisschen ruppig sei er gewesen und nicht so superfreundlich, wie man sich das von einem Weihnachtsmann wünschen würde. So ähnlich drückt es Maja aus, die aus dem Augenwinkel den Toni wie wild winken sieht. Was Maja gesagt hat, scheint dem Kommissar zu genügen, der sich zwischen zwei Sätzen immer wieder eine Mandel in den Mund schiebt. »Bald wird er aussehen wie ein Elefant, wenn er so weitermacht«, raunt Toni Maja ins Ohr, nachdem sich der gefräßige Kommissar wieder getrollt hat und Toni gleich die Gelegenheit beim Schopf gepackt hat, um kurz mit Maja zu sprechen.

»Mit meinem Papa ist nix anzufangen. Bis gestern hat er eine Höllenlaune gehabt, seit gestern, nachdem der Kommissar ihn befragt hat, ist es unterirdisch. So ein Mist, da verkaufen wir doch nix, wenn er so grummelig ist!« Tonis Stimme klettert dabei einmal die Tonleiter rauf und wieder runter, weil er sich so aufregt und auch wegen des Stimmbruchs.

»Frag ihn doch mal, was er hat, vielleicht sind wir dann alle schlauer?« Majas Versuch, Toni aufzumuntern, klappt leider nicht so richtig.

»Ja, das versuch mal, wenn wir den ganzen Nachmittag in unserem Stand stehen und darauf warten, dass irgendjemand sich traut, unsere Filzschuhe überhaupt anzusehen. Schau ihn dir doch an, wie finster er schaut. Da ducken sich sogar die Filzschuhe weg. Und die Kunden haben nicht das Gefühl, warme Schuhe zu kaufen, sondern Eiszapfen aus Filz!«

Tonis Augenbrauen haben sich ganz dicht zusammengezogen, und er sieht nun mindestens so grimmig aus wie sein Vater, aber viel weniger gefährlich, worüber Maja lachen muss.

»Wir sehen uns nachher, wenn ich beim Kirschkern-Rudi fertig bin. Mam muss nach Hause, das Elefantenbaby hat heute Nacht Boxübungen gemacht und Mam ist gerädert. Außerdem fürchte ich mich vor dir, wenn du so schaust!« Maja spielt die Erschreckte und trollt sich zum Stand vom Kirschkern-Rudi, nachdem sie Toni die Mütze bis zur Nasenspitze heruntergezogen hat.

Der Stand vom Kirschkern-Rudi besteht aus hellblau gestrichenen Balken. Überall türmen sich Kissen, Nackenrollen, Beutelchen, die mit Kirschkernen gefüllt sind. Wenn man diese Kissen bei 90 Grad in den Ofen legt, erhitzen sich die Kerne, speichern die Wärme und man kann sie als herrlich bequeme Miniöfen ins Bett mitnehmen. Bei Ohrenschmerzen, Bauchweh oder kalten Füßen. Oder, wie Maja es sich jetzt wünscht, auch bei ungemütlichen Fragen. Denn kaum hat ihr der Rudi die Sache mit den Kirschkernen erklärt, steht auch schon Bruno Wollweber vor dem Stand und fragt Rudi, was er denn von dem Weihnachtsmann hielt. Der Rudi windet sich und vergräbt seine Hände in ein Kirschkernkissen, das die Form eines Seehundes hat.

»Ach, was soll ich sagen. Der war halt anders.« Rudi würgt den Seehund, merkt es aber nicht. Leider merkt es Kommissar Wollweber.

»Lassen Sie doch das arme Kissen am Leben!« Er nimmt Rudi das Kissen aus der Hand.

»Wie lange braucht man für so was?« Der Koalabären-Kommissar dreht das Kissen hin und her.

»Unterschiedlich«, antwortet Rudi genervt. »Wenn man all die Kirschen essen müsste, die man für die Füllung eines Kissens braucht, säße man ein paar Sommer daran. Wenn man sich die Kirschkerne bei den Fabriken abholt, dann geht es schneller!«

Ganz schön frech, findet Maja und schaut neugierig zu Bruno Wollweber, ob der sich provozieren lässt.

»Ach, das ist ja interessant, es gibt also Kirschkernfabriken?« Wollweber fragt völlig ohne Ironie.

»Natürlich nicht!« Rudi wirkt gereizt. »Das sind die großen Konfitürefabriken, die sind froh, wenn man ihnen diese Abfallprodukte abnimmt. Und jetzt entschuldigen Sie mich, ich muss am Mandelstand aushelfen, Sie haben ja sicher schon von der etwas misslichen Situation bei Majas Mutter gehört. Hochschwanger, aber auf das Geld hier angewiesen. So wie wir alle hier im Übrigen, Herr Wollweber!« Der Kirschkern-Rudi sprüht nicht gerade vor Charme und macht eine leichte Handbewegung, als wolle er den Kommissar vom Weihnachtsmarkt jagen.

»Jetzt sagen Sie doch aber kurz was zum Weihnachtsmann, wir sind ein wenig vom Thema abgekommen!« Herr Wollweber lässt nicht locker, aber das ist ja sein Job.

»Ein alter Stänkerer war das, und ehrlich gesagt ist niemand hier wirklich traurig über sein Ableben!«

Maja zuckt zusammen, als sie den Kirschkern-Rudi das sagen hört. Wie kann er nur? Der Kommissar ist auch überrascht und schreibt sich umständlich etwas in ein kleines Büchlein, das er aus der Brusttasche seines grauen Mantels gezogen hat. Dann zwinkert er Maja zu und lächelt.

»Ich komm nachher noch mal wieder und dann kauf ich ein Kirschkernkissen – ich hab nachts immer so kalte Füße, vielleicht hilft das ja?«

Maja sieht dem Kommissar und Rudi hinterher. Der eine geht zum Mandelstand und der andere verschwindet hinter dem Absperrzaun beim Klohäuschen.

Und Maja fühlt sich trotz der vielen Menschen allein.

Samstag, 8. Dezember

Maja hätte am gestrigen Abend noch gerne was mit Toni gemacht. Aber gerade als sie mit ihrer Mam den Stand für die Nacht klargemacht hatte und sie dabei waren, zu Josef und seinem Sohn hinüberzugehen, deren Geschäft nun dank Tonis fröhlicher Art ins Laufen gekommen ist, hat sich das Elefantenbaby zu Wort gemeldet. Boxen und Unruhe. Mam musste sich kurz auf den Arm vom Filz-Josef stützen, der darauf einen rührend besorgten Blick bekommen hat. Ganz zutraulich ist er geworden und hat Mam und Maja noch nach Hause begleitet. Als Toni auch den Versuch unternommen hat, Maja am Arm zu nehmen, hat sie ihm eine doppelte Schneeballportion ins Gesicht geworfen. Als ob der Druck der letzten Tage abfallen würde – oder eines der kleinen Weihnachtswunder sich entladen müsste –, plötzlich fingen auch der Filz-Josef und Mam mit einer Schneeballschlacht an. Als sie endlich vor Majas Haustür standen, sahen alle aus wie die Schneemänner, allen voran Majas Mam, dank des Elefantenbabybauchs. Toni und sein Vater wären sicher gern noch mit raufgekommen, so unschlüssig wie sie vor der Tür standen und von einem Fuß auf den anderen traten, aber Mam war wirklich erschöpft und musste gar nichts sagen.

Josef hat gleich erkannt, wie müde sie war, hat seinen Sohn untergehakt und ihnen eine Gute Nacht gewünscht. Majas Mam hat den beiden ganz schön lange hinterhergesehen, fand Maja, die ebenfalls beobachtet hat, wie die beiden im Schneetreiben immer kleiner wurden.

»Komische Kauze, die beiden«, war Mams Kommentar und sie hat ihr »Verstehe die Welt nicht ganz«-Lächeln gelächelt. Kauz und Käuzchen, hatte Maja gedacht, als sie die beiden so verschwinden sah, den Filz-Josef mit einer riesigen Filzkappe auf dem Kopf und Toni mit seinen Wuschelhaaren voller Schnee.

Noch jetzt am nächsten Morgen denkt Maja daran, aber auch daran, dass sie nun schon eine Woche Weihnachtsmarkt hinter sich gebracht haben und die kleine Schuhschachtel mit den Tageseinnahmen sich ordentlich gefüllt hat.

»Glaubst du, es war einer der Budenbesitzer, der den Weihnachtsmann umgebracht hat?« Maja fragt ihre Mam, die es sich in einem der rosa Korbstühle bequem gemacht hat und gerade versucht, ihre Kakaotasse auf dem Elefantenbaby abzustellen, während Maja noch den Toast aus dem Toaster holt und im Kühlschrank nach der Marmelade kramt.

»Ich kann es mir nicht vorstellen, ehrlich, die sind doch alle total friedlich!« Maja hört aus der Stimme ihrer Mutter wieder jenen Unterton heraus, den sie so gut an ihr kennt. Diese Ungläubigkeit, dass die Welt auch schlecht sein kann. Deshalb verkneift sich Maja lieber ihre Meinung, dass sie bei den einzelnen Budenbesitzern doch schon ganz andere Dinge gehört hat als nur liebe Worte. Und wenn man ehrlich ist, war der Weihnachtsmann für alle ein rotes Tuch.

»Maja, wir müssen wieder, komm, es ist Wochenende, und wenn es weiter so schneit, dann ist das die ideale Kulisse für die Leute, um auf den Weihnachtsmarkt zu gehen, auch wenn der Schnee rote Flecken hat!« Manchmal kann sich Majas Mam überraschend gespenstisch anhören. Da lenkt Maja lieber schnell die Aufmerksamkeit auf den Adventskalender. »Einmal das Elefantenbaby einölen« steht auf dem Zettelchen, das ihre Mam aus dem kleinen Schächtelchen befördert. Im Klartext heißt das natürlich, den Bauch einölen, und ist eine von Majas Lieblingsbeschäftigungen, weil sie dann, wenn sie Glück hat, die kleinen Boxschläge spürt.

»Das machen wir heute Abend, Maja, da freu ich mich schon drauf, aber jetzt müssen wir echt los, sonst macht sich der Filz-Josef Sorgen!« Dabei zwinkert Majas Mam und dreht ihre beiden Daumen und Zeigefinger zur Herzform. Ah, Mam hat es also auch schon gemerkt, dass der Josef sie anflirtet. Maja dachte schon, dass Babybäuche immun gegen so was machen, aber anscheinend gibt es keine Gesetze für dieses unerklärliche Ding, das sich Liebe nennt. Egal, ob man als kleines Fass durch die Welt läuft, ein alter Griesgram ist oder einen Dialekt spricht, bei dem man nur jede zweite Silbe erkennt – wenn zwei sich mögen, mögen sie sich eben. Und dabei muss Maja irgendwie an Toni denken, der mit seinem Blick eigentlich den Schnee zum Schmelzen bringen müsste. Maja quält sich in eine Extraportion warme Unterwäsche und denkt an Cleo, deren Blicke eher das Gegenteil sind und alles zu Eis gefrieren lassen können. Fast zwei Tage hat sie nun schon Ruhe vor der, und Maja kann sich ausrechnen, dass dies kein Dauerzustand ist. Komischerweise kommt sich Maja, eingepackt wie ein Michelinmännchen, sehr unverletzlich vor. Und mit ihrer Mam an der Seite sowieso, die sich, kaum dass sie das Haus verlassen haben, nur mühsam vorwärtsbewegt. Zu viel Schnee, die Schuhe werden ihr auch immer kleiner wegen der geschwollenen Füße und die Aussicht auf einen langen Tag am Stand ist kein echter Ansporn.

Als sie endlich am Markt angekommen sind und die Schutzgitter des Mandelstands wegheben wollen, stolpert im wahrsten Sinne des Wortes der Koalabären-Mann, Hauptkommissar Bruno Wollweber heran. Tatsächlich hat er wohl ein Versorgungskabel übersehen, das hier am Boden geführt wird und wegen des vielen Schnees nicht zu erkennen ist.

»Morgen, die Damen!« Bruno Wollweber deutet im Stolpern eine Verbeugung an und könnte damit im Nachmittagsprogramm als Marktclown auftreten.

»Herr Wollweber, Sie so früh hier, Sie werden doch die gebrannten Mandeln jetzt nicht schon als Frühstück zu sich nehmen wollen?« Mam kann ein Kichern kaum unterdrücken, weil der Herr Kommissar noch unausgeschlafener wirkt als am Vortag.

»Nein, nein, machen Sie sich keine Mühe, ich hab noch welche von gestern, ich wollte Sie nur fragen, wie das so am Tag des Aufbaus hier lief. Ging es da recht chaotisch zu? Ich meine, das ist doch eine Mordsarbeit – hähä, was für ein Wortspiel –, so einen Markt hübsch zu machen, und halten muss das Ganze ja auch noch, wenn man sich die Schneemassen so ansieht!« Bruno Wollweber scheint selbst erstaunt, dass ihm so viele Worte schon am frühen Morgen einfallen.

»Wir halten da alle zusammen und helfen einander, Herr Kommissar, anders geht es gar nicht. Die Teile, aus denen die Buden zusammengeschraubt sind, sind schwer, und ich hätte, also wir ...«, Majas Mam schaut ihre Tochter an, »... wir hätten es ohne die Hilfe vom Filz-Josef und seinem Sohn gar nicht geschafft. Und als es dann eng wurde, weil der W...« Fast hätte sich Majas Mam gerade verplappert, denn niemand hat bisher von dem Zwischenfall erzählt, als der Weihnachtsmann sie alle anzeigen wollte, wenn die Buden nicht rechtzeitig fertig würden.

»Weil was?« Der Koalabären-Kommissar scheint nun aus seiner Nilpferdgemütlichkeit zu erwachen.

» ... weil der Wind aufkam und wir Sorge hatten, dass uns die noch nicht fixierten Bretter um die Ohren fliegen!« Majas Mam bekommt knallrote Wangen und fingert mit zittrigen Händen in der 10-kg-Mandeltüte herum, die unter dem Tresen steht.

»Der Wind, soso!« Kommissar Wollweber hat nun gar nichts Gemütliches mehr an sich.

»Frau Wiedmann, hat der Weihnachtsmann Sie einmal bedroht?« Für Majas Geschmack geht das Gespräch jetzt in die ganz falsche Richtung, aber ihre Mam antwortet schon.

»Ach wissen Sie, den hat doch eigentlich keiner ernst genommen!« Majas Mam rührt, während sie antwortet, Zucker in den Kupferkessel, in dem Hunderte von Mandeln dann mit einer honigfarbenen Kruste überzogen werden.

Gut gekontert, findet Maja, so kann man den Koalabären-Mann vielleicht endlich vom Thema abbringen. Außerdem verströmt der schmelzende Zucker einen überwältigend friedlichen Duft.

»Verstehe.« Der Kommissar notiert sich etwas in sein kleines Büchlein. »Dann wünsche ich Ihnen heute gute Geschäfte, und dass mir Maja nicht zu viel arbeitet!« Er hebt gespielt drohend den Zeigefinger und dreht sich um, genau in dem Augenblick, als der Filz-Josef seinen Stand aufsperrt und einen dicken Filzvorhang zur Seite schiebt. Dem anschließenden Gemurmel entnimmt Maja, dass der Koalabären-Mann mit seinen Fragen nun dem Josef auf die Nerven geht, zumal Toni kurz rübergrüßt und sich mit dem Finger an die Stirn tippt.

»Mam, ich geh kurz zu Lina und lass mir von ihr ihren Laden erklären. Wenn du nachher nach Hause gehst und Lina hierher wechselt, sollte ich ja Bescheid wissen.«

Mam nickt. Heute sieht Majas Plan vor, bei Lina Schmuck zu verkaufen, während Lina dann den Mandelstand beaufsichtigt. Lina ist Perlen-Spezialistin, und Maja setzt große Hoffnungen in den Job heute, schließlich sind mit dem heutigen Tag schon 24 Adventskalender-Perlen in dem kleinen Spanschächtelchen, und wenn sich Mam mit den weiteren Adventskalender-Füllungen nicht beschränkt hat, kommt an Weihnachten ganz schön was zusammen. Daraus muss was gemacht werden, und zwar professionell.

»Hi Lina!« Lina steht auf einer Leiter und nagelt Schnüre an die Decke ihres Stands.

»Pass auf, sonst verstrickste dich, wär doch 'n Jammer, dann hammwa noch mehr Ärger hier!« Lina berlinert, weil sie ihr halbes Leben in Berlin verbracht hat. Vor einigen Jahren ist sie dann aufs Land gezogen, mit ihren vier Hunden und vier Kindern und vermutlich auch einem der vier passenden Väter. Lina ist genauso breit wie hoch, trägt aber ungerührt kurze Kleider über dicken Leggings. Majas Mam wirkt selbst mit dem Elefantenbabybauch noch schlank gegen Lina. Und wenn man Lina so anschaut, glaubt man nicht, dass sie wahre Wunder mit winzigen Perlen, dünnstem Draht und unsichtbaren Fäden bewirkt.

»Kiek nich, reich mir mal den Hammer, sonst friern wa noch fest uff der Leiter!« Lina drischt mit großem Getöse auf die Standdecke ein. Die vielen Hundert Perlenketten, Anhänger, Armbänder, Ohrringe, Schlüsselanhänger, die an zierlichen Drähten quer durch den Stand hängen, geraten in Bewegung und zappeln hin und her. Zartes Gebimmel, das dem Stand etwas Zauberhaftes gibt, würde Lina nicht schimpfen wie ein Rohrspatz, weil sie mit dem Hammer etwas zu nah an ihren Daumen gekommen ist.

»Ick gloob, et hackt, ick mach mir den Daumen zu Bulletten und du grinst frech, wa?« Maja muss jetzt richtig lospprusten, nicht nur wegen Linas gespielter Wut, sondern weil Lina in ihrer wollweißen Wurstpelle und den blauen Ringelleggings direkt aus dem Schlumpfenland gesprungen scheint.

»Wat? Jetze mal halblang, ick bin doch nicht der dumme August hier, könnte euch so passen, wa, wenn icke den Weihnachtsmann ablöse!«

Huch, da ist es wieder, das alles beherrschende Thema. Der Weihnachtsmann, Bedrohung und Witzfigur!

»Du scheinst ja auch nicht traurig, dass der nicht mehr da ist, oder Lina?«

Lina klettert erstaunlich flink von der Leiter und baut sich vor Maja auf, wobei sie kaum größer ist.

»Pass ma uff, det war keen Weihnachtsmann, det warn Stück gequirlter Darminhalt, wenn ick mal so sagen darf. Dass det Subjekt sich vom Acker jemacht hat, is 'n Segen. Kannste 'ner alten, kleinen, dicken Frau mal so wat von glauben!«

Maja muss schon wieder losprusten, während Lina ihr im Affentempo die Preise und Machart der Schmuckstücke erklärt. Denn wie es aussieht, geht hier am Weihnachtsmarkt der Trubel bald los und dann ist keine Zeit mehr für Details. Es drängen bereits die ersten Menschengruppen auf den Markt. Am Mandelstand stehen Schlangen, und Lina beschließt, dort schon mal mitzuhelfen. Denn die Nachfrage nach Schmuck ist noch nicht ganz so groß.

Kaum hat sich Lina in Richtung Mandelstand gerollt, versucht Maja neue Ketten an die neu gespannten Schnüre zu hängen. Nicht so einfach, wenn man auf der Leiter balanciert und mehrere Ketten in der Hand hält. Plötzlich fühlt Maja den Boden unter sich wackeln. Die Leiter kippelt, Maja muss sich an einem der Drähte festhalten und verliert eine Kette. Als sie ihr Gleichgewicht wiedergefunden hat und schon auf dem Rückweg zum Boden ist, sieht sie ihr ganz persönliches Erdbeben vor sich. Cleo.

»Uh, Frau Maja als Schmuckdesignerin, was haben wir denn da Schönes.« Cleo ätzt heute im hellblauen Eisprinzessinnen-Look und kommt so optisch einem spitzen Eiszapfen ziemlich nahe.

Keine Ahnung, was Maja reitet oder ob die Teflonschicht heute besonders dick ist, aber die Eiszapfen-Nummer verfängt bei Maja nicht, ganz im Gegenteil, sie erklärt Cleo sehr professionell, wie die einzelnen Perlen heißen.

»Was du da gerade zwischen deinen Fingern zerquetschst, sind Millefiori- Perlen, also 1000-Blumen-Perlen. Das ist eine der ältesten Glaskünste, und früher trugen auch Männer Ketten daraus. Die anderen Perlen, die du gerade unauffällig in deiner Manteltasche verschwinden lassen möchtest, sind Luna-Perlen. Die sind aber aus Acryl, genauso wie die Polaris-Perlen, mit denen du jetzt spielst. Und jetzt wäre es gut, wenn du dich wieder auf deinen Eisplaneten verziehst, oder möchtest du etwa was kaufen?« Maja wundert sich über sich selbst. Und Cleo scheint mit dieser Perlenkundenachhilfe echt überfordert.

»Toll hat das unsere Maja auswendig gelernt, ganz, ganz großes Kino. Schade, dass Perlenkunde kein Unterrichtsfach ist, was?« Cleo findet zu ihrer gewohnten Form, aber Maja auch.

»Dafür wärst du in Stänkern echt spitzenmäßig, Cleo, oder in Mobben, Nerven und Klauen, und jetzt gib die Kette her, die du in deinen Ärmelaufschlag fallen gelassen hast, und mach dich vom Acker!« Leider machen sich nun auch Cleos Hofdamen an dem Stand zu schaffen. Probieren die Ketten an, nehmen immer mehr Schmuckstücke von den Drähten und Gestellen, die Lage wird unübersichtlich. Zumal Cleo nicht aufhört, Maja nachzuäffen: »Lunaperlen – die sind aber aus Acryl, also echt, Maja, glaubst du, dass ich so Plastikzeug nehme? Wenn schon, dann Kristalle, so Swarovski-Zeug, oder besser gleich echte Zuchtperlen. Mit dem Hippiekram kannst du mich nicht beeindrucken, wirklich nicht!«

»Das ist doch prima, dann legen Sie doch mal die Waren wieder zurück, meine Damen, und zwar wirklich alle, und verschwinden dorthin, wo die Zuchtperlen wachsen!« Der

Koalabären-Mann ist mal wieder wie aus dem Nichts aufgetaucht und hat für Maja die Situation geklärt. Eigentlich müsste Maja ihm dankbar sein, aber sie befürchtet, dass er sie gleich ausfragt. Über Lina und wie sie den Weihnachtsmann fand. Aber keine Spur von Verhör, ganz im Gegenteil, er will eine Kette kaufen. Eine mit 30 Zentimetern Länge für seine Nichte, denn eine mit 20 Zentimetern hätte sie schon. Ganz der alte Koalabären-Mann und nicht der neue neugierige Kommissar. Es gibt sie doch, die kleinen Weihnachtswunder.

Sonntag, 9. Dezember

»Maja-Schatz, kann ich heute eine Fußmassage haben, auch wenn ich keinen Gutschein in meinem Adventskalender habe?« Majas Mam lümmelt noch im Morgenmantel auf ihrem Bett, und das Elefantenbaby scheint über Nacht gewachsen zu sein, denn der rosafarbene Frotteestoff spannt sich ordentlich über dem Bauch.

»Wir werden noch zu spät zum Markt kommen, Mam, am Sonntag geht's doch schon immer früher los!« Maja hält von Fußmassage jetzt gar nichts, denn eigentlich ist ihr mehr nach einem ausgedehnten Frühstück. Aber ein Blick auf die Uhr sagt ihr, dass auch dafür die Zeit schon recht knapp ist.

»Maja, bittebittebitte! Und Tee und einen Toast mit Marmelade und Leberwurst und einen frisch gepressten Orangensaft, am besten noch ein weiches Ei, aber nur drei Minuten gekocht!«

Maja tippt den Zeigefinger an die Schläfe.

»Du musst das Elefantenbaby nicht gleich am Anfang so verwöhnen, sonst glaubt es, das geht hier so weiter!« Maja hat den Satz lieb gemeint, aber ihre Mam ist empfindlich, was Anspielungen auf ihre knappe wirtschaftliche Situation angehen.

»Na, irgendwie hab ich dich doch bisher auch immer satt bekommen, oder?«

»Supersatt sogar, und wenn uns ab und zu liebe Menschen zur Pizza einladen, noch satter!« Maja streicht sich über ihren nicht vorhandenen Bauch und denkt an die Riesenpizza vom gestrigen Abend. Toni musste ihr helfen, während Mam mit ihrer Pizza Quattro Stagioni ganz alleine zurechtkam, obwohl ihr der Filz-Josef sehr gerne dabei geholfen hätte. So wie er sie angesehen hat und immer wieder Mam die Stola über die Schultern gelegt hat, die sich ständig selbstständig gemacht hat ... also die Stola, nicht Mam. Manchmal ist sich Maja nicht sicher, ob ihre Mam diese Sympathiebeweise überhaupt bemerkt oder ob sie sie einfach nicht wahrhaben will. Mit Toni ist die Sache da einfacher, der ist einfach glücklich, wenn sie alle was zusammen machen, denn die Laune seines Dads hat immer noch nicht zu ihrer alten Form zurückgefunden. Deshalb war er gestern Abend auch gleich Feuer und Flamme, als sein Vater vorgeschlagen hatte, nach dem Markt zur Pizzeria zu gehen.

»Mam, wir müssen!« Maja zappelt in Skiunterwäsche, einem Fleecepulli, der ihr bis zu den Knien reicht, und dicken Socken vor ihrer Mam herum, die mit einem Trinkjoghurt die Hungerattacke zu bekämpfen versucht.

»Wenn's dir nicht gut geht, Mam, kann ich versuchen, die erste Fuhre Mandeln zu braten, und du kommst nach. Später übernimmt dann Selma, unser talentiertes Malwunder, und ich werde versuchen, ihre merkwürdigen Schinken zu verkaufen.«

Majas Mam legt den Zeigefinger an die Lippen, weil das mit den Schinken zwar stimmt, aber man es nicht laut aussprechen darf. Untereinander herrscht auf dem Weihnachtsmarkt großer Respekt vor den Kunstwerken des anderen, und wenn er noch so scheußliche Sachen macht. Nun, Selmas Arbeiten sind nicht wirklich scheußlich, aber Maja kennt niemanden, der sich so was ins Zimmer hängen würde. Es sind lauter moderne Abwandlungen der biblischen Krippe. Mal in Popfarben, dann wieder ganz nostalgisch, aber immer Maria, Josef und das Jesuskind, wahlweise mit Ochs und Esel.

Maja und ihre Mam debattieren noch über die Qualität von Selmas Kunst, als sie längst auf dem Markt angekommen sind. Von Weitem sehen sie schon, dass sich vor dem Filzstand eine Traube gebildet hat. Während sie näher kommen, hören sie auch, wieso. Der Koalabären-Mann diskutiert mit dem Filz-Josef. Es wäre doch nur seine Pflicht, ihn auch zu befragen, was er vom Weihnachtsmann hält, versucht der Kommissar auf den Josef einzureden. Der entgegnet, dass es doch Sonntag wäre und man alle Hände voll zu tun hätte und keine Zeit sei für Befragungen, die sich negativ aufs Geschäft auswirken würden. Ein Wort gibt das andere, bis der Koalabären-Mann aussieht wie Rumpelstilzchen und der Filz-Josef immer verstockter wird. Maja findet es allerdings auch merkwürdig, dass der Kommissar schon am frühen Sonntagmorgen hier aufkreuzt, und teilt damit wohl die Meinung der anderen Standbesitzer, von denen sich keiner so richtig zu fürchten scheint, obwohl der Mörder des Weihnachtsmanns immer noch frei herumläuft.

Irgendwie ist der Kommissar mit seiner Fragerei genauso lästig wie Cleo, denkt Maja, und schon sieht Maja Cleo um die Ecke wehen, im wahrsten Sinne des Wortes. Langer bunter Schal, Fellmantel, Baskenmütze. Scheinbar macht sie heute auf Hippie, dabei fällt Maja ein, wie sich Cleo gestern über Hippie-Perlen aufgeregt hat. Offenbar wechselt Cleo ihre Meinung so häufig wie ihre Kleider, und Maja fragt sich dabei, wie groß wohl Cleos Kleiderschrank ist. Viel Zeit bleibt ihr allerdings nicht für ihre Überlegungen, denn Selma hat sie schon zu sich an den Stand gerufen. Maja wird also nicht mitbekommen, was der Filz-Josef dem Kommissar antwortet, und gleichzeitig um eine Begegnung mit Cleo herumkommen, vorerst.

Selmas Stand ist eine Mischung aus Theater und Galerie. Alles ist mit rotem Samt ausgeschlagen und die Bilder sehen wie Farbtupfen darin aus. Selma selbst hebt sich in ihrem roten Daunensteppmantel kaum von den Wänden ihres Standes ab. Gut, dass sie rabenschwarze Haare hat und auch sonst alles andere als unauffällig ist, sodass man sie in dem ganzen Rot nicht übersehen kann.

»Hallihallo, meine Süße!« Selma flötet vier Oktaven höher als andere Menschen, und Maja ist das ein bisschen peinlich.

»Das wird supi, Majachen, du wirst sehen, die Leute werden dir die Bilder aus den Händen reißen, und ich muss aufpassen, dass ich nicht alle Mandeln deiner Mutter alleine aufesse!« Ihre Worte begleitet Selma mit weit ausholenden Armbewegungen, die sie nicht davon abhalten, gleichzeitig auch Staub zu wischen und neue Bilder auszupacken. Maja wird ein wenig schwindelig bei diesem Temperamentsbündel, was vielleicht auch an dem mageren Frühstück liegen könnte.

»Du, Selma, Mam geht's heute wieder nicht so gut, ich glaube, das Baby wird ein Riese, und Mam kann gar nicht so viel essen wie nötig!« Maja versucht Selma auf die richtige Spur zu lenken, nämlich endlich einen Abgang zum Mandelstand zu machen. Aber Selma hat bei aller Hibbeligkeit die Ruhe weg und packt erst einmal Käsebrote aus, die appetitlich mit Salatscheiben und Gurken garniert sind, so appetitlich, dass Maja wohl mit großen Wunschaugen draufschaut.

»Nimm schon, Kleines, du fliegst ja in deinem Mantel bald davon, so dünn wie du bist. Und ohne Fettpolster wird man auf diesem Markt zum Eiszapfen. Kann mir nicht passieren!« Selma klopft sich auf Bauch und Schenkel, dass es klatscht, und erklärt Maja ganz nebenbei, was sie zu den Bildern sagen muss, um sie an den Mann oder die Frau zu bringen.

»Das hat was mit Mystik zu tun, also mit einer übersinnlichen Erfahrung. Wenn du sehr religiös bist, hat es was mit Gott zu tun, wenn nicht, dann mit einer höheren Macht, die uns etwas sagen möchte. Zum Beispiel, das Bild des Jesuskindleins in der Krippe, also im Futtertrog. Diese Beschreibung gibt es schon im Lukasevangelium. Ab dem 2. Jahrhundert kommen Ochs und Esel hinzu, erst später denken sich die Menschen Maria, noch viel später Josef dazu. Ziemlich berühmt geworden ist der heilige Franz von Assisi, weil er das erste Mal die Weihnachtskrippe mit lebenden Personen und Tieren hat nachstellen lassen. Das war im Jahr 1223. Der Typ war ziemlich schnörkellos, hat einen Armutsorden gegründet, um Gott näher zu sein. Und vor allem, um Tier und Mensch besser helfen zu können. Ich könnte dir jetzt noch stundenlang von dem heiligen Franz erzählen, aber davon hat deine Mam nichts. Nur kurz: Ich male mit meinen Bildern »Familienzeichen«. So nenne ich sie einfach. Das kann man nehmen, wie man will. Aber so ein harmonisches Bild von einer Familie ist auf jeden Fall ein gutes Zeichen, und manche Menschen kaufen die Bilder, um den Schutz über ihre eigene Familie zu bringen. Und damit mein Familienschutz auch zur jeweiligen Einrichtung passt, male ich die Heilige Familie in verschiedenen Stilrichtungen und Techniken. Ist doch ein super Weihnachtsgeschenk, so ein Familienschutz, oder!«

Selma hat sich so in Fahrt geredet, dass die Leute stehen geblieben sind, um ihr zuzuhören. Tatsächlich beginnen einige, sich die Bilder näher anzusehen, vergleichen sie und benennen Freunde und Verwandte, denen so ein Familienschutz guttun würde.

»Familienschutz, dass ich nicht lache, wo gibt's denn so was? Als ob einer sich darum scheren würde, ob da so ein abgefahrenes Motiv an der Wand hängt!« So viel positive Energie kann nur von Cleo kommen, und tatsächlich steht Cleo vor dem Stand in all ihrer Hippie-Herrlichkeit.

»Na, wie sind wir denn drauf, junge Dame?« Selma baut sich vor Cleo auf, die hinter dem roten Kleiderberg fast verschwindet. Cleos Blick ist abschätzend. Kann sie der roten dicken Frau blöd kommen oder nicht? Sie entscheidet sich für Ersteres.

»Das glauben Sie doch selber nicht, dass so ein Bilderzauber wirkt!« In Cleos Stimme schwingt Unglaube und Verachtung mit. »Das malen Sie doch nur, weil hier am Weihnachtsmarkt eh alle so rührselig sind, wegen heile Welt und so. Nur ganz schön blöd, dass ausgerechnet der Weihnachtsmann in der heilen Welt abkratzt, was?«

Selma legt den Kopf ein bisschen schief, als müsste sie die Worte erst einmal in die richtige Hirnhälfte fallen lassen. Dann schiebt sie sich ganz nah an Cleo ran, dass es selbst Maja mit der Angst zu tun bekommt.

»Ich sag ja immer, nicht so heiß duschen in der Früh, sonst weicht der Kopf auf, und wenn dann noch Seife dazukommt, wird die Sache glitschig. Was ich dir sagen will: Bring die Dinge mal nicht durcheinander. Wir sind hier alle da, um unsere Sachen zu verkaufen, denn ohne Geld geht nun mal gar nichts. Man kann aber sein Geld mit Mist verdienen oder mit guten Ideen. Und du kannst mal sicher sein, dass wir hier alle gute Absichten haben.

Niemand verkauft hier Scheiße, ausgenommen der W...!« Selma beißt sich auf die Lippen. Aber für Cleo war die Ansprache schon ausreichend. Sie hebt beide Hände und formt das Peace-Zeichen, während sie rückwärts geht und dann von der Menge verschluckt wird. War ihr wohl einfach zu viel Philosophisches in Selmas Rede.

»Ja, weiß schon, über Tote soll man nichts Schlechtes sagen«, murmelt Selma nur für Maja hörbar. »Gibt's sogar ein lateinisches Sprichwort für »De mortui nihil nisi bene«, aber was gesagt werden muss, muss gesagt werden: Der Weihnachtsmann war ein böser Mensch!«

Selmas Worte sind kaum verhallt, da steht der Kommissar neben ihnen.

»Das ist ja interessant, dass Sie das sagen, was bringt Sie zu dem Urteil?«

Maja kann leider nicht mehr hören, wie Selma das begründet, denn der Kommissar ist mit ihr Richtung Mandelstand davongegangen. So langsam kennt er sich aus mit den Zeitabläufen hier. Zum Abschied hat er Maja noch zugezwinkert. Was auch immer das heißen soll: Ich finde den Mörder, ich kriege alles raus oder ich kaufe nachher eines der Gemälde, aber nur in einer bestimmten Größe ...

Montag, 10. Dezember

Der Kommissar hat dann gestern tatsächlich noch eine recht poppige Variante von Ochs und Esel mit dem Jesuskind dazwischen gekauft. Maja war das Verkaufsgespräch ein wenig unangenehm, weil sie nie sicher ist, ob der Koalabären-Mann, dieser komische Bruno Wollweber, jetzt gleich ein Verhör anstimmt oder sich tatsächlich für die Bilder interessiert. Irgendwie wirkt er so nett und tapsig, um dann im selben Augenblick eine unangenehme Frage zu stellen. Ein echter Bär eben. Drollig im Aussehen, aber scharfe Tatzen. Gestern war allerdings von seinen Tatzen wenig zu spüren, als er nach einiger Zeit wieder an Selmas Stand zurückkam, um sich von Maja beraten zu lassen. Er hätte da eine nahe Verwandte, bei der würde der Haussegen mächtig schief hängen, und wenn das mit dem Familienschutz tatsächlich funktionieren sollte, wäre es doch ein ausgesprochen wertvolles Geschenk. Und wenn nicht, wäre es eben einfach ein nettes buntes Bild.

So genau wollte es Maja eigentlich gar nicht wissen, aber nachdem sie einigen Kunden immer wieder die Story vom Familienschutz erzählt hatte und niemand sich zum Kauf eines der Bilder entschließen konnte, war sie froh, wenigstens an den Kommissar ein Bild losgeworden zu sein. Ganz nebenbei hat er Fragen nach Selma gestellt, so unauffällig und beiläufig, dass sich Maja erst hinterher gefragt hat, ob sie jetzt Selma in Verdacht gebracht hat. Doch ein Gutes hatte das Geschnüffel von Bruno Wollweber doch, denn Hippie-Cleo hat sich gestern nicht weiter als zehn Meter an den Stand herangetraut. Und noch dazu hatte Maja ab dem späteren Nachmittag Gesellschaft. Toni, der die letzten Stunden auf dem Weihnachtsmarkt lieber mit ihr als mit seinem schweigsamen Dad verbringen wollte, dem nur ein Lächeln über das Gesicht huscht, wenn Majas Mam sich in der Nähe befindet.

»Meinst du, da läuft was?«, hat er Maja gestern allen Ernstes gefragt.

»Das geht doch gar nicht«, war Majas Antwort und sie hat dabei auf ihren nicht vorhandenen Bauch gezeigt.

»Na, nicht so, ich mein, nur im Kopf.« Toni hat sich lachend an die Stirn getippt.

»Stirnliebe?« Maja musste losprusten, und der Toni, der sich verschaukelt vorkam, hat ihr die Mütze bis zu den Mundwinkeln heruntergezogen, natürlich genau in dem Augenblick, als eine Kundin doch tatsächlich eine altmodische Variante des Familienschutzes kaufen wollte.

»Wenn meine Familie dann auch so gut drauf ist wie ihr, kauf ich ein Bild für jedes Zimmer«, hat sie gesagt und Maja großzügig das Wechselgeld erlassen. Eigentlich ein guter Tag, bis auf die Aussicht, den Rest der Woche ohne Toni auskommen zu müssen, der wieder zurück zu seiner Oma in den Bayerischen Wald fahren musste.

Als ordentlicher Kontrast zu dem harmonischen Sonntagabend präsentiert sich der Montagmorgen in der Schule. Cleo hatte ein Wochenende Zeit, Bosheiten zu sammeln. Die Lehrer hatten Zeit, alle Schulaufgaben zu korrigieren, und Maja hatte gar keine Zeit, Hausaufgaben zu machen. Eine prachtvolle Kombination, die nur und ausschließlich in einer Katastrophe enden kann. Maja macht sich also keine falschen Vorstellungen, als die Mathearbeit zurückgegeben wird.

»Bei Cleo wundert mich die 5 nicht, aber bei dir, Maja!« Die Lehrerin wirft die beiden schlechtesten Arbeiten der Klasse auf die jeweiligen Tische.

Cleo nutzt ihre Schulaufgabe sogleich als Fächer und zischt »Schön, jetzt verbindet uns endlich was« zu Maja rüber. Maja aber beschließt, heute sorgfältig mit ihrer Teflonschutzschicht umzugehen. Solche Wochenanfänge erfordern einen geradezu Yeti-artigen Schutzpanzer.

Majas Banknachbarin Ella fragt Maja besorgt aus: a) würde Maja zum Fürchten blass aussehen und b) wäre eine 5 in Mathe bei ihr total ungewöhnlich. Dank Schutzpanzer bekommt Ella von Maja nur ein gelangweiltes Achselzucken zur Antwort.

»Hast du einen Sockenschuss heute!« Ella ist über Majas unfreundliche Art nicht begeistert, aber das Stichwort Sockenschuss bringt Maja zum Lachen.

»Genau, du hast es erfasst, Ella, ich hab heute einen Sockenschuss, weil ich am Nachmittag bei Kira und Mike aushelfen werde. Und das wird richtig Spaß machen, denn die haben vor Jahren angefangen, aus Socken Stofftiere zu machen. Total individuell sind die und sehen irrsinnig lieb aus, noch dazu sind die Tiere ganz weich und auch für die Allerkleinsten geeignet. Mit den Tierchen machen Kira und Mike glatt den großen Stofftierherstellern Konkurrenz. Da sie aber nicht in Serie gehen wollen, müssen sie eben an Weihnachtsmärkten verkaufen.«

Maja hat sich warmgeredet und Ella hat ihr Beleidigtsein vergessen, sodass beide die Strafarbeit überraschend trifft. Auch das noch, wann soll Maja die denn machen? Eine ganze Seite im Mathebuch mit blöden Brüchen. Aber Ella ist eine gute Haut und verspricht Maja, die Lösungen am Weihnachtsmarkt vorbeizubringen, dann muss sie den Kram nur noch am Abend abschreiben.

Ohne weitere Störungen verfliegt der Vormittag, und kurz nach zwei steht Maja etwas atemlos am Stand von Kira und Mike, nachdem sie ihrer Mam eine Kusshand rübergeworfen hat.

»Bin ich zu spät?« Maja wirft den Schulranzen in eine Ecke vom Stand und drängelt sich zwischen Kira und Mike.

»Na basst eh, Maja, schau, mir san ja ned allan. Der Mike wird umigehn zu deiner Mam und wir beide werden den Socken-Punk abziehen.«

Kiras und Mikes weicher Wiener Dialekt ist für Maja immer wie Theater. Dass Mike zu jeder Kundin »Küss die Hand« sagt und Kira von einem Paradeiserwamperl spricht, wenn sie einem ihrer Lieblingsmodelle, einem kugelrunden Mops aus knallroten Socken, den Bauch tätschelt, macht einfach gute Laune. Eine Kur, die Maja heute gut gebrauchen kann. Auch kann sie sich nicht vorstellen, dass der Koalabären-Mann Sockentiere als Geschenke kauft, und für Cleo dürften diese kuriosen Viecher sicher zu uncool sein. Maja hört nur mit halbem Ohr zu, während Kira erzählt, wie sie zu den Sockentieren gekommen ist.

»Weißt eh, ich hab in einem Kinderhaus gearbeitet. War ned die schönste Gegend von Wien, ein Haufen Hascherl aus elenden Familien. Da nimmst als Erzieher gern die Strumpftiere her, damit die Kinder a bissl aus sich rausgehen. Dann können ’s am besten über sich reden, wenn ’s einen Moderator haben.« Kira macht Schnappbewegungen mit beiden Händen in die Luft. »Easy ist das mit so einem Strumpf über der Hand. Daumen und Zeigefinger können die Mundbewegungen machen. Als wir ang’fangen haben, auf die Socken Augen aus Filz zu kleben, sind unsre Viecherl immer schöner g’worden und die Kinder haben eine solche Freude damit g’habt!«

Kira rückt, während sie redet, ununterbrochen ihre Tiere zurecht, als ob sie sich bewegen würden. Und fast wirkt es auch so.

»Du, und dann hat’s mir eines Tages g’langt, ich war ein einziger Nervenkaschperl. Von einem Tag auf den andern hab ich gesagt, jetzt mach ich nur noch nette Sockentiere. Da war der Mike ned unschuldig. Den hab ich damals vor vier Jahren kenneng'lernt, und der war genauso angefressen von seinem Job als Nähmaschinenvertreter. Weißt eh, Land auf, Land ab, schaust, dass dir einer die Maschinen abkauft. Eine Plackerei, bei der nix umakommt. Er hat gekündigt und zwei Maschinen haben wir behalten.«

»Und jetzt muss ich Land auf, Land ab Sockentiere verkaufen, aber die schaun einen wenigstens lieb an, während so eine Nähmaschine eine eiserne Zwiderwurzen ist, die ständig den Faden verliert!«, wirft Mike dazwischen und zieht ein Gesicht, wie Maja sich eine Zwiderwurzen vorstellt: zusammengekniffene Augenbrauen, gekräuselter Mund, buckliger Rücken, eine echte Jammerfigur!

»Jetzt schau, dass dich schleichst, du Nähmaschinen-G'sicht!« Kira wirft mit einem sehr kleinen Sockentier nach Mike, der das Geschoss mit einer Hand in der Luft fängt und mit der anderen Hand Kira einen Kuss zuwirft. »Scheint heute der Tag der Kusshände zu sein«, nuschelt Maja und zieht den Schal wieder mal ein wenig fester um den Hals, denn über dem Markt hat sich ein Schneewolkenungetüm zusammengebraut.

»Dem Weihnachtsmann hätt' ma auch a mal a Sockentier schenken sollen, vielleicht wär er dann kein solcher Wicht g'worden!« Von Kiras Erinnerung an den toten Weihnachtmann wird Maja dennoch kalt erwischt. Wie kommt Kira jetzt darauf? Und warum wollen sich immer alle Standbesitzer, bei denen Maja aushilft, mit ihr über den toten Weihnachtsmann unterhalten? Maja will den blöden Kerl eigentlich seit Tagen vergessen, aber entweder machen ihr der Koalabären-Mann oder die Standbesitzer einen Strich durch die Rechnung.

»Gut weiter ist er, der Haderlump, dass er sein End in einer Streusandgruben g'funden hat, g'schieht ihm nur recht!« Mike nickt Kira zustimmend zu, nur Maja mag sich lieber nicht äußern, denn sie sieht einen guten alten Bekannten aufkreuzen, der es zu riechen scheint, wenn über den Weihnachtsmann gelästert wird: Kommissar Bruno Wollweber, der einen Stand weiter die Ohren gespitzt hat, auch wenn er so tut, als würde er um sich herum nichts bemerken.

Umständlich nestelt er an drei Tütchen und einem Notizblock herum und versucht mit einem Bleistiftstummel etwas aufzuschreiben. Maja kann sich schon denken, was. Die einfach mal so hingeplauderten Worte von Mike und Kira haben sicherlich für den Kommissar eine größere Bedeutung, als die beiden ahnen.

Maja gäbe was drum, wenn sie einmal in das Notizbuch von Bruno Wollweber schauen dürfte. Mittlerweile müsste die Liste der Verdächtigen schon ziemlich lang sein, so unbeliebt, wie der Weihnachtsmann war, und so, wie er die Standbesitzer drangsaliert hat. Hier hat fast jeder einen Grund, den Mann zu hassen. Aber ihn deswegen gleich umbringen? Maja kann sich das einfach bei keinem der Marktleute vorstellen und wenn sie noch so schrullig sind und dem Weihnachtsmann die Läuse in seinen weißen Fusselbart gewünscht haben.

Kira und Mike merken von dem lauschenden Kommissar nichts, und Maja hält auch lieber die Klappe, sonst gibt das nur ein ewiges Hin- und Hergerede, Mike wird nicht zum Mandelstand gehen und Majas Mam kann sich nicht ausruhen.

Tatsächlich läuft keine halbe Stunde später der Nachmittag wie am Schnürchen. Mike verkauft mit Wiener Charme Berge von Mandeln, die Majas Mam vorgeröstet und in die kleinen Künstlertütchen verpackt hat, und Maja kann etliche Großmütter zum Kauf von Sockentieren überreden. Ein Idealnachmittag, an dem sich Majas Vorahnung bestätigt, dass weder Bruno Wollweber noch Cleo auf Sockentiere stehen. Stattdessen bringt Ella ihr wie versprochen die Lösungen für die Mathe-Strafarbeit vorbei.

Dienstag, 11. Dezember

Maja schrubbt wie eine Verrückte den Boden in der Küche. Nicht, weil das etwa der Gutschein im Adventskalender ihrer Mam war, sondern weil Majas Mam ein Glas Honig hat fallen lassen.

Klar, dass sie mit dem Elefantenbaby im Bauch nur mühsam am Boden herumkriechen kann.

Klar, dass Maja das für sie macht.

Auch klar, dass Maja zu spät in die Schule kommen wird, weshalb Majas Mam schon eine Entschuldigung schreibt.

Noch klarer, dass Cleo sich auf Majas Zuspätkommen stürzen und heute den Vormittag darauf herumreiten wird. Es wäre auch zu schön, nach einem Cleo-freien Nachmittag einen ungestörten Vormittag zu haben!

Tatsächlich kommt es viel dicker. Nachdem Maja die zähe Honigmasse vom Boden gewischt hat, sich, während sie aus dem Haus rennt, Schal, Mütze und Mantel übergestreift hat, nachdem sie die eineinhalb Kilometer zwischen ihrem Zuhause und der Schule im Laufschritt durch den knöcheltiefen Schnee absolviert hat, steht Cleo wie eine Eisskulptur vor der Schule und lässt sich von ihren Freundinnen bewundern. Anders kann man es nicht bezeichnen, denn Cleo steht leicht erhöht auf der obersten Stufe der Eingangstreppe, während ihre Gefolgsdamen sich die tieferen Stufen teilen. Als Maja endlich im Laufschritt die Treppe erreicht, bilden die Mädchen ein Spalier, an dessen Ende Cleo steht.

Was für eine Traumsituation, denkt Maja und macht sich auf eine Beleidigung gefasst.

»Na, wer hat denn da so was von Glück, dass heute die ersten beiden Stunden ausfallen?« Cleos Worte perlen im Singsang aus ihrem schmalen Mund, den sie heute mit einem leicht rosa Lippgloss zum Strahlen gebracht hat. Passend dazu eine Winterkombination aus rosa Steppjäckchen, rosa Leggings, rosa Ugg Boots, rosa Beanie-Mütze mit Perlen, rosa Stulpen, rosa Fellfäustlingen und rosa Riesen-Bag, in der vermutlich keine Schulbücher, dafür aber umso mehr Nagellackpröbchen, Kämme und Smartphones herumfliegen. Maja versucht, das Gehörte zu überhören, sich dann nicht zu ärgern, dass sie jetzt nicht gemütlich mit ihrer Mam bei Kerzenschein daheim sitzt und Tee trinkt, und gleichzeitig ihre Teflonschicht auf Alarmstufe Rot zu programmieren. Keine Sekunde zu früh, wie sich zeigt, denn Cleo hat die Munition schon ausgepackt. Mini-Kerzen, solche, die man auf Geburtstagskuchen steckt und die immer wieder angehen, wenn man sie ausgepustet hat. Aus dem Riesenbeutel zaubert sie noch ein Feuerzeug. Im Nu brennt die kleine Kerze. Da Cleo nicht dazu neigt, freundliche Geburtstagsgesten zu machen (Maja hat ja außerdem auch gar nicht Geburtstag), kann sich Maja schon ausmalen, was jetzt kommt. Cleo nimmt die Fransen von Majas neuem Schal und hält die Kerze daran.

»Sag mal, spinnst du?« Maja schubst Cleos Hand weg und will sich an Cleo vorbeidrücken. Aber Cleo heult vor Schmerz auf, scheinbar ist in dem Gerangel die Flamme an ihre Hand gekommen. Selber schuld, denkt Maja und versucht, ins Schulhaus zu kommen. Aber Cleo kreischt und lässt sich von ihren Freundinnen bemitleiden, die alle vier entsetzte Gesichter machen, als sie Cleos Hand sehen. Freundlicherweise lassen sie auch Maja hinsehen, die ihren Augen nicht traut. Auf Cleos Hand prangt eine riesige rote Wunde. Und als ob das nicht ausreichen würde, geht auch noch die Schultür auf und Frau Wagner, die Deutschlehrerin, komm heraus.

»Ich war das nicht!« Majas Worte klingen jämmerlich und sie ärgert sich schon jetzt für diese flaue Verteidigung. Schließlich hatte Cleo diese Pupsidee mit dem Feuerzeug. Wie doof ist die, wenn sie bei ihren eigenen Scherzen in Lebensgefahr gerät?

»Was soll das Feuerzeug da und die Kerze?« Frau Wagner bringt es rasch auf den Punkt und konfisziert die beiden Sachen. »Cleo, Erklärung bitte!«

Oha, denkt Maja, Frau Wagner hat den Peil und weiß genau, wer die Hauptverdächtige ist. Die sollte mal die Ermittlungen auf dem Weihnachtsmarkt leiten, dann wäre der Mörder vermutlich schon gefasst. Wobei sich Maja gar nicht so sicher ist, ob sie das überhaupt wissen möchte.

»Du gehst jetzt ins Krankenzimmer und lässt das verbinden, und du, Maja, kommst mit mir mit!« Frau Wagner macht eine unmissverständliche Handbewegung in Richtung Schulgebäude. Als Maja Frau Wagner ins Schulhaus folgt, sieht sie noch aus dem Augenwinkel, wie sich Cleo kichernd einen roten Gummifleck von der Hand zieht. Die Wunde war gefaked! Das war eine Scherzwunde, wie man sie aus Latex im Theaterladen kaufen kann!

Maja versucht Frau Wagner auch an dieser Neuigkeit teilhaben zu lassen, aber die will gar nichts hören, sondern mit Maja über die Doppelbelastung Weihnachtsmarkt und Schule reden. Und wie es denn zu Hause so laufen würde. Maja bleibt nichts anderes übrig, als Frau Wagner von der baldigen Ankunft des Riesenbabys zu berichten und von der einzigen Einnahmequelle, dem Weihnachtsmarkt. Natürlich kommt Frau Wagner auch auf den toten Weihnachtsmann zu sprechen. Ob man schon was wüsste, denn das sei doch eine untragbare Situation. Und sie sei sich sicher, dass Maja auch dadurch belastet sei.

»Geht so, Frau Wagner, eigentlich sind alle total froh, dass der Kerl weg ist!« Maja purzeln die Worte so heraus, aber sie ahnt, dass das nicht die politisch korrekte Antwort war. Da Frau Wagner auch Ethik unterrichtet, kommt sie prompt mit der Moralkeule.

»Nichts rechtfertigt den Tod eines Menschen, Maja!« Frau Wagners Blick sagt Maja, dass sie jetzt mal lieber die Bekümmerte geben sollte. Richtig ärgerlich ist, dass Cleo sie in diese Situation gebracht hat. Das Pech scheint heute wie Honig an ihr zu kleben. Man sollte mehr auf die frühen Zeichen des Tages achten, denkt Maja, als sie endlich aus den Klauen von Frau Wagner entlassen ist. Gerade rechtzeitig, um zum Unterricht zu kommen. Biologie. Und wenn es ein Schicksal gibt, dann scheint es heute mit Maja Thementag zu spielen, denn der Lehrplan sieht das Verhalten der Honigbienen vor!

»Mam, das war völlig verrückt heute.« Maja will gerade ihrer Mam die Neuigkeiten des Vormittags berichten, als Max zu ihnen an den Stand kommt. Dabei fällt es Maja wieder ein, sie wird heute bei Max den Stand hüten. Max ist: Kerzenzieher!

Das gibt es nicht! Maja ist fassungslos, mit welcher Gesetzmäßigkeit heute die Themen Kerzen, Bienen, Honig, Wachs vorkommen. »Grüezi, Maja, grüezi Frau Wiedmann, heut werd ich ja die Nüssli verkaufen, was muss ich wissen, damit ich nichts verderbe?!« Der kratzige Schweizer Dialekt gefällt Maja, und das Wort *Nüssli* wird sie zum heutigen Lieblingswort erklären, zumal es auch nichts mit Bienen zu tun hat. Maja antwortet gleich mit einer Gegenfrage.

»Zeigst du mir dann noch deinen Stand und was ich alles wissen muss?« Maja ist sich sicher, dass sie heute die geborene Kerzenverkäuferin ist. Thementage können ja auch was Gutes haben.

Nachdem Max in die Kunst des Nüssli-Verkaufs eingeführt ist, zieht Maja mit ihm ab in Richtung Kerzenstand.

Schon einige Meter davor duftet es köstlich nach Honigwaben und Wachs, auch ein paar Duftkerzen-Gerüche mischen sich darunter. Max zieht den Vorhang zur Seite, mit dem er den Stand vor neugierigen Blicken geschützt hat, während er weg war. Dahinter breitet sich ein Meer aus goldgelben Kerzen aus. Einige ganz glatt und spitz zulaufend, andere mit Wabenmuster, wieder andere sind klein und gedrungen.

»Wenn du aufmerksam luagst, Maja, siehscht den Unterschied. Die glatten spitzen, das sind gezogene Cherzli, da wird der Baumwolldocht immer wieder in flüssiges Bienenwachs gehalten, bis nach und nach die Schichten sich zu ganzen Cherzli aufbauen. Das ist eine langwierige Arbeit, die Geduld und Geschick erfordert. Dann müssen die Cherzli noch gut ein halbes Jahr ruhen, bis man sie verkaufen kann. Das ist nichts für Eilige und es hat seinen Preis!« Max reibt Daumen und Zeigefinger aneinander.

»Die Wabencherzli sind gerollt aus Wachsplatten, und da es bei mir nur echtes Bienenwachs gibt, sind auch die nicht ganz billig, ist schließlich alles Handarbeit und ein wertiger Rohstoff!«

Tatsächlich kann Maja das heute gut nachempfinden, denn der Biologie-Unterricht hat anschaulich geschildert, was für eine Plackerei diese Bienenwachsgewinnung ist.

»Und was ist mit diesen kleinen dicken da?«, fragt Maja und deutet auf Stumpenkerzen in allen möglichen Farben. Die scheinen auch verantwortlich zu sein für die anderen Gerüche, die um den Stand wabern.

»Das sind Gießkerzen, aus Paraffin und ein paar anderen Stoffen, die hab ich eigentlich nur im Sortiment, weil danach gefragt wird. Rund um Weihnachten sind die Menschen halt sentimental und wollen partout Cherzli brennen haben. Und ich kann mir den Mund fransig reden, dass das echte Bienenwachs länger hält, besser duftet und nicht tropft, nein, die Leute wollen gern das Poppige!« Bei dem Wort *poppig* muss Maja schon wieder lachen, denn Max' Stimme geht innerhalb des Wortes rauf und runter und das *G* spricht er wie *ck* aus.

Maja beginnt sich wohlzufühlen in dem Wachs-Kabinett, an dem auch schon einige Menschen stehen bleiben, als Max, der gerade zu Majas Mam gehen will, um sie am »Nüssli-Stand« abzulösen, noch einmal zurückkommt.

»Ich bin sicher, der grantige Kerl, den sie in der Streuguttonne gefunden haben, hätte gar keine Cherzli gekauft. Niemals. Der hätte Pechfackeln aufgestellt!«

Ups, solche Worte hätte Maja von Max nicht erwartet. Maja bückt sich zu einem Karton mit riesigen Wabenkerzen, um sie aus ihren Seidenpapieren zu nehmen und aufzustellen, so wie Max es ihr gesagt hat.

Als sie sich wieder aufgerichtet hat, ist Max verschwunden, dafür steht Bruno Wollweber wie bestellt vor ihr.

»Hallo Maja, na, heute im Wachsfiguren-Kabinett!«

Ja, selten so gelacht, denkt Maja und grüßt ein bisschen muffig.

»Schlecht geschlafen?« Bruno Wollweber scheint echt besorgt.

»Nein, nein, alles in Ordnung!« Maja möchte am liebsten, dass der Kommissar jetzt wieder geht.

»Sag mal, Maja, du verstehst dich doch recht gut mit Toni, dem Sohn vom Filz-Josef, oder? Was sagt der denn, warum sein Vater so schlechte Laune hat, kann doch nicht gut fürs Geschäft sein!« Der Koalabären-Mann setzt einen bekümmerten Blick auf, aber Maja ahnt, dass hinter dem besorgten Gucken reine berufliche Neugierde steckt.

»Vielleicht hat er Sorgen, weil nicht genug Leute die Filzsachen kaufen. Er ist ja in diesem Jahr zum ersten Mal mit dabei. Und wer nicht gut verkauft, wird vielleicht im nächsten Jahr von der Liste für den Markt gestrichen!« Maja findet, dass ihre Erklärung einleuchtend ist.

»Soso, tja, das ist bitter!« Der Koalabären-Mann zieht eine Schnute, als würde er Brausebonbons mit Essig spülen, und Maja setzt deshalb hinterher: »Aber der Josef macht echt schöne Sachen!«

Vielleicht ist Majas Antwort ein wenig zu patzig ausgefallen, jedenfalls ziehen sich die Augenbrauen des Koalabären-Mannes verdächtig schnell zu seinem spärlichen Haaransatz hoch.

»Das bezweifle ich nicht, Maja, aber so ein schlecht gehendes Geschäft schlägt auf die Laune und bei manchen auf den Charakter!«

Was will ihr denn dieser Witzbold von einem Kommissar eigentlich sagen? Maja muss den Verdächtigungen irgendwie einen Riegel vorschieben. Eventuell muss sie dazu etwas preisgeben, was niemanden etwas angeht außer die Beteiligten selbst.

»Der Josef macht sich eben auch noch Sorgen um meine Mam!« So jetzt ist es raus, mag sich dieser Teddybär Wollweber einen Reim drauf machen oder nicht. Wer mehr Hinweise braucht, ist bei der Polizei schlecht aufgehoben.

Maja mustert Bruno Wollwebers Mienenspiel und ertappt sich dabei, wie sie bei ihm nach kleinen, grauweiß besetzten Fellohren sucht.

»Entschuldige, Maja, wenn ich das so frage, aber haben deine Mama und der Josef eine Beziehung?«

»I wo, mit dem Bauch sicher nicht!« Dabei macht sie um die Hüfte eine Bewegung mit den Armen, als würde sie von einer Äquatorumrundung sprechen. Majas Antwort kommt einen Tick zu schnell, und der Kommissar muss schmunzeln, dabei mustert er zum ersten Mal die Kerzen.

»Darf's eine in einer bestimmten Größe sein?« Maja versucht es jetzt mal mit etwas Geschäftlichem.

»Ja, ja, vielleicht lassen wir heute einfach mal den Beruf Beruf sein und ich konzentriere mich auf die Weihnachtsgeschenke. Hab ja 'ne furchtbar große Familie, gehören alle beschenkt. Ist ein echter Stress jedes Jahr, aber dieses Jahr komme ich mit meinen täglichen Besuchen auf dem Markt gut voran. Wäre ein Jammer, wenn das Verbrechen hier seine Spuren hinterlassen würde und der Markt nächstes Jahr nicht mehr stattfinden könnte.«

Maja glaubt sich verhört zu haben. Nächstes Jahr kein Künstlerweihnachtsmarkt? Wie soll das denn mit der kleinen Familie, die dann um ein Elefantenbaby reicher ist, gehen? Ihre Mam wird nicht quer durch die Republik reisen können, um irgendwo anders ihren Stand zu betreiben.

Viel Zeit bleibt ihr allerdings nicht zum Angsthaben, denn Bruno Wollweber ist offensichtlich noch nicht recht zufrieden mit seiner heutigen Infoausbeute.

»Der Max versteht sein Handwerk, was? Kerzenzieher war mal ein angesehener Beruf, waren schließlich die Energielieferanten der Vergangenheit. Sie brachten das Licht. Heute ein eher aussterbendes Gewerbe, kann mir nicht vorstellen, wie man sich damit eine goldene Nase verdienen kann!«

Der Kommissar macht mit Daumen, Zeige- und Mittelfinger die Pinkepinke-Geste und wiegt den Kopf. Gleichzeitig schwenkt er eine fette Wabenkerze in der Linken.

»Die nehm ich, Maja! Du weißt, ich bin dein treuester Kunde!«

Super, ein echtes Witzknäuel, dieser Wollweber, denkt Maja, der es lieber wäre, der Koalabären-Mann würde sich ganz darauf konzentrieren, seine hundertköpfige Sippe mit Geschenken zu versorgen, und die Suche nach einem Mörder einfach vergessen. Doch Bruno Wollweber lässt nicht locker.

»So ein Kerzenzieher hat's heute nicht leicht, was, Maja? Wie ist er denn so drauf, dieser Max?«

Maja möchte dem Kommissar am liebsten eine der dicksten Kerzen in den Mund stopfen. Ist sie hier die Auskunft, oder was? Wieso fragt der übereifrige Polizist denn die Menschen nicht selber?

»Ich glaube, er ist recht glücklich mit dem, was er macht!« So viel hat Maja von ihrer Mam und ihrem Paps gelernt. Glück ist keine Ware. Man kann es nicht kaufen. Man kann es nicht tauschen und nicht einfordern. Es kommt zu Menschen, die offen dafür sind und es zur Tür hereinbitten. Und komischerweise braucht das Glück keine Palasttüren, es gibt sich auch mit einer Bretterschwingtür zufrieden.

Bei Bruno Wollweber scheint der Satz gesessen zu haben, denn sein Gesicht sieht aus, als würde er gerade die letzten 25 Jahre seines Berufslebens vorüberziehen lassen.

»Danke, Maja, du hast mir sehr geholfen!« Er steckt die dicke Kerze in seine Aktentasche und gibt Maja acht Euro in Münzen. Mit einem kleinen Kopfnicken dreht er sich zur Mitte des Markts um, und Maja sieht den kleinen bulligen Mann davonschwanken, in der Hand eine wippende Aktentasche mit einer Ausbeulung. Die Silhouette von Bruno Wollweber ist dadurch ein wenig schief, und Maja ahnt, dass jeder Mensch wohl solche Ausbeulungen auch in der Seele hat. Aber dass irgendeiner hier am Markt eine so schwere Ausbeulung hat, dass er den Weihnachtsmann umbringt, selbst wenn der eine Riesenplage war, mag Maja nicht in den Sinn.

Mittwoch, 12. Dezember

Maja hat am Morgen ihre Handschuhe daheim vergessen und Cleo weiß das in der großen Pause schamlos auszunutzen: Schneeballschlacht, Lieblingsziel: Maja. Nach drei kläglichen Versuchen, mit bloßen Händen Schneebälle zu formen und auf Cleo zurückzuzielen, flüchtet Maja ins Schulhaus und pult die Schneeklumpen aus den Haaren und ihrem Pullover. Den Rest der Pause versucht sie die rot gefrorenen Finger wieder anzuwärmen. Ganz gelingt es ihr nicht, auch nicht als Herr Hansen einen spontanen Vokabeltest schreiben lässt. Eigentlich werden die Finger erst wieder warm, als Maja mittags im Dauerlauf zum Weihnachtsmarkt und dort, wie mit ihrer Mam abgesprochen, direkt zum Stand von Handschuh-Emma rennt – manche Tage scheinen echt ein Motto zu haben. Maja ist sich jetzt ganz sicher und hebt ihr Gesicht unwillkürlich Richtung Himmel, wo eine blaugraue Schneewolke für ein Licht wie in einem Schwarz-Weiß-Film sorgt. Wenn es einen Gott gibt, scheint er eine spezielle Art von Humor zu haben. Maja reibt sich gerade die Finger, als Handschuh-Emma sie ergreift.

»Moja, meine Goudsde, wo griecht ma denn solsche galden Händschen?«

Schon allein wegen des weichen ostdeutschen Akzents könnte Maja warm ums Herz werden. An Emma ist alles weich. Die Haut, die Figur, die lockigen Haare, die Wollpullover, die sie gleich dreifach übereinander anhat, und vor allem die Stulpen über ihren Händen. Rosa, rot, orange geringelt, die Finger liegen frei, damit Emma das Geld besser anpacken kann, das sie für ihre Handschuhe und Stulpen aus Leder, Wolle, Stoffresten und Filzteilchen bekommt.

»Bätschwörkkunststückschen!«, sagt Emma dazu und Majas Zwerchfell macht Hüpfer bei dem Wort.

»Mein goudes Kind, greif dir en Baar Handschuhe, wenn die Leute merken, wie galt deine Tätzschen sind, globen die, meine Handschuhe sind von Bappe!« Dabei hält sie Maja außerdem einen Lebkuchen und eine Tasse Kräutertee hin.

»Mojaschen«, Emma dreht sich wieselflink um ihre eigene Achse, »was du hier siehst, ist eine alte Kunst. Schon im Alten Testament werden Handschuhe erwähnt, Dud ensch amun, der ägyptische Pharao, wurde mit 27 Handschuhen beerdigt. Im Mittelalter warst du ohne Handschuh gor nischts. Die Adligen haben sich Handschuhe als Rechts- oder Eheversprechen geschickt, und die vornehmen Damen haben parfümierte Handschuhe fallen gelassen, wenn ihnen ein Typ gefiel. Wenn isch enen Handschuh fallen lasse, bekomm isch höchstens enen Hexenschuss, weil isch ihn wieder selber aufheben muss.« Emmas Augen zwinkern. »Und schließlich sind die Franzosen an allem schuld. Schon im 12. Jahrhundert ist dort die erste Handschuhfabrikation entstanden. Später, im 17. Jahrhundert, haben die Hugenotten das Wissen nach ganz Europa verbreitet, und speziell in Magdeburg, Halberstadt, Erfurt, also im gouden alden Osten, entstanden die großen Handschuhzentren!«

Majas Augen weiten sich bei dem Schwall an Informationen.

»Nu gugg nich wie een Guppi, die gute Emma ist nicht 400 Jahre alt, nein, die hat den Betrieb ihrer Vorfahren einfach weitergemacht. Handschuhe aus eener Hand seit 1725. So steht es über unsrem kleenen Laden in der Erfurter Innenstadt. Nu gannst du dir ausmalen, dass nicht jeder, der nach Erfurt kommt, Handschuhe braucht. Also komm ich zu den Menschen. Und nu mach mir keene Schande, mein Mojaschen, und verkof die Lederschluppen und Muffs. Wie sagte meen Vater immer: Gefroren wird immer. Da hat sich in 5000 Jahren nicht die Bohne was dran geändert.«

Maja fühlt, wie nicht nur die Wärme der neuen Handschuhe zu einem wohligen Gefühl in ihr führt, sondern auch Emmas Thüringer Singsang und dieses Gefühl, dass Tradition etwas sehr Schönes sein kann. Eine Heimat, ein Ort, an dem man sich geborgen fühlen kann. Vielleicht sollte sie Mams Handwerk erlernen und damit etwas weitertragen?

»Wenn der Glassen-Gasper von Wachtmeister hier auftaucht, Mojaschen, dann sag ihm 'nen schönen Gruß von der guden Emma: Er kann sich seinen Mörder backen, hier von uns Marktleuten hat sich doch keener die Finger an dem schmutzig gemacht.«

Leider steht im selben Augenblick dieser »Klassenkasper« von Polizist genau hinter Emma und verzieht den Mund.

»Das ist ja schön zu hören, Frau, äh, Emma, was macht Sie da so sicher – und für Sie immer noch Hauptkommissar!«

Emma windet sich. Trotz ihrer großen Schnauze scheint ihr das plötzliche Auftauchen des »Wachtmeisters« jetzt unangenehm zu sein.

»Herr Kommissar, ich will misch sicher nisch in Ihre Angeleschenheiten einmischen, aber nu öffnen Sie doch Ihr Herz und die Augen auch gleich dazu: Wo sitzt denn hier das Böse?« Bruno Wollweber schaut sich um, als würde das Böse in Form eines dick vermummten Passanten jetzt gleich zwischen den Marktständen Polka tanzen.

»Na sehnse, is nicht. Können Sie eener alten Frau glauben!« Emma ist sehr zufrieden mit sich und tätschelt Maja die Wange, bevor sie in Richtung Mandelstand verschwindet. Und Maja hat, wie man so schön sagt, wieder einmal die Arschkarte. Oder anders ausgedrückt: Bruno Wollweber an der Backe. Da hilft auch kein Blick in den Himmel.

Donnerstag, 13. Dezember

Viel aus Maja herausbekommen hat der Kommissar dann aber nicht mehr, nachdem Emma abgedampft war und der Kommissar mal wieder darauf spekuliert hatte, dass Maja so etwas wie sein Spion sein würde. Irgendwie war ja auch schon alles gesagt. Dafür durfte sich Maja, kaum war Bruno Wollweber verschwunden, mit der sehr originellen Cleo herumschlagen, die wieder einmal ihre Hofdamen zum Ausflug auf den Markt gebeten hatte. Alle vier probierten in gezierten Bewegungen die Handschuhe der Reihe nach an und hinterließen den Stand in heilloser Unordnung. Maja brauchte den halben Nachmittag, um das Chaos wieder zu beseitigen und ihre Wut herunterzukochen. Langsam ging ihr Cleo wirklich auf den Senkel.

Aber wenn sie Glück hat, kommt morgen Abend der Toni aus seinem Hinterwald zurück und hilft ihr gegen diese Nervensäge. Wieder den Donnerstag blauzumachen, hat er sich wohl nicht getraut.

Im Augenblick klingt das Wort Glück für Maja allerdings so unmöglich wie eine Strandparty am Nordpol. Auch die Kälte dürfte da ähnlich sein, denkt sich Maja, als sie nach der Schule zu Samiras Stand kommt. Da ist dieser Donnerstag, der 13. Dezember, schon 13 Stunden alt und an Samiras Stand herrscht Tumult. Ganz klar, der Tag geht weiter, wie er begonnen hat, denkt Maja, die einen Vormittag lang versucht hat, Cleo zu ignorieren, was ihr nicht besonders gut gelang, weil Cleo wieder einmal auf Krawall aus war. So schnell wie möglich ist sie nach Schulschluss zum Markt gerannt, um den Vormittag auch räumlich hinter sich zu lassen – ein Vormittag, der auch für einige andere Menschen ereignisreich war.

Majas Mam hat am Vormittag noch für Nachschub bei den Tütchen gesorgt und einige neu bemalt und bestempelt. Der Filz-Josef hat das Geschäft des Winters gemacht, weil ein Seniorenheim 20 Paar Filzschuhe gekauft hat.

Nur Bruno Wollweber hat keine Erfolge vorzuweisen, er musste eine höchst unerfreuliche Pressekonferenz abhalten, auf der er zugeben musste, dass er zwar bisher jede Menge Spuren und Verdächtige hat – um es genau zu sagen, 24 verdächtige Standbesitzer, leider aber niemand so richtig im Visier, weshalb es auch nach einer Woche sehr schwer sei, etwas Konkretes zu dem Fall zu sagen. Das Reden vor der Presse kann er nicht leiden, dazu ist er ein zu schlechter Redner, und die Lage dieses Falls lässt ihn auch nicht besonders gut aussehen. In seinem Büro stapeln sich zwar inzwischen jede Menge Weihnachtsgeschenke, aber selbst darüber kann er sich nicht richtig freuen, denn die Leute auf dem Weihnachtsmarkt sind irgendwie besonders schwer zu knacken. Er hofft, dass die kleine Maja ihm dabei helfen kann, etwas herauszufinden. Sie ist seine

Schlüsselperson. Durch sie erfährt er eine Menge, denn ihre täglich wechselnde Rolle bringt Unruhe in ein sonst funktionierendes System. Ihr gegenüber sind die Budenbetreiber auch offener. Eigentlich muss er sich nur an ihre Fersen heften, und schon machen sich alle zu Verdächtigen. Denn eines ist klar, ein Motiv scheinen sie alle zu haben: Dieser Weihnachtsmann hat sich bei allen unbeliebt gemacht, und zwar so sehr, dass ihn alle hassen. Warum genau, weiß Bruno Wollweber noch nicht, aber bis Weihnachten spätestens muss er diesen Fall gelöst haben, das ist er sich schuldig. Und der Öffentlichkeit.

Bruno Wollweber hat sich vorgenommen, den Standbesitzern mit mehr Druck zu begegnen. Wenn er den Fall jetzt schnell aufklären würde, wäre sein Ansehen im Kommissariat schlagartig besser. Auf der anderen Seite hätte er dann keinen Grund mehr, täglich auf den Weihnachtsmarkt zu gehen. Eine Tätigkeit, die Bruno Wollweber gefällt, ja sogar sehr gefällt. Dass er dabei die Leute ausfragen muss, ist eigentlich nur ein Nebeneffekt. Am meisten Spaß machen ihm die kleinen Dinge, die es zu kaufen gibt, die Gerüche und, das muss er zugeben, die gute Stimmung. Die Budenbesitzer machen überhaupt nicht den Eindruck, als würden sie mit einer großen Angst leben. Eigentlich ganz im Gegenteil. Der Tod des Weihnachtsmanns hat niemanden erschüttert, sondern alle eher erleichtert.

Bruno Wollweber hat den Weihnachtsmarkt mit kleinen Gegenständen auf seinem Schreibtisch nachgebaut.

Eine kreisförmige Anordnung, wobei die einzelnen Buden aus Locher, Tacker, einer schmalen Büroklammer und anderen Schreibwaren bestehen. Das Musikpodest in der Mitte ist seine Kaffeetasse, und die Tanne ist ein in einen Spitzer gesteckter Bleistift. Der Kommissar brummt, während er einen Radiergummi zwischen den Ständen springen lässt. Das soll Maja sein. Auf alle Buden, deren Besitzer er schon befragt hat, hat Wollweber einen roten Punkt geklebt. Elf Buden sind noch übrig, da sollte er keine Zeit verlieren. Bruno Wollweber zieht seinen grauen Mantel an, setzt eine weiße Pudelmütze auf den Kopf und macht sich auf den Weg. Die Vorfreude treibt ihn zum Markt, und er kommt genau in dem Augenblick dort an, als sich ein kleines Knäuel vor Samiras Stand gebildet hat.

Samiras Stand liegt zwischen dem von Kirschkern-Rudi und dem von Glasbläser-Willi. Sie grüßen Maja freundlich und ein kleines bisschen zurückhaltender den Kommissar, als die beiden fast gleichzeitig vorbeikommen. Samira scheint sich über irgendetwas aufzuregen. Und Majas Mam versucht sie zu beruhigen.

Auch Maja versteht zunächst überhaupt nicht, worum es geht. Und warum jedes Mal der Koalabären-Mann auftaucht, sobald sie den Markt betritt, kann sie sich einfach nicht erklären.

»Die sakrischen kloanen Hexen, oane frecher wia die andre. Glaubt ’s es oder ned. Kemma wia die Goaßen hier her und reißen mir die Deckel von den Schachteln, zupfen die Plätzerl raus. Machen einen Mordswind und plärren umeinander!«

Samira spricht breitestes Bayerisch, und zwar aus dem Berchtesgadener Raum, wo der Dialekt schon sehr ins Österreichische übergeht. Maja könnte ihr stundenlang zuhören, aber nicht zu diesem Thema, sie ahnt, wer die Störung verursacht haben könnte, und schaut sich vorsichtig um. Heute haben Cleo und ihre Hofdamen mal wieder ihre Tarnkleidung an – weiß wie die Schneehexen. Eine ganze Latte schlechter Noten heute früh hat wohl Aggressionen bei Cleo ausgelöst. Wie diese Pestbeulen aber vor Maja am Weihnachtsmarkt sein konnten, ist ihr ein Rätsel. Wenn Maja heute bei Samira aushelfen soll, kann das ja noch heiter werden. Auf der anderen Seite bleibt Maja dann vielleicht vor weiteren Angriffen verschont, da Cleo sich ja schon ausgetobt zu haben scheint.

Als Maja sich endlich durch die kleine Menschentraube, die Samiras Stand umringt, hindurchgeschlängelt hat, sieht sie eine Unzahl von Spanschachteln. Oval, rund, Minischachteln und welche mit gut 40 Zentimetern Durchmesser. Manche der Schachteln glänzen honiggelb und haben keine Bemalung, andere sind kunstvoll verziert, wieder andere nur mit grafischen Motiven ausgestattet. Der Stand sieht aus wie eine Puppenstube. Und duftet nach Vanille. Und wäre nicht Samiras bayerisches Gezetere, könnte man sich hier sehr wohlfühlen. Die Ordnung der Schachteln, die in verschiedenen Größen aufeinandergestapelt sind, und der Inhalt mancher Schachteln – Vanillekipferl nach einem alten Rezept von Samiras Großmutter –, das alles wirkt auf Maja, als könne man die Welt in Schachteln ordnen. Probleme? Ab in die Schachtel! Erinnerungen, schöne Dinge – in eine andere. Deckel drauf und dann Vanillekipferl essen. Zumindest für ihre Perlen hätte Maja gern so eine Schachtel. Aber dazu müsste sie wohl erst Samiras Wutanfall stoppen, dann einen guten Job machen und hoffen, dass der Nachmittag ohne Störungen verläuft. Aber so wie Samira drauf ist ...

»I woaß ned, was manche Leut mit ihre Kinder macha, koa Erziehung, überhaupts koan Anstand ned, ned vor der Sach und ned vor die Leut. Des is doch a Weihnachtsmarkt und koa Jahrmarkt mit Wurfbuden!« Samira, die eigentlich Rosi Abstreiter heißt, sich aber nach zwei Indienreisen Samira nennt, trägt zwar ein Dirndl, aber das ist aus indischen Sari-Stoffen genäht und glänzt in Smaragdgrün und Zitronengelb. Darüber trägt sie eine gestrickte Jacke in Türkis und hat die schwarzen Haare zu einem Zopf geflochten, den sie um den Kopf gewickelt hat. Die dunklen Augen sprühen Funken, besonders in Richtung Bruno Wollweber.

»Solche Fratzen solltets amal festnehmen und ned planlos nach am Mörder suchen, dens ihr wahrscheinlich nia ned finden werds, weil's den hier gar ned gibt!«

Bruno Wollweber zuckt bei den Worten zusammen. Das Wort »planlos« hat er heute schon mal von seinem Chef gehört. Und dass er im Trüben stochert, weiß er selbst.

Die Leute bleiben bei so einem Geschrei natürlich auch stehen. Keine gute Werbung für den Markt und schon gar nicht für Samiras Stand, den nun alle anglotzen, als würde sie Sprengstoff in Spanschachteln verkaufen.

»Mensch, Samira, beruhige dich, das sind doch nur Cleo und ihre Freundinnen gewesen. Ich hab mit denen jeden Tag zu tun. Keine Ahnung, warum die so drauf sind, aber eigentlich glaub ich wirklich, dass sie harmlos sind. Sie wollen nur beachtet werden!« Maja versucht es mit ruhigen Worten, während Bruno Wollweber die Hände in seinen Fäustlingen ballt und aussieht, als wollte er zum Boxkampf antreten.

»I muss ma des ned g'fallen lassen. Was moana die Deiferl eigentlich, was füra Arbeit die Schachteln san? Des Einweichen von die Hölzer, des Formen, Leimen und Flechten. Des Lackieren und Bemalen. Des is doch a altes Handwerk und koa Fabrikscheiß aus China!«

Wenn es Maja jetzt nicht schafft, Samira zu beruhigen, wird sie mit all ihren handgefertigten Schachteln wieder nach Hause fahren können.

»Samira, ich helfe dir heute Nachmittag und du machst dir ein paar ruhige Stunden am Mandelstand. Eine Pause tut Mam gut und dir auch!«

Der Kommissar ist immer wieder erstaunt, wie erwachsen Maja wirken kann. Mit ihren zwölf Jahren scheint sie mehr Lebenserfahrung zu haben als so mancher Möchtegern-Hippie hier auf dem Markt. Tatsächlich kommt Samira wieder runter von ihrem Wutberg und schiebt sich zwei Vanillekipferl in die Backentaschen. Bruno Wollweber schluckt und Maja auch, die Leute vor dem Stand verkrümeln sich.

»Frau Samira, in Zeiten von Plastik, wie geht da ein Geschäft mit Spanschachteln?« An Bruno Wollwebers Tonfall kann Maja erkennen, dass er mit ein paar Vanillekipferln im Bauch deutlich lustiger drauf wäre. Sie stupst Samira in die Seite und deutet auf die offene Schachtel mit den mit Puderzucker bestäubten Vanilleplätzchen, die prall und hellgelb darin liegen. Diesmal kapiert Samira schnell und reicht dem Kommissar die Schachtel.

»Ja wissen S', seit dem 16. Jahrhundert gehören Spanschachteln zur Mitgift, damals hat's ja noch kein Plastik geben. Und keine Tüten oder Blech. Schmuck und Wertvolles hat ma in den Weichholzdosen aufbewahrt. Deshalb heißen 's auch Brautschachteln. Auch Verliebte haben sich die gegenseitig geschenkt. Und a kleiner Ring schaut doch in einer kleinen Spanschachtel viel schöner aus als in einer Frühstücksbox mit Klickverschluss, oder?« Samira hat das Lächeln wiedergefunden und der Kommissar dreht schon verzückt die verschiedenen Schachteln um.

»Dürfen es ein paar Schachteln sein, Herr Wollweber? Für die lieben Verwandten?« Maja weiß, wie viel lieber sich der Kommissar mit dem Thema Geschenke befasst als mit dem Thema Weihnachtsmann, leider kann er aber nicht ganz raus aus seiner Haut.

»Sie haben doch einen großen Gerechtigkeitssinn, Frau Samira, das habe ich doch gerade aus Ihrer Wut herausgehört. Was meinen Sie, was war mit dem Weihnachtsmann los, warum musste der sterben?«

»Herr Kommissar, schaun S', die Frag will und kann ich Eana ned beantworten«, Samira versucht ernsthaft, Hochdeutsch zu reden, »aber oans woaß i g'wiss, der war a Hallodri und einer, der in keiner Gemeinschaft was taugt. Wenn S' mich fragen: Der da oben ...«, Samira deutet mit dem Finger in den Schneehimmel, »... lässt's nachad scho gerecht zugehen!« Samira scheint sehr mit sich und der Welt zufrieden, als sie das sagt, und verzieht sich zum Mandelstand, nachdem sie Maja erklärt hat, dass auf allen Spanschachteln die Preise draufstehen und was die verschiedenen Packungen Vanillekipferl kosten.

Der Koalabären-Mann aber schaut noch lange in den Himmel, als würde er dort die Antwort finden, und irgendwie tut er Maja ein wenig leid. Genauso wie der Filz-Josef, der die ganze Unterhaltung von seinem Stand aus beobachtet hat und nun ebenfalls in den Himmel schaut. Wird Zeit, dass Toni wiederkommt, sonst wird sein Vater noch trübsinnig, denkt Maja, die sich vornimmt, ein paar Vanillekipferl aufzuheben für heute Abend, wenn sie ihn vom Zug abholt.

Freitag, 14. Dezember

Maja betrachtet ein kleines Holztier, das vor ihr auf dem Tisch liegt. Es ist eine Mischung aus Schwein und Nilpferd, so groß wie ihre Hand und knallblau bemalt. An den Seiten des dicken Bauchs sieht man noch die Spuren des Schnitzwerkzeugs, auch ist nicht alles glatt abgeschliffen, sondern da und dort graben sich raue Flächen in Majas Finger, wenn sie darüberstreicht. Toni hat es ihr gestern Abend mitgebracht und nicht nur das, er hat es auch noch selbst geschnitzt.

»Nix Besondres«, hat er gesagt, »des können bei uns alle. Weißt Maja, wo so viele Bäume rumstehen, muss man das Holz mögen!« Wenn er so altklug daherredet, könnte ihn Maja schütteln, denn dann wirkt er ungefähr 80 Jahre älter als sein Vater, der aus seiner schlechten Laune kein Geheimnis mehr macht. Als Erstes hat er seinen Sohn angefahren, warum er so einen Fetzen anhat. Und das nur, weil Toni einen sehr bunten Schal trug, der mehr nach Afrika als nach bayerischem Hinterwald aussah. Dann hat Toni noch einiges zu hören bekommen wegen ein paar Vierern in der Schule, und schließlich platzte sein Vater noch raus: »Und jetzt wird's Zeit, dass du hilfst, hier geht alles drunter und drüber!«

Vermutlich war das sehr liebevoll gemeint, klang aber wie das Grollen eines Vulkans. Maja, die nach dem Weihnachtsmarkt mit zum Bahnhof gekommen war, hatte sich ziemlich unwohl gefühlt, nur Toni schien unbeeindruckt. »Passt schon, Papa, ich bin ja jetzt da!« Der Josef hat ihn darauf in die Seite geknufft, und Toni ist nichts Besseres eingefallen, als Maja auch in die Seite zu knuffen. Ein Spiel, das die beiden unter Zuhilfenahme von viel Schnee bis zu Majas Haus fortgesetzt haben, wo Majas Mam schon mit einer gewaltigen Portion Spaghetti Napoli auf alle gewartet hat. Nach dem ersten Teller Nudeln erschien ein Flackern in Josefs Gesicht. Nach dem zweiten hat er ungefragt die Teller abgeräumt und abgewaschen und im Anschluss sind aus zwei Runden Mau-Mau 20 geworden. Von schlechter Laune war keine Spur mehr. Als Toni kurz versucht hat, das Thema Mörder anzusprechen, hat ihn Maja unter dem Tisch gestupst, sodass ihm oben die Karten aus der Hand gefallen sind, und Toni hat augenblicklich die Klappe gehalten. Irgendwie hatte Maja das Gefühl, dass dieses Weihnachtsmann-Thema schuld ist an Filz-Josefs Laune, und sie hatte überhaupt keine Lust, dass das Grinsen aus Josefs Gesicht wieder verschwindet. Irgendwie dasselbe Grinsen, dass auch auf dem Gesicht ihrer Mam zu sehen war.

Jetzt, 16 Stunden später, schaut Josef wieder, als hätte er Essigbonbons gelutscht, und Toni müht sich um die wenigen Kunden, während der Mandelstand brummt. Maja, die ja nicht den Freitag schwänzt so wie Toni, hat eine etwas ungemütliche Mathestunde hinter sich, eine noch ungemütlichere Englischstunde und eine zweifach ungemütliche Französischstunde. Weil sie nicht nur in allen drei Fächern abgefragt worden ist, sondern auch Cleos neuestem Volkssport ausgesetzt war: U-Hakerl-Zielschießen. Kleine Papierkügelchen, die mittels Gummiband durch die Gegend pfeifen und ganz schön lästig sein können. Warum Cleo nie eine Ermahnung bekommen hat, Maja hingegen ständig, weil sie immer unkontrolliert zusammengezuckt ist, ist wohl ein ebensolches Geheimnis wie die Frage, wer der Mörder des Weihnachtsmanns war.

Mittags erwartet Toni Maja schon am Eingang des Weihnachtsmarkts, weil ihnen am Nachmittag wenig Zeit zusammen bleiben wird. Sein Vater wird ihn nicht eine Minute entbehren wollen, und Maja hat einen »Salatjob«, wie Toni es nennt, nämlich bei Essig-Esra aushelfen.

»Mein Paps scheint das Glück jetzt im Himmel zu suchen, so oft wie der da raufschaut!« Toni hebt die Hand in Richtung Mitte des Markts, wo der riesige Weihnachtsbaum steht, und zeigt daran entlang bis zur Spitze.

Maja schaut ebenfalls hoch und wundert sich, dass die Spitze, ein goldener Stern, so schief sitzt. Hat sie bisher noch gar nicht drauf geachtet. Bisher nicht beachtet hat sie allerdings auch die Überwachungskameras an allen vier Seiten des Weihnachtsmarkts. Vielleicht auch, weil sie bisher nicht da waren? Da fällt ihr auch auf, dass die Weihnachtsmarktbetreiber mal wieder die Runde drehen und mit ihrer Art alles versauen. Typen in dunklen Ledermänteln und mit speckigen Haaren. Denen würde Maja vieles zutrauen, den Budenbesitzern nichts, außer, dass sie sich mit ihrer naiven Art um Kopf und Kragen reden.

»Krähen san des!« Toni verfällt wieder in seinen Heimatdialekt und schafft es dadurch, die ernste Stimmung zu kippen. Maja zieht ihn mit sich zum Stand von Essig-Esra, winkt ihrer Mutter, dem Josef und einmal in die ganze Runde der anderen Budenbesitzer. Sie will gerade Esra begrüßen, als ihr ein Schmerz zwischen die Augen fährt.

»Was ist denn?« Toni hat bemerkt, wie sie zusammengezuckt ist.

»Ah, nichts, ich glaube, jetzt gibt's im Winter schon Mücken!« Maja will das nicht an die große Glocke hängen, es reicht, wenn sie weiß, dass Cleos neue Lieblingsbeschäftigung der Grund dafür ist. Den Beweis sieht sie vor sich im Schnee liegen. Ein Papierkügelchen. Jetzt nur nicht hysterisch werden. Wenn Maja erst einmal im Stand von Esra steht, wird das schon aufhören.

»Maja, kannst mir gleich helfen, komm doch mal her!« Esra hat den Arm voller Flaschen mit gelblicher Flüssigkeit und balanciert obendrauf ein paar Schachteln. Maja nimmt ihr einiges davon ab und muss sich sehr beherrschen, als sie wieder einige Papierkügelchen treffen. Natürlich ist von der Schützin nichts zu sehen. Dafür zappelt Maja umso sichtbarer herum.

»Frierst du oder warum schüttelst du dich so! Komm,

trink mal gleich einen Schluck Apfelessig, das wird dir guttun!« Esra hat schon überall auf der Welt gelebt, ist eigentlich Archäologin und hatte irgendwann keine Lust mehr, in staubiger Erde herumzukriechen. Doch durch ihr Lieblingsgebiet »Vorratshaltung in der Antike« ist sie zu ihrer jetzigen Leidenschaft gekommen, der Herstellung und Veredelung von Essig. Aber jetzt einen kräftigen Schluck Apfelessig zu sich nehmen, das scheint Maja so absurd, wie barfuß über den Weihnachtsmarkt zu gehen.

»Keine Angst, Maja, das ist kein Gift, ganz im Gegenteil, das setzt Energie in deinem Körper frei, enthält Vitamin C und schmeckt wie Limonade!« Esra wirbelt herum und hält ein kleines Glas mit hellgelber Flüssigkeit vor Majas Nase, in dem Orangenscheiben schwimmen.

»Na danke!« Toni zieht die Nase kraus.

Maja aber hat das Gefühl, dass sie um eine Runde Probieren nicht herumkommt, als sich Bruno Wollweber nähert. Kurz bevor er Esras Stand erreicht, trifft ihn ein Papierkügelchen. Maja kann es genau erkennen, denn dieses typische Zusammenzucken kennt sie von sich selbst. Wenn einen aus dem Nichts etwas trifft, und wenn es nur eine kleine Papierkugel ist, ist der Schreck das Schlimmste daran. Bruno Wollwebers Augen weiten sich.

»Was soll denn das?«

»Das ist Apfelessig, Herr Kommissar!« Esra steht mit in die Hüften gestemmten Armen da.

»Ja, das seh ich auch, nein, das an meinem Kopf!« Bruno Wollweber reibt sich die Nase, auf der Maja jetzt direkt an der Spitze einen roten Punkt sieht. Volltreffer Cleo, denkt sie und muss ein wenig grinsen.

»Auf ihrem Kopf ist außer einer dicken Mütze nicht viel!« Esra steht immer noch reglos vor ihm, den Apfelessig in der Hand.

»Wollte ich schon immer mal probieren, soll ja so gesund sein!« Der Kommissar scheint sich vom Schreck erholt zu haben und greift sich das Glas, dessen Inhalt in einer Sekunde in seiner Kehle verschwunden ist.

»Prost auch!« Esra schüttelt den Kopf und der Kommissar verzieht das Gesicht. Toni hält sich die Hand vor den Mund, um das Grinsen zu verbergen, und Maja dreht sich vorsichtshalber um, damit der Kommissar ihr schiefes Lachen nicht sieht.

»Hm, wenn man das in rauen Mengen trinkt, ist man auch nicht mehr nüchtern, oder? Und man könnte alles Mögliche da reinmixen, würde niemandem auffallen!«

Da ist sie wieder, die fragende Nervensäge. Selbst Apfelessig zählt bei dem zu den Giften.

»Ich bin keine Giftmischerin, Herr Oberpolizist, ich mache Essige von hoher Qualität. Im Übrigen eine der ältesten Konservierungsarten der Welt. Wenn Sie ein wenig mehr Ahnung vom Fermentieren, von kostbaren Essigkulturen und dem Reifen von Essigansätzen hätten, dann wüssten Sie, dass es Essige gibt, die über 40 Jahre in Holzfässern reifen und dann schmecken wie Süßweine. So aufwendig geht es bei mir nicht zu, aber meine Essige sind sicher mit das Beste, was sie hier im Umkreis von

100 Kilometern bekommen können. Naturprodukte, mit Geschmacksnoten wie ein Parfüm und gesund. Sie werden sehen, das Schlückchen Apfelessig wird Ihren Organismus auf Hochtouren bringen.«

Bruno Wollweber scheint über diese Möglichkeit ernsthaft nachzudenken, denn er starrt mit gesenktem Kopf einige Sekunden nach unten. Scheinbar lässt er die Worte sacken. Esra, Maja und Toni machen sich gegenseitig Zeichen, zählen mit den Fingern die Sekunden, bis der Kommissar wieder aus seiner Meditation erwacht. Stattdessen bückt er sich und hebt ein Papierkügelchen auf. Er faltet es auseinander. Esra hat nun den Kopf so auffällig schief gelegt, dass man ihr unschwer ansehen kann, für wie plemplem sie den Oberpolizeimann hält.

»Herr Kommissar, ist Ihnen nicht gut? Darf's noch ein Schluck Essig sein?« Esra hat so viel Ironie in der Stimme, dass sogar Toni schmunzeln muss, und der ist sonst nicht so sensibel für versteckte Witze.

»Nein, danke auch, Frau Esra, sehr freundlich!« Bruno Wollweber kratzt sich unter seiner Wollmütze am Kopf und betrachtet immer noch das Papiergeschoss.

»Erstaunlich, wie weh so ein kleines Stück Papier tun kann!« Da kann ihm Maja allerdings nur beipflichten. Das Vergnügen hatte sie heute schon ein paar Mal.

»Wenn man sich vorstellt, was passieren würde, wenn so ein Geschoss nicht aus Papier wäre ...«, Bruno Wollweber führt den Gedanken nicht zu Ende. Weil ihm Esra eine Flasche honigfarbenen Essig in die Hand drückt.

»Für Sie, Herr Kommissar, Ihre Vorliebe für kleine Geschenke hat sich ja herumgesprochen!« An Esras Stimme erkennt Maja, dass sie den Kommissar schnell loswerden möchte. Der ist aber offensichtlich durch den Apfelessig erst auf Betriebstemperatur gekommen.

»Ich würde Sie gern was fragen, Frau Esra, wie war denn Ihr Verhältnis zum Weihnachtsmann?«

Maja hätte diese Frage vorhersehen können.

»Bestens, Herr Oberpolizeichef, wir hatten uns nichts zu sagen, nichts Gutes, aber auch nichts Schlechtes. Zufrieden?« Esra hält immer noch die Essigflasche fest.

Langsam greift Bruno Wollweber in seine große Manteltasche, holt fünf Euro heraus und gibt sie Esra. Im Gegenzug steckt er den Essig ein.

»Schenken lassen darf ich mir nichts, wäre Bestechung, aber Geschenke einkaufen darf ich schon!« Bruno Wollwebers Gesicht verzieht sich zu so etwas wie einem Grinsen. So wie wenn ein Koalabär grinsen würde. Aber es sieht gar nicht komisch aus, sondern Maja hat das erste Mal das Gefühl, dass diese Trotteligkeit, die von dem Mann ausgeht, nur gespielt ist. Dass er längst mehr weiß, als er vorgibt. Und dass er ein ganz schön guter Menschenkenner ist. Und da hat Maja plötzlich das erste Mal Angst, dass der Kommissar etwas herausfindet, was allen hier am Markt nicht gut bekommen würde.

Samstag, 15. Dezember

Wieder so ein Großkampftag und ein neues Adventswochenende.

»Wer jetzt noch keine Geschenke hat, muss sich ranhalten. Und auch die größten Geschenkmuffel kriegen an diesem Wochenende die Panik.« Majas Mam plaudert an diesem Morgen wild drauflos, während Maja noch ganz verschlafen in der hellen Küche sitzt.

»Mam, glaubst du, der Mörder ist wirklich unter den Marktleuten zu finden, ich kann mir das nicht vorstellen, die sind doch alle so lieb. Vielleicht sind manche ein wenig sonderbar, aber das bringt, glaube ich, das Geschäft so mit sich!« In Majas Augen liegt so etwas wie »Bitte sag jetzt was zu meiner Beruhigung, sonst hab ich Angst«, aber ihre Mutter bemerkt es nicht.

»Ich glaube, das ist ein großes Missverständnis, oder Mam?«

Majas Mutter löffelt einen Joghurt und guckt ein wenig verträumt aus dem Fenster.

»Mam, hallo, Erde an Mond, bist du da?« Einen Versuch ist es wert, Mam aus ihrer Welt zu holen.

»Entschuldige, Maja, ich war nicht ganz da! Was meinst du?«

»Ach nichts!« Maja sinkt in sich zusammen. Macht ja keinen Sinn, ihre Mam zu beunruhigen, die so guter Stimmung ist wie schon lange nicht mehr. Sie haben gute Einnahmen gehabt in den letzten Wochen, Majas Mam hat ununterbrochen weitere Tütchen nachgefertigt und musste sogar noch Mandeln nachbestellen, die nun in großen Säcken in ihrer kleinen Diele lagern. Heute werden sie mit dem Schlitten wieder zwei davon zum Markt ziehen, damit an dem Wochenende kein Engpass entsteht. Was für ein Segen, dass es in den letzten Tagen so geschneit hat, dass selbst die Schneefahrzeuge der Stadt nicht mehr hinterherkommen mit Räumen. Somit kommt der gute alte Schlitten, mit dem Maja so gerne zum Rodeln gegangen ist, wieder zu neuen Ehren.

Heute Nachmittag wird Maja bei einem der schrulligsten Typen des ganzen Markts aushelfen, dem Seifen-Merlin. Toni hat schon gesagt, dass er dabei sein will, wenn Merlin ihr sein Geschäft erklärt. Zum einen duftet es bei Merlin köstlich, zum zweiten ist er einfach eine Marke.

Maja und ihre Mam haben den Schlitten mit den Mandelsäcken beladen und wollen sich gerade auf den Weg zum Markt machen, als Josef und Toni vorbeikommen. Schnell schnappt sich Toni die Schnur und demonstriert, wie wenig ihm solch ein Gewicht ausmacht. Josef gesellt sich an die Seite von Majas Mam und redet auf sie ein. Zu gerne würde Maja hören, was er zu sagen hat, aber Toni quatscht ohne Punkt und Komma auf Bayerisch auf sie ein. So bekommt sie nur Bruchstücke zu hören. »Kommissar«, »eng«, »Irrweg«, »keine gute Idee«, »böses Versteckspiel«, »wird keiner glauben«, »mehr kann er nicht sagen«. Maja sieht, wie sich die Augen ihrer Mam weiten.

»Das ist Wahnsinn!« Majas Mam stößt die Worte hastig hervor und hält sich gleich darauf die Hand vor den Mund.

Der Josef beugt sich nah an ihr Ohr, und von Weitem sieht es aus, als wolle er sie küssen. Warum kann das alles nicht einfach nur romantisch sein? Warum hat dieser superunangenehme Weihnachtsmann auch dann noch die Macht, schlechte Stimmung zu verbreiten, wenn er längst mausetot ist?

»Maja, hörst du mir überhaupt zu?« Auch Toni hat nun endlich mitbekommen, dass Maja abgelenkt ist.

»Sorry, Toni, aber ich bin mir irgendwie gar nicht mehr so sicher, ob nicht doch die Marktleute was mit dem Tod des Weihnachtsmanns zu tun haben!« Schnell stößt sie die Worte hervor und Toni erschrickt fast ein wenig.

»Des glaubst doch selber ned?« Er schaut sie mit großen, fragenden Augen an. Dabei kriegen seine Wangen einen Rotton. Bald wird er ein großer Kerl mit einer tiefen Stimme und wahrscheinlich ein ziemlich gut aussehender Mann sein. Aber diese Träumereien können Maja im Augenblick nicht trösten.

»Nie und nimmer war des einer von uns!« Toni zieht heftig am Schlitten, und Maja muss aufpassen, dass die Mandelsäcke nicht in den Schnee fliegen.

Maja versucht sich zusammenzureißen, es macht keinen Sinn, wenn sie alle mit ihrem Verdacht ansteckt. Ein Blick zu ihrer Mam sagt ihr, dass von der guten Laune heute früh nichts mehr übrig geblieben ist. Gleich kommen sie beim Markt an. Und da heißt es dann wieder »Weihnachtsstimmung verbreiten«. Schließlich können sie alle froh sein, dass der Markt nach dem Todesfall nicht geschlossen wurde. Und selbst der Filz-Josef, der jetzt weniger einen mürrischen als einen tief besorgten Eindruck macht, wird vermutlich ein gutes Geschäft machen, vor allem, wenn sein sonniger Sohn ihm hilft.

»Paps, kann ich mit Maja noch zum Seifen-Merlin? Ich helf dir dann auch den ganzen Nachmittag?« In Tonis Stimme ist etwas Bettelndes, und Maja glaubt, dass es dem Josef auch gar nicht so unangenehm ist, ihre Mam alleine bis zum Mandelstand begleiten zu können. Er hat seinem Sohn die Schlittenschnur abgenommen und Majas Mam untergehakt und beide wirken ein wenig altmodisch. Wie wenn man mit lebenden Figuren eine Krippe nachgestellt hätte. Fehlt nur noch, dass der Schlitten ein Esel ist und der Josef eine kleine Kuh im Schlepptau hat.

»Danke, Papa!« Toni zieht Maja mit sich in Richtung eines Standes, der hellgrün angestrichen ist. In der Bude selbst sind rosa, weiße, gelbe und hellblaue Seifenstücke so angeordnet, dass es aussieht, als hätte jemand mit Bauklötzen eine kleine Stadt aufgebaut. Vor dem Stand hüpfen ein Hund und ein Mann im Schnee.

»Hallo, Merlin!« Maja lässt sich von Tonis Unbekümmertheit anstecken und winkt dem Mann mit dem dicken Pferdeschwanz ebenfalls zu. Als würde sich der Hund angesprochen fühlen, der eine Mischung aus Wischmopp und Hausschwein zu sein scheint, wälzt er sich wedelnd vor Toni und Maja im Schnee und lässt sich seinen rosa Bauch streicheln. Schon in den vergangenen Wochen hat Maja immer wieder diese freundliche kleine Dampfwalze auf vier Pfoten gestreichelt. Dass Hund und Herrchen sich nach einer Weile des Zusammenlebens ähneln, trifft bei Merlin und seinem Hund Obelix total zu. Merlin hat, wie sein Hund, lange blonde Locken, die er mit einem Haarreif zu bändigen versucht. Seine Figur ist das, was man, freundlich ausgedrückt, untersetzt nennt, wenn man quadratisch meint, und in seinen Augen spiegelt sich eine Mischung aus Treuherzigkeit und Spieltrieb.

»Kinderchen, Kinderchen, was für ein herrlicher Tag. Obelix! Aus, Platz, sitz, lieg!« Obelix lässt sich der Länge nach in den Schnee fallen und wedelt sich die Seele aus dem Leib.

»Und ihr kleinen Knalltüten, nehmt euch die Schachteln vor, die unter dem Wagen stehen, heute werden wir mal Seifen unters Volk bringen. Gibt kein netteres Geschenk. Reines Naturprodukt, stinkt nicht und ist nach ’ner Weile einfach weg. Wer es mit dem Waschen nicht so hat, kann sich das Zeug auch einfach in den Schrank legen!« Merlin hüpft von einem Bein aufs andere und jongliert mit vier Seifenstücken.

Maja und Toni fangen an zu schnuppern, Seifenstück für Seifenstück. Toni mag die Kakaoseife, Maja die mit dem Schildchen Magnolie. Das wäre auch was für zu Hause. Der Duft passt wie angegossen.

»Jeder Mensch hat seinen Duft. Und ich schwör's euch, ich kann erkennen, was zu wem passt!« Merlin schnüffelt mit seiner Nase in die Luft und Obelix tut es ihm nach.

»Für dich, Maja, kommen nur Blumen infrage, der Toni ist ein Schleckermaul und wird mit Marzipan und Schokolade glücklich!« Merlin reicht den beiden zwei extragroße Brocken Seife, die in verschiedenen Farben schimmern, eine Maserung wie Baumkuchen haben und schwer und sahnig in der Hand liegen. Am liebsten würde sich Maja in die Seifen reinlegen, ihr Duft hat eine beruhigende Wirkung, der Teflonschichten stark macht. Das bringt Maja auf einen Gedanken: »Welchen Duft würdest du jemandem empfehlen, der aggressiv und blöd ist!« In dem Augenblick, in dem Maja die Frage stellt, weiß sie, dass das Gespräch jetzt in eine falsche Richtung gehen könnte, obwohl sie eigentlich Cleo gemeint hat. Tatsächlich kommt Merlin aber gleich auf den Weihnachtsmann zu sprechen.

»Böse Menschen brauchen keine Seifen, Maja, denen genügt Spülmittel. Fettschicht ab und zu desinfizieren. Meine Seifen verkauf ich nur an gute Seelen! Kannste glauben oder nicht. Dem Weihnachtsmann hätte ich eine Kur mit Schmirgelseife empfohlen!«

Prima, denkt sich Maja, die Kur ist auch was für Cleo. Aber weiter kommt sie mit dem Gedanken nicht, denn

Bruno Wollweber steht plötzlich im Freizeitdress zwischen ihnen: wattierter Trainingsanzug in Hellbeige, braune Pudelmütze und ein Schal aus braunen Wollresten. Es gibt Hyänenarten, die so aussehen. Von einem gemütlichen Koalabären keine Spur mehr.

»Wenn Sie den Charakter praktisch riechen können, Herr Merlin, dann wäre es sehr aufschlussreich, wenn Sie mir sagen könnten, wer der Mörder des Weihnachtsmanns ist!« Bruno Wollweber hält sich heute nicht mit Höflichkeiten auf. Anscheinend wird der Druck immer größer, den Fall zu lösen.

Merlin beugt sich runter zu seinem Hund und krault ihm den Nacken. Dann richtet er sich in aller Seelenruhe wieder auf.

»Schauen Sie, Herr Wollweber, so war doch Ihr Name, nicht? Man hat die Bedeutung der Seife lange nicht erkannt. Die Sumerer hatten vor 4000 Jahren eigentlich die Seife schon erfunden. Blütenasche und tierische und pflanzliche Fette. Aber was man damit tun kann, da sind erst die ollen Römer draufgekommen. Die Araber haben dann im 7. Jahrhundert im großen Stil Seife verkocht und in Europa einen Seifenboom ausgelöst. Im Mittelalter waren die Badehäuser der größte Spaß für die Menschen. Man kam sich näher, man tauschte sich aus. Und dann kam die Pest. Und irgendwer hat erzählt, das käme vom Badewasser und von der Seife. Also haben sich ein paar Hundert Jahre lang die Menschen nicht mehr gewaschen, schon gar nicht mit Seife. Läuse, Hautkrankheiten und alle Plagen dieser Welt wurden nicht weniger, sondern mehr. Bis im 17. Jahrhundert Ludwig XIV. ein echter Seifenkönig wurde. Bis heute sind die großen, von ihm begründeten Seifensiedereien in Marseille berühmt, denn er erließ ein Reinheitsgebot für Seifen und in Südfrankreich entstanden die großen Parfüm- und Seifenzentren. Schließlich erfand 1865 ein Franzose eine Methode zur industriellen Seifenerzeugung. Seitdem geht ohne Seife nichts mehr. Was ich damit sagen will. So oft ist die Seife verkannt worden, stand unter Verdacht, schädlich, verweichlichend oder sonst etwas zu sein. Genauso oft stand sie schon vor dem Durchbruch. Ich kleiner Seifenhersteller werde mir keine Meinung anmaßen. Aber eines sollten Sie immer im Hinterkopf behalten: Manche Dinge sind nicht so, wie sie scheinen, Herr Wollweber, und manchmal glitschen einem die Tatsachen durch die Finger, obwohl sie so fassbar sind!«

Der Kommissar fasst sich an den Kopf und befühlt seine Pudelmütze. Als ob man ihm sagen müsste, dass manche Dinge nicht so sind, wie sie scheinen. Die ganze Welt besteht aus Menschen und Dingen, die nicht so sind, wie sie scheinen, und sein Job ist es, genau das herauszufinden. Zu schauen, was warum passiert und wie die Leute ticken und warum sie so und nicht anders handeln. Irgendwie macht ihn dieser Fall müde. Alle scheinen schrecklich entspannt auf diesem Markt, alle gehen ihren kleinen Handwerken nach, sind anscheinend glücklich und er muss sich seit bald 25 Jahren mit Schwerverbrechern herumschlagen. Er kauft jetzt erst einmal vier Stücke duftende Seife und hält weiterhin die Augen und Ohren offen.

Maja sieht dem Kommissar an, dass es in ihm arbeitet. Vielleicht ist auch der Kommissar nicht das, was er scheint. Kein knallharter Polizist, sondern ein sensibler Koalabär. Fast tut er ihr ein wenig leid.

»Herr Kommissar, kommen Sie doch heute Nachmittag wieder, dann suchen wir ein paar schöne Seifen heraus, die Sie Ihrer Familie schenken können!« Der Seifen-Merlin zieht die Augenbrauen hoch.

»Oha, was haben wir denn da. Eine Menschenfreundin, das ist in diesen Zeiten und an diesem Markt nie verkehrt!« Merlin gluckst ein wenig in sich hinein, als würde er das Wort ganz besonders komisch finden. Als sich eine Schneeflocke direkt auf der Nasenspitze von Bruno Wollweber niederlässt, fährt Merlin einmal mit der rechten Hand darüber und hält anschließend ein Geldstück hoch. »Sehen Sie, Herr Kommissar, nichts ist, wie es scheint, sogar die Schneeflocken haben ein geheimes Leben!«

Toni, der die ganze Zeit mit weit aufgerissenen Augen danebenstand, ist nun nicht mehr zu halten. »Merlin, wie geht jetzt des, zeigst mir den Trick?« Merlin aber wiegt den Kopf und schaut unverwandt den Kommissar an. »Lieber nicht, Toni, nicht dass mich der Herr Kommissar noch festnimmt wegen Trickdiebstahls. Hier, Herr Kommissar, das Geldstück ist Ihres, es stammt aus Ihrer Jackentasche. Aber ich werde mich an Ihnen nicht bereichern!«

Bruno Wollweber fasst nun hastig in die Tasche seines Trainingsanzugs und wirkt etwas hilflos.

»Erstaunlich, erstaunlich«, immer noch wühlt er in seiner Tasche, »ich komme dann heute Nachmittag noch einmal vorbei, wenn weniger trickreiches Personal am Stand ist!« Dabei zwinkert er Maja zu und tippt sich grüßend mit dem Zeigefinger an die Stirn. Diesen Merlin muss er sich näher ansehen. Mit dem stimmt was nicht. Auf der anderen Seite hat hier auf dem Markt doch jeder einen an der Klatsche.

Nachdem der Kommissar verschwunden ist, kann Merlin Maja in Ruhe den Stand zeigen und noch etwas zu den Seifen sagen. Glückliche Momente, und Maja freut sich schon auf den Nachmittag. Vielleicht hätte sie das nicht tun sollen ...

Sonntag, 16. Dezember

Noch liegt Maja im Bett. Noch kann sie es ein wenig hinauszögern, mit ihrer Mam über den gestrigen Nachmittag zu reden. Gestern Abend waren alle zu müde und zu genervt, denn als Maja endlich alleine am Seifenstand war, weil Merlin am Mandelstand verkaufte, Toni seinem Vater half und Mam zum Ausruhen nach Hause gegangen war, stand keine zwei Minuten später der Kommissar vor ihr. Fragte ihr Löcher in den Bauch über Merlin, aber auch über den Filz-Josef. Und sogar über ihre Mam. Als ob Mam in der Lage wäre, irgendjemandem etwas zuleide zu tun. Irgendwie ging Maja der Kommissar auf die Nerven, und ihr Vorsatz, ein wenig netter zu ihm zu sein, war wie weggeblasen. Auch bei ihm wird sie sich eine Teflonschicht zulegen müssen. Das Gespräch war dann auch etwas einsilbig verlaufen. Vielleicht war auch das der Grund, warum Bruno Wollweber nur ein kleines Stück Seife gekauft hat. Eukalyptus-Seife. Maja war gar nicht überrascht. Ganz klar, wer aussieht wie ein Koalabär, nimmt auch Seife, die wie ein Hustenbonbon riecht. Anscheinend war der Kommissar auch nicht glücklich über den Verlauf des Gesprächs, denn er hat sich ziemlich rasch verabschiedet. Kein Wunder, Maja hat ihm nichts gesagt. Nichts, was er nicht schon wusste. Der Nachmittag plätscherte ereignislos dahin, das Seifenverkaufen schleppte sich, und Maja war ein wenig in Sorge, was Merlin dazu sagen würde. Aber das war nichts gegen das, was noch kommen sollte. Wie aus dem Nichts tauchte Cleo mit ihrem Clan auf. Ganz offensichtlich mit der festen Absicht, Maja diesmal nicht zu schonen. Alle hatten sehr fix ihre Finger in den Seifen.

»Huch, Maja, jetzt sind mir doch glatt zwei Stück Seife in den Schnee gefallen. So was, nicht dass da jemand ausrutscht!« In Maja braute sich der Zorn zu einem dicken Kloß zusammen, während sie aus dem Stand herausrannte, um die Seifen zu retten. Tatsächlich hatte Cleo zwei Stücke in den Schnee fallen lassen. Die Verpackung hatte sie jedoch geschützt. Dann ließen auch Cleos Gefolgsdamen die Seifen fallen, leider auch Stücke, die unverpackt waren. Maja rutschte nur noch durch den Schnee, um die glitschigen Dinger einzufangen.

»So gefällst du mir, Maja, immer schön ein paar Stufen unter mir!«

Da hat Maja dann nicht mehr nachgedacht. Sie hat die erstbeste Seife genommen und sie Cleo an die Kleider geschmiert. Und dann kam, was kommen musste. Cleo nahm den Kampf auf. Im Nu lagen vier Mädchen, sich gegenseitig mit Schnee und Seife bewerfend, auf dem Boden. Es fielen hässliche Worte zwischen allen und Mützen flogen durch die Luft. Merlin und der Filz-Josef und Toni mussten kommen, um die Mädchen zu trennen. Maja war völlig zerzaust und hat sich sehr geschämt für diesen Auftritt, den sie später auch ihrer Mam beichten musste, die nicht glauben konnte, dass sich ihre Tochter prügelt. Schweigend haben sie dann den Mandelstand aufgeräumt und sind nach Hause gegangen, obwohl Toni und der Filz-Josef gerne noch einen Happen mit ihnen essen gegangen wären. Aber Majas Mam schien diese Prügelei echt zugesetzt zu haben. Sie redete nicht mehr mit Maja und legte sich zu Hause gleich hin. Maja hat noch überlegt, ihr von den dauernden Trietzereien Cleos zu erzählen, aber gestern wäre kein guter Zeitpunkt gewesen.

Vielleicht jetzt. Maja steht auf, aus der Küche duftet es nach Rührei und Toast. Das ist ein gutes Zeichen.

»Gut geschlafen, mein Schatz?« Majas Mam schwenkt den Elefantenbabybauch herum und strahlt Maja an. So schnell ändert sich das Wetter bei ihrer Mam. Sie kann nie lange böse sein, das gestern war schon richtig heftig. Maja erwartet eigentlich schon, dass da noch was kommt. Aber stattdessen plaudert Majas Mam, als sei nichts gewesen.

»Ich war so erschöpft gestern, Maja, ich musste mich hinlegen. Keine Ahnung, was das kleine Ungetüm in meinem Bauch macht, aber es wiegt seit ein paar Tagen Tonnen und entwickelt sich zum Turnerkönig!«

Ihre Mam wird doch das von gestern nicht vergessen haben? Nicht ganz ...

»Und du, hast du dich wieder beruhigt? Was ist denn das für eine, diese Cleo?«

Ach, Mam, denkt sich Maja, wenn ich dir das immer alles erzählt hätte, dann wären vielleicht die letzten Wochen nicht so gut gelaufen. Muss man ja mal sagen. Trotz Todesfall, trotz Schule, trotz Elefantenbaby war der Weihnachtsmarkt bisher ein voller Erfolg.

»Die spinnt, diese Cleo, die hat mich auf dem Kieker, warum auch immer. Vielleicht, weil sie nichts anderes zu tun hat. Oder ihren Freundinnen imponieren muss.« Maja versucht, das Thema nicht wieder hochkochen zu lassen.

»Das war also nicht das erste Mal, dass ihr euch in die Haare gekriegt habt?«

Maja druckst herum. »Jein, also so heftig wie gestern war es nie!« Maja denkt an den gestörten Einkauf zurück, an die Glaskugeln und an das Hundepullöverchen und findet sich eigentlich ganz tapfer in Sachen Cleo, bei der einem schon mal die Nerven durchgehen können. Da scheint ihre Mam schon wieder die Ruhe in Person.

»Vielleicht machen wir heute einfach Folgendes: Wir organisieren den Mandelstand gemeinsam. Ich fühl mich ganz gut und heute Abend gehen wir mit Josef und Toni zu Miko und Kiko Pfannkuchen essen.«

Richtig, heute sollte Maja zu Miko und Kiko, den beiden Pfannkuchenspezialisten. Einer von beiden hätte dann den Mandelstand übernommen. Ein bisschen schade findet Maja die Programmänderung doch, denn dem Geheimnis der besten Pfannkuchen wäre sie schon gerne auf die Spur gekommen. Auf der anderen Seite wird ihr der neue

Plan den Koalabären-Mann ersparen, der ihr wieder ein Ohr abknabbern könnte, und Cleo wird sich dem Stand ihrer Mutter nie so frech nähern, da ist Maja ganz sicher. Und plötzlich macht sich in der Küche wohlige Wärme breit. Nicht weil Majas Mam die Heizung noch ein wenig höher gedreht hat, sondern weil die Aussicht auf einen ungestörten Nachmittag etwas ziemlich Beruhigendes hat. Noch neun Tage, dann schließt der Weihnachtsmarkt und der Spuk hat ein Ende. Hoffentlich. Wenn der Fall »Weihnachtsmann« bis dahin gelöst ist und Cleo zu Weihnachten den Gutschein für eine vierjährige Kreuzfahrt auf der unteren Erdhalbkugel bekommt.

Der Nachmittag hält dann tatsächlich, was Maja sich versprochen hat. Keine Cleo, kein Wollweber, sondern ausschließlich liebe Kunden, allesamt Serientäter oder Mandel-Freaks, wie Mam sie nennt, weil sie oft kommen und bereits ganze Tütchensammlungen besitzen. Absoluter Höhepunkt dieses harmonischen Nachmittags: die Abschlusspfannkuchen bei Kiko und Miko. Die beiden kommen aus Prag und haben dort im Sommer einen Pfannkuchenstand mitten in der Altstadt. Was sie aus Eiern, Mehl und Butter zaubern, ist eine Sensation. Toni drückt es so aus: »Die san mega«, und der Filz-Josef verteilt das höchste Lob: »Passt scho.«

Tatsächlich passt es wirklich. Josef und sein Sohn, Maja und ihre Mam, alle vier stehen am Abend nach Ladenschluss bei Kiko und Miko an einem der kleinen Stehtische, die sie vor ihrem Stand aufgebaut haben. Auch die beiden gesellen sich zu der Runde, nachdem sie eine Ladung Minipfannkuchen in verschiedenen Sorten gebacken haben. Mit Sauerrahm, Sirup, Speck und Lauch, Rosinen und Puderzucker, Kräutern, eingebackenen Früchten, scharfer Tomatensoße und welche mit Schokostücken. Der Toni will sich alle süßen Sorten reservieren und bekommt von seinem Vater eins auf die Finger. Majas Mam nimmt eine abenteuerliche Mischung aus Rosinenpfannkuchen und scharfer Soße und Maja steht auf die Sorte mit Lauch und Speck.

Die Pfannkuchenmeister Kiko und Miko sind Brüder, deren Alter man nicht schätzen kann. Sie haben etwas Lausbübisches, aber da und dort schon graue Haare, die sie zum Pferdeschwanz tragen. Modisch sind sie mit ihren Fransenjacken, den Cowboystiefeln und sehr engen Röhrenjeans eine Mischung aus Robin Hood und Cowboy, und wenn sie ihre pfannkuchengelben, wattierten Steppjacken tragen, sehen sie aus wie Zwillinge.

»Nehmt euch Zimt, ohne Zimt kein Pfannkuchen, hat unsere Mamutschka selig immer gesagt.« Miko legt das Gesicht in 24 000 Lachfalten und sieht auf einmal aus wie ein altes Hutzelmännchen, wahrscheinlich kommt das vom vielen Draußenstehen.

»Nein, unsre Mamtschi hat nicht gesagt *Zimt*«, verbessert Kiko, »sondern *Pala inka* sind Könige unter den Eierkuchen. *Pala inka* mit Zimt die Kaiser. Wie recht sie hatte!« Maja fürchtet, dass Kiko jetzt gleich in Tränen ausbricht, denn er bekommt ähnlich wie sein Bruder bei großen Gefühlen tiefe Falten. Maja muss an Shar-Pei denken, die chinesischen Faltenhunde, die immer diesen bekümmerten Blick haben, weil ihnen viel zu viel Fell über die Augen hängt.

»Was sind denn *Pala inka*? Ich denke, Inkas sind die in Südamerika mit dem vielen Gold?« Toni fragt mit vollem Mund, was die Frage nicht besser macht, und Maja prustet eine große Ladung Puderzucker heraus, während Miko schon zu einer Antwort ausholt.

»Hast du in Witzkiste geschlafen, Toni, was? Scherzbold, du. No, *Pala inka* heißen bei uns die Pfannkuchen, und das Wort bedeutet auf Tschechisch so viel wie Kuchen, aber erfunden haben wir das auch nicht, sondern die Römer. Bei denen hieß Kuchen *placenta,* und die Ungarn haben daraus *Palatschinken* gemacht. Sind viel dünner als unsere Pfannkuchen, sind aber keine *Crêpes* wie in Frankreich. Die machen Teig dünner und mit weniger von Mehl und Ei, dafür ist Belag aufwendiger, und wenn sie sie herzhaft belegen, heißen sie *Galette*, warum? Weiß der liebe Himmel.« Miko schaut bei diesen Worten hoch in die Wolkensuppe und fährt fort. »Und die Russen nehmen von allem ein bisschen mehr und nennen ihre dicken fetten Eierküchlein *Blinis.* Woraus wir wieder das Wort *Plinsen* gemacht haben, was sind eigentlich auch nichts anderes als Pfannkuchen. Auch unsere Nachbarn in Polen lieben das Eierbacken. Sie machen *Racuchy* aus Hefeteig, das ist eine Mischung aus Schmalzgebäck und Pfannkuchen und schmeckt wie die russischen *Oladji*. Und weil wir Böhmen so süß sind, gibt es gleich noch eine Pfannkuchenart bei uns: *Dalken*, das ist das hier:« Mikos Bruder Kiko bringt einen Teller flacher Küchlein, die dick mit Pflaumenmus bestrichen sind, und schwenkt in der anderen Hand eine flache Pfanne mit sieben kleinen Mulden.

»Das ist *Dalken-Pfanne*. Muss man haben bei uns. Mamutschka hat immer gesagt, ohne *Dalken-Pfanne* kann man leben, aber nicht gut.«

Maja und Toni schwirren die Ohren bei den vielen Pfannkuchenarten. Nie hätten beide gedacht, dass man aus einem kleinen Eierkuchen eine Wissenschaft machen kann, aber sie wundern sich nun auch nicht mehr, warum bei Kiko und Miko die Pfannkuchen einfach ein Erlebnis sind. Warum allerdings Mam und der Josef schon wieder mit so trüben Gesichtern miteinander flüstern, versteht Maja nicht. Wie kann man bei Pfannkuchen ernst bleiben? Lange muss sie sich allerdings nicht mit dieser Frage herumschlagen, weil Toni in ein seufzendes »Ah« und »Oh« ausgebrochen ist. Der Grund sind einige süße Teilchen, die Miko gerade aus seinem Stand gebracht hat und die in der Mitte eine Mulde haben, in denen sich der Puderzucker sammelt. Miko hat sie noch nicht auf dem Stehtisch platziert, als schon eines in Tonis Mund verschwindet und Puderzuckerspuren auf Nase und Kinn hinterlässt. Ungefragt fährt Miko mit seinem Vortrag über Pfannkuchen aus aller Welt fort.

»Das sind jetzt *Liwanzen*, die haben in der Mitte eine Vertiefung, seht ihr ja. Mamutschka hat immer gesagt: Sind so gut, dass man sich reinfallen lassen könnte!« Und Miko ergänzt noch: »Mit Pfannkuchen in Bauch ist man nie ein schlechter Mensch. Dieses Weihnachtsmännchen muss gehabt haben in seinem Leben nicht sehr viele Pfannkuchen!«

Bei dem Wort »Weihnachtsmännchen« horchen Josef und Majas Mam auf. Erschrockene Gesichter machen beide, und Maja hat das Gefühl, dass es hier doch mehr Geheimnisse gibt, als sie glauben möchte. Aber am allerwenigsten möchte sie glauben, dass ihre Mam etwas mit dem Fall zu tun hat. Und als sie sich wenig später von Josef und Toni verabschieden, der ja nun wieder mit dem Zug zurückfahren muss zu seiner Oma, da hat Maja ein mulmiges Gefühl, weil ihr Toni fehlen wird, nicht nur als Beschützer vor Cleo, sondern auch wegen dieser Heimlichtuerei ihrer beiden Elternteile. Sie wird ihre Mam ausfragen müssen.

Montag, 17. Dezember

Mit dem Ausfragen klappt es natürlich erst einmal nicht. Denn das Wochenende hat alle mehr angestrengt, als sie wahrhaben möchten. Nach einem fast rührenden Abschied von Toni gestern Abend, den alle am nächsten Freitag wiedersehen werden, fielen Maja und ihre Mam scheintot in die Federn. Anscheinend machen Pfannkuchen auch noch müde.

Der Montagmorgen ist dagegen wieder ein Wettlauf mit der Zeit.

Maja trudelt mit einigen anderen zum Gongschlag in der Schule ein. Madame Bareau verdreht die Augen, als Maja ins Klassenzimmer huscht. Obwohl natürlich alle Lehrer wissen, dass Maja derzeit auf dem Weihnachtsmarkt hilft, ist es mit ihrer Geduld nicht weit her. Aber Maja hat ganz andere Sorgen, sie hofft, dass Cleo ihren Spleen mit den Papiergeschossen wieder abgelegt hat. Als sie sich umsieht, bemerkt sie, dass Cleo gar nicht da ist. Und einige andere auch nicht. Stimmt, heute ist ja Probe fürs Weihnachtskonzert. Wie Cleo es geschafft hat, da mitspielen zu dürfen, ist Maja ein Rätsel. Cleo spielt grottenschlecht Geige, auch wenn sie gerne die erste Geige spielt, und eingliedern in eine Gemeinschaft, wie bei einem Orchester erforderlich, ist ja auch nicht so ihr Ding. Wahrscheinlich wird sie zum Notenumblättern gebraucht.

Maja versteht sich selbst nicht. Statt froh zu sein, dass Cleo ihr nichts tun kann, grübelt sie darüber nach, wieso Cleo im Orchester sitzt. So weit ist es jetzt schon. Als auch noch eine Vier im Französisch-Test vor ihr auf dem Tisch landet, möchte sich Maja am liebsten verkrümeln. Mit Ach und Krach kriegt sie den Vormittag herum und beeilt sich, auf den Markt zu kommen, um nicht noch Cleo in die Arme zu laufen. Stattdessen erwartet sie schon Bruno Wollweber mit dicker Aktenmappe unter dem Arm.

»Maja, an welchem Stand darf ich dich denn heute besuchen!«

Maja möchte am liebsten sagen, an gar keinem, aber das käme wohl schlecht.

»Ich helf heute bei Xavi, dem Holzschnitzer, aus, es bleiben ja nicht mehr so viele übrig, ist ja bald Weihnachten. Glauben Sie eigentlich, dass Sie den Fall bis zum 24. gelöst haben?« Falsche Frage, ganz falsche Frage. Bruno Wollweber verfärbt sich ins Tiefdunkelrote, bevor er antwortet.

»Das hoffe ich, Maja, und ich hoffe auch für einen von hier, dass die Nerven schwächer werden und er sich verplappert. Meine Geduld ist langsam zu Ende, ich mach doch hier nicht lustiges Adventskalenderraten!«

Das Tiefdunkelrote wird wieder ein wenig blasser. »Also Maja, bis später beim Xavi, ein ganz interessanter Mensch, dieser Schnitzer, handwerklich sehr begabt, vor allem mit Schnitzmessern ...« Der Kommissar brummelt vor sich hin und läuft Richtung Ausgang des Weihnachtsmarkts. Maja wäre es lieber, er käme nicht wieder, und geht mit einem kleinen Abstecher über ihre Mam gleich zu Xavi.

»Hi, Xavi, sag mal, war der Kommissar schon bei dir? Der hat so komische Andeutungen gemacht.«

»Salve, Maja, ja, der Komiker war hier. Fragte mich, wo ich schnitzen gelernt hätte, und war dann ganz erstaunt, dass ich auf der Kunstakademie war.«

»Echt, du warst an der Akademie? Aber dann bist du ja ein echter Künstler!«

»Lass gut sein, Maja, leider genügt es nicht, auf der Akademie gewesen zu sein, man muss schon was draufhaben, und selbst dann ist es fast unmöglich, von seiner Arbeit zu leben. Und dann hab ich mir gesagt, bevor ich ein hungernder Künstler werde oder mein Leben lang Grabkreuze schnitze, mach ich was, was die Menschen nur zur Freude aufstellen. Also bin ich nach dem Studium nach Oberammergau gegangen und hab dort noch drei Jahre bei einem Krippenschnitzer gelernt.«

Glaubt man gar nicht, denkt sich Maja, die sich mehr als für die handwerklichen Details tatsächlich für die Lebensumstände der einzelnen Standbetreiber interessiert. Man sieht es den Leuten einfach oft nicht an, was so in ihnen steckt. Beim Xavi dachte Maja immer, er käme aus einem Schnitzerdorf und hätte das Handwerk von seinem Vater gelernt, und der wieder von seinem Vater und so fort. Denn an Xavis Bude steht »Krippenschnitzer seit 1875«.

»Hast du dir das Schild hingehängt, weil's besser klingt, oder wie geht das dann?« Maja deutet auf das ebenfalls geschnitzte Schild vor dem Stand.

»Ah nein, ich hab meinem Lehrmeister das Geschäft abgekauft, der es schon in der vierten Generation betrieben hat. Er wollte nach 60 Jahren Schnitzen nicht mehr. Ich werd das nicht so lange durchhalten. Noch hab ich Spaß dran, aber wenn's mir stinkt, zieh ich in den Süden und mach was ganz anderes.«

Xavi ist noch jung, umso merkwürdiger ist es, wie er zwischen den ganzen Holzfigürchen steht. Allerdings haben seine Krippenfiguren gar nichts Altmodisches, eigentlich sind sie richtig modern, die Marias sehen eher aus wie Hippiebräute und seine Josefs könnten auch Holzfäller, Sporttrainer oder Hundezüchter sein. Liegt vielleicht daran, wie die Körper geschnitzt sind. Die Gesichter sind völlig unterschiedlich, oft sind sie nicht bis ins letzte Detail ausgeformt, sondern nur angedeutet. Ochs und Esel sind grob geschnitzt, und die Heiligen Drei Könige sind aus einem Block gehauen, man kann sie nur komplett kaufen. Trotz aller Schnitztradition ist die Bemalung der Figürchen richtig modern.

»Weißt du, dass es die ersten Krippen schon um 500 gab, aber da waren nur Ochse und Esel und die Heiligen Drei Könige vorgesehen.« Xavi hält Maja einen Teller mit einem Bratapfel hin. »Der heilige Franz von Assisi hat dann im 13. Jahrhundert eine Krippe mit lebenden Menschen und Tieren nachgestellt. Um 1600, also im Barock, kamen die neapolitanischen Krippen auf, aufwendige Anordnungen, und die einzelnen Kirchen in den großen Städten haben sich einen Wettstreit geliefert, wer die schönste hat. Innsbruck, Salzburg, München. In Prag hatte diese Mode begonnen. Kaiserin Maria Theresia hat dann das öffentliche Aufstellen von Krippen verboten. Eigentlich muss man der dankbar sein, denn ab da begannen die Menschen, sich zu Hause eine Krippe hinzustellen, und plötzlich wollten alle diese Krippenfiguren. Der Brauch hält sich bis heute!«

Obwohl Maja auf diesem Weihnachtsmarkt schon viel von Krippen gehört hat, hört sie aufmerksam zu. Netter Typ, dieser Xavi, Maja weiß gar nicht, was der Kommissar mit seiner Bemerkung sagen wollte. Und der Bratapfel schmeckt auch.

»Wenn ich jetzt deiner Mutter helfe, Maja, musst du mir versprechen, dass du niemandem etwas aus der hintersten Kiste zeigst, die ist nur für spezielle Kunden. Es gibt Leute, die bauen sich ganze historische Szenen auf. Und um Christi Geburt waren die Leute miteinander nicht zimperlich, glaub mir, Maja, wenn das einer naturgetreu nachstellen möchte, braucht er auch echt grausame Figuren. Xavi holt aus der besagten Kiste eine Figur raus, die ein Messer schwingt. Ganz offensichtlich nicht, um damit Stroh zu schneiden. Maja zuckt zusammen, warum schnitzt der Xavi so was?

Scheinbar steht ihr diese Frage ins Gesicht geschrieben, denn Xavi fügt hinzu: »Musst keine Angst haben, ich bin kein Spinner, aber meine Art, die Figuren zu schnitzen, gefällt offensichtlich einigen Leuten. Bei denen läuft dann ein ganzer Film ab, so wie kleine Bühnenbilder musst du dir das vorstellen.«

Schnell räumt er die mysteriöse Schachtel weg und gibt Maja einen kleinen geschnitzten Esel, der in vielen Grautönen bemalt ist und tatsächlich so aussieht, als hätte er langes, zottiges Fell.

»Am liebsten mach ich so was. Esel sind kluge Tiere und gar nicht trottelig. Man tut dem Esel Unrecht, wenn man manche Menschen als Esel bezeichnet.« Tatsächlich stehen in einer Ecke seines Standes lauter Tiere. Auch solche, die klassischerweise nicht in der Weihnachtskrippe vorkommen, wie Tiger, Löwen, Nilpferde.

»Ja, das ist meine andere Produktlinie, schließlich verkauft man den Rest des Jahres, also elf Monate lang, keine Weihnachtsfiguren. Da mache ich halt noch Holzspielzeug. Die richtig Aufwendigen, mit beweglichen Beinen, Wackelkopf und Baumelschwänzchen, hab ich aber schon verkauft! Das war ein Glück, denn ich wusste vorher nicht, wie sie ankommen. Und wenn der Markt wegen dieses Weihnachtsmanns geschlossen worden wäre, hätte ich meinen Laden auch gleich schließen können. Auf der anderen Seite ist der gut weiter...«

Majas Bauch krampft sich bei dem Thema zusammen. Sie will gar nicht mehr so genau wissen, wer noch alles froh ist über den Tod des Weihnachtsmanns. Sie hat das jetzt schon gefühlte 200 Mal gehört. Aber Xavi scheint Majas zusammengezogene Augenbrauen nicht zu bemerken und poltert lustig weiter.

»So wie der uns vorher alle erpresst hat, wär's kein Wunder gewesen, wenn die ganze Sache hier geplatzt wäre!«

Maja versteht nicht ganz. Erpresst?

»Was meinst du damit, Xavi?«

»Ja, der hat uns doch alle zum Narren gehalten, hat jeden schlechtgemacht bei den Marktbetreibern, der nicht bei drei seinen Stand tipptopp hergerichtet hatte. Der ist nur rumgelaufen und hat Mängel gesucht, mit denen er sich wichtig machen konnte. Ein Stänkerer war das. Ein Misanthrop.«

»Ein was?«

»Ein Menschenfeind. Ein Miesepeter und Querulant, der lieber alle vor den Kopf gestoßen hat, als sich Freunde zu machen!«

Maja atmet schwer. Xavis hartes Urteil macht die Sache nicht besser, alle haben also ein Motiv. Sie sollte jetzt versuchen, den Xavi zum Schweigen zu bringen. Denn solche Aussagen ziehen Bruno Wollweber magisch an, das hat die Erfahrung gezeigt. Außerdem ist es eh seine Zeit. Die Überwachungskameras nehmen zwar keinen Ton auf, welch ein Glück, aber sie zeichnen auf, wer sich mit wem unterhält. Sie muss diesen Schnitzmeister zum Mandelstand schicken, um die Gefahr zu bannen. Zu spät, Bruno Wollweber trabt pünktlich wie ein Maurer auf den Platz und nähert sich ihnen. Maja macht einen letzten verzweifelten Versuch, Xavi zum Gehen zu bewegen.

»Xavi, geh doch jetzt einfach rüber zu meiner Mam, sie braucht deine Hilfe, ich mach das hier schon.« Maja fleht ihn an, aber Xavi scheint Tomaten auf den Augen und Watte in den Ohren zu haben, er merkt überhaupt nichts.

»Mahlzeit zusammen.« Der Kommissar reibt sich die Hände, die in grauweißen Fäustlingen stecken, und Maja muss wieder einmal an australische Beuteltiere denken.

»Ja, der Herr Kommissar, wir haben Sie schon vermisst!« Xavi grinst breit, wirkt aber gar nicht fröhlich.

»Das ist schön, man wächst ja im Laufe der Wochen so zusammen, das zumindest haben wir dem toten Weihnachtsmann zu verdanken!« Bruno Wollwebers Augen funkeln ebenfalls angriffslustig.

»Zu verdanken? Wir? Dem? Irgendwas? Herr Kommissar belieben zu scherzen?«

Maja ahnt, dass Xavi mit großen Schritten in einen Fettnapf tritt, wenn er weiter so ironisch ist.

»Sind Sie alle hier nicht froh, dass er weg ist?« Bruno Wollweber versucht, harmlos zu fragen, was ungefähr so wirkt, als hätte sich eine Schlange einen Schafspelz umgebunden. Da helfen ihm auch keine niedlichen Handschuhe.

»Froh sind wir, dass dieser Weihnachtsmarkt nicht geschlossen wurde, als die Streuguttonne den wieder ausgespuckt hat. Da haben Sie recht!«

Xavi versucht sich aus der Situation herauszureden, auch er hat jetzt gemerkt, dass der Kommissar eine bestimmte Antwort von ihm erwartet. Maja muss dem Holzschnitzer helfen, sonst wird der Koalabären-Mann hier ewig kleben, Majas Mam kann sich dann nicht zu Hause hinlegen, und das wird sich unweigerlich am nächsten Tag rächen, wenn sie kaum aus dem Bett kommen wird. Bruno Wollweber wäre schuld daran und nicht der Weihnachtsmann. Es wird mal wieder Zeit für ein Weihnachtswunder, und Majas Blick wandert nach oben, hinter die Winterhimmelwolken.

»Sorry, Herr Kommissar, entweder muss ich jetzt zu meiner Mam und ihr helfen oder der Xavi geht. Für Mam wird das hier von Tag zu Tag schwieriger, Sie wissen schon ...« Maja formt einen Bauch und bläst die Backen auf. Vielleicht ist es die lustige Geste, jedenfalls kommt Bewegung in die kleine Gruppe, die ein wenig den Holztierchen ähnelt, die Xavi ausstellt. Wie aufs Stichwort hebt Xavi eine Drei-Königs-Gruppe hoch, wackelt mit ihr hin und her, als würde sie »Ja« sagen, und ruft »Alles im grünen Bereich, geh ja schon« in die Runde, bevor er sich in Richtung Mandelstand bewegt.

Auch bei Bruno Wollweber schlägt der Spieltrieb durch, wie Maja erleichtert feststellt. Holzesel, Holzhunde, Holzkaninchen, Holzgiraffen – Bruno Wollweber scheint viele Kinder zu kennen, so wie er einkauft. Maja kommt mit dem Verpacken gar nicht nach. So mag sie den kleinen dicken Kommissar am liebsten: beim Stöbern. Dann hat er etwas Gemütliches. Fast so etwas wie ein Opa, ein Opa, wie Maja ihn nie hatte …

Dienstag, 18. Dezember

Maja hat heute Morgen gleich zehn Zettel aus Mams Adventskalender abgearbeitet: Wäsche aufhängen, Badewanne putzen, Schuhe auch, Tee aufgießen, die Palme nur gießen, beide Betten machen (gilt für zwei Gutscheine), Brotzeitbrote schmieren, ihrer Mam vier Bussis geben, dem Elefantenkind, also dem Bauch, auch vier Bussis geben. Im Gegenzug hat Maja mit 36 Perlen schon ein fast vollständiges Armband, das in Grün, Türkis, Orange und einem lichten Blau schillert. In der Schule wartet die Generalprobe zum Weihnachtskonzert, zu der alle Schüler eingeladen sind. Und am Weihnachtsmarkt ist Endspurt angesagt.

»Maja, macht es dir was aus, wenn ich morgen, nach dem Weihnachtsmarkt, mit dem Josef etwas essen gehe?«

Maja schluckt, denn eigentlich ist morgen Weihnachtskonzert in der Schule, aber anscheinend hat ihre Mam das vergessen. Maja versucht, sich nicht darüber aufzuregen. Ist ja nicht schlimm, sie spielt ja eh nicht im Orchester mit, aber es ist ein schöner Brauch, hinzugehen und zuzuhören.

»Maja, du guckst so komisch, was ist denn? Ich will ja gar nicht lange weg sein, dauert sicher nur eine Stunde!«

Maja will das gerne glauben, aber so wie Josef und ihre Mam die letzten Tage miteinander geflüstert haben, wird das auf etwas Längeres hinauslaufen. Und alleine will sie nicht zum Weihnachtskonzert gehen, auch wenn Cleo in sicherem Abstand im Orchestergraben aufgehoben ist.

»Hmpff!«

Majas Antwort ist wohl nicht das, was sich ihre Mam gewünscht hat.

»Na ja, begeistert klingst du nicht!«

Was soll Maja darauf sagen? Ja, Mam, geh doch ruhig mit dem Josef aus, wenn wir eigentlich immer an dem Tag zum Weihnachtskonzert gehen. Oder: Klar, Mam, du hast ja nach einem langen Tag am Weihnachtsmarkt jede Menge Kraft, um um die Häuser zu ziehen.

Oder soll sie sie einfach noch einmal an das Weihnachtskonzert erinnern?

Dabei brennt Maja eigentlich nur eine Frage auf der Seele: Was wisst ihr über den Tod des Weihnachtsmanns? Und warum sieht es so aus, als wüsstet ihr, wer es war?

Stattdessen sagt ihre Mam: »Jetzt guck nicht wie eine Dörrpflaume, du hast hier dann endlich mal deine Ruhe, kannst ein heißes Bad nehmen, und schon bin ich wieder da.«

Majas Gesicht hellt sich auf. *Dörrpflaume* war das richtige Stichwort, und es ist vielleicht ohnehin besser, sich auf die naheliegenden Dinge zu konzentrieren. Wenn sie schon ein Gesicht wie eine Dörrpflaume hat, dann wird das gut zu ihrer heutigen Tätigkeit passen: bei der Trockenobst-Senta aushelfen. Maja springt auf, drückt ihre Mam und das Elefantenbaby vorsichtig, ruft: »Ist schon in Ordnung«, und verschwindet mit schwer bepacktem Schulranzen im winterlichen Morgen.

Auf dem Weg zur Schule kommt Maja am Weihnachtsmarkt vorbei, der so früh noch ohne Leben ist. Alle Buden sind mit schweren Fensterläden verschlossen. Frischer Schnee, der wieder einmal in der Nacht gefallen ist, hat Essensreste und Fußspuren gnädig bedeckt, jeder Stand trägt eine dicke Schneehaube auf dem Dach. In der Mitte des Markts ragt die geschmückte Tanne in den Himmel. Der ganze Markt wirkt wie aus einem Märchen. Und Maja begreift, warum die Menschen so gerne herkommen. Es ist ein echter Kontrast zum stressigen Vorweihnachtsalltag.

Maja hat sich in eine so friedliche Stimmung geträumt, dass sie die Gestalt zwischen den Buden erst gar nicht bemerkt. Eigentlich müsste Maja jetzt abbiegen und über die große Kreuzung gehen, um zur Schule zu kommen, aber sie will wissen, wer da über den Markt schleicht. Die Gestalt bewegt sich vorsichtig zwischen den Buden, als würde sie etwas suchen. Etwas, was tief im Schnee verborgen ist, so gebückt, wie sie geht. Maja nähert sich vorsichtig, hinter einem kleinen Tannenvorhang kann sie zwischen den zerrupften Ästen durchschauen.

Rund um den zentralen Weihnachtsbaum kriecht ein Mann auf dem Boden durch den Schnee. Das wäre schon komisch genug, denn er sieht dabei aus wie ein Maulwurf, aber er hat auch noch einen Rechen dabei. Leider ist es noch so dämmrig – in drei Tagen ist die längste Nacht des Jahres und Wintersonnenwende –, dass Maja nicht erkennen kann, ob der Mann Muster in den Schnee zieht oder tatsächlich den Schnee umgräbt. Beides scheint Maja so sinnvoll, wie Schnee weiß anzumalen. Oder Blumen im Winter zu pflanzen. Maja biegt die Äste ein wenig auseinander und macht dabei ein winziges Geräusch. Vermutlich ist ihr proppenvoller Schulranzen an irgendetwas gestoßen und nun rieselt knisternd ein feiner Schneevorhang von den Tannenzweigen. Der Maulwurf mit dem Rechen hebt den Kopf. Maja lässt die Äste los und duckt sich hinter die nächste Bude. Zwischen Bretterwand und Ästen kann sie sehen, wie die Gestalt aufgeregt die Gegend absucht, während sie sich etwas in die Tasche schiebt. Plötzlich ergießt sich das erste Morgenlicht über den Platz, und Maja kann den Mann erkennen, der sich nun aufgerichtet hat und mit dem glänzenden Rechen in der Hand aussieht wie ein Krieger. Maja kann kaum glauben, was sie da sieht. Der Schneekrieger ist der Filz-Josef, sein Gesicht ist weiß wie der Schnee und seine Augen scheinen zu glühen. Er sieht richtig gruselig aus. Maja zittert. Sie will das nicht glauben. Als sie wieder aufschaut, ist das Glühen aus Josefs Augen verschwunden, weil er sich herumgedreht hat und das Licht nun anders fällt. Aber den Rechen trägt er immer noch wie eine Waffe in der Hand. Spitz und tödlich.

***

Mit wie viel Verspätung Maja in der Schule ankommt, weiß sie nicht. Sie hört auch kaum die Ermahnungen und sieht nicht die vorweihnachtliche Hektik, die im ganzen Schulhaus herrscht, weil das Weihnachtskonzert natürlich Hauptthema ist. Maja weiß nur, dass sich ihre Mam morgen mit dem Filz-Josef trifft. Allein. Und plötzlich wird für Maja alles klar. Der Filz-Josef und sein komisches Verhalten, und das, nachdem er am Anfang so nett war. Der Filz-Josef und sein Getuschel. Der Filz-Josef und sein Rechen. Irgendetwas stimmt da nicht und ihre Mam wird womöglich in etwas Schreckliches hineingezogen. Etwas, was sie gar nicht überblickt, weil sie viel zu gutgläubig ist. Und was soll jetzt aus dem Toni werden. Der hat doch niemanden sonst. Maja sieht in ihrer Fantasie den Filz-Josef schon im Gefängnis, weil die Verdachtsmomente zu schwer wiegen. Toni wird bei ihnen bleiben müssen. Das wäre natürlich gar nicht so schlecht, findet Maja und löst mechanisch eine Matheaufgabe nach der anderen, bis die Lehrerin hinter ihr steht und ein »Nicht übel« murmelt. Maja fährt hoch und betrachtet ihr Werk ungläubig, als wüsste sie nicht, wie sie es gemacht hat. Und ehrlicherweise weiß sie es auch im Augenblick nicht mehr. Sie weiß nur, dass sie ihre Mam warnen muss.

Sechs Stunden später will Maja genau das tun. Sie rennt trotz zentnerschwerem Schulranzen auf dem Rücken zum Weihnachtsmarkt, direkt zum Mandelstand und trifft dort auf ihre Mam, die sich bereits mit Senta unterhält und ihr die Feinheiten des Mandelbratens zeigt. Gar nicht so einfach, denn das Elefantenbaby scheint gleich bei der Geburt alle Rekorde brechen zu wollen – und Majas Mam passt kaum noch in den Stand, hinter den Mandelröst-topf.

»Mam, hallo Senta, Mam, ich muss kurz mit dir sprechen!« Maja zerrt an ihrer Mam wie ein kleines Kind.

»Was ist denn, Maja, du schaust ja, als wäre dir der böse Wolf begegnet.« Majas Mam dreht sich schwerfällig um.

Vielleicht gar nicht so schlecht, der Vergleich, denkt Maja, nur dass der Wolf einen weichen Mantel aus Filz trägt und somit der sprichwörtliche Wolf im Schafspelz ist.

»Mam, du kannst nicht mit dem Filz-Josef weggehen morgen Abend!« Jetzt ist es raus.

»Und wieso nicht, Maja? So viele Gelegenheiten werde ich in den nächsten Jahren zum Weggehen nicht mehr haben. Wenn das Elefantenbaby erst einmal da ist, ist es vorbei mit Ausgehen!« An dem Gesicht ihrer Mam sieht Maja, dass sie sich wirklich auf den Abend gefreut hat. Und auch Senta hört nun aufmerksam zu. Senta, die aussieht wie ihre Trockenfrüchte. Klein, verhutzelt und mit schwarzen Äuglein in einem Meer von Fältchen. Ein Gesicht wie ein lange getrockneter Herbstapfel mit schwarzen Sprenkeln.

»Morgen ist Weihnachtskonzert, und da gehen wir doch immer zusammen hin!«

Innerlich macht Maja eine Siegerfaust und beglückwünscht sich zu der Reaktion. Warum ist ihr das nicht schon früher eingefallen. Sie macht Mam einfach ein schlechtes Gewissen, weil sie das Konzert vergessen hat. Das ist viel besser, als ihr ihren Verdacht auf die Nase zu binden.

»Oh Mann, Maja, warum hast du das nicht schon früher gesagt!« Majas Mam schlägt sich mit der Hand an die Stirn und macht ein Gesicht, das dem von Senta nicht unähnlich ist, die sich nun einmischt.

»Des kannscht doch ned vergesse, da musst gschwind hin. Da gibt's koi Ausred ned. Des kann koi Kind ned verstehe!« Maja bekommt von Senta genau die Unterstützung, die sie sich gewünscht hat, auch wenn Sentas schwäbische Brocken kaum zu verstehen sind.

Genau in dem Augenblick nähert sich der Filz-Josef, mit zwei Tassen Tee in der Hand. Maja erschrickt.

»Brauchst doch nicht zusammenzucken, Maja, ich bring doch kein Gift!«

Wer weiß, Maja ist sich seit heute Morgen nicht mehr sicher, ob sie ihm trauen kann, und der Filz-Josef versteht die Welt nicht mehr. Als Majas Mam auch noch beichtet, dass sie das Schulkonzert vergessen hat und somit der geplante Abend ausfällt, entgleiten dem Filz-Josef die Züge, als hätte er gerade erfahren, dass aus dem Bayerischen Wald ein riesiger Vergnügungspark gemacht werden soll.

»Ah Josef, jetzt bischt aber a arger Spielverderber, die Maja und ihre Mam müsse da hin. Da kannscht noch so sehr gugge wie a Spitzmäusle beim Feuerwerk!« Die gute alte Senta bringt auf den Punkt, was Maja gerne sagen würde. Der Filz-Josef steht wie bedröppelt da und scheint die Absage wirklich tragisch zu nehmen. Kein Wunder, denkt sich Maja, wenn er wirklich was ausgefressen hat und vorhatte, ihre Mam in was auch immer hineinzuziehen, kommt ihm das jetzt nicht gelegen. Denn bald ist Weihnachten, dann trennen sich alle ihre Wege, und das Elefantenbaby wird sich auch keine Ewigkeit mehr Zeit lassen. Maja beobachtet das Mienenspiel vom Filz-Josef ganz genau. Eine Mischung aus Ärger, Verständnis, Treuherzigkeit und etwas, was Maja als große Furcht bezeichnen würde. Aber diese Mischung passt nicht in die Geschichte, die sich in ihr zu formen beginnt. Nichts passt zusammen. Denn er überreicht ihrer Mam die Tasse Tee mit den Worten: »Natürlich ist das wichtiger!« Dabei schaut er sie an, als würde er ihr einen Heiratsantrag machen wollen. Wie bitte passt das zu dem Schneekrieger von heute früh?

Senta hat alles mit ihren kleinen Mausaugen beobachtet. »Jetzt kommscht erschtamal mit mir mit, Maja, und läscht d'Erwachsenen alleine mit ihre Sorge.«

Kaum angekommen an Sentas Stand, drückt ihr Senta eine Handvoll Apfelringe in die Hand.

Die nächsten fünf Minuten sind angefüllt von Sentas Geplauder über das Dörren und Trocknen. In Majas Kopf bleiben nur Teile hängen: Älteste Konservierungsart von Vitaminen ... furchtbar nahrhaft und geschmacksintensiv ... geeignet für Aprikosen, Äpfel, Feigen, Datteln, Bananen, aber auch Tomaten ... köstlich als Füllung im Braten ...

haltbare Nahrung bei Wüstendurchquerung ... Hauptbestandteil von Früchtebrot ... Zuckerersatz ... Köstlichkeit ...

»Hörscht du mir überhaupt zu, Maja, oder bischt in Wolkenkuckucksheim?«

Genau in dem Augenblick findet Senta einen neuen Zuhörer. Den verlässlichsten der letzten drei Wochen, aber auch den gefährlichsten: Bruno Wollweber alias der Koalabären-Mann alias Großeinkäufer von Weihnachtsgeschenken alias Kommissar.

»Erzählen Sie weiter, Frau Senta, es ist zu faszinierend, welche alten Handwerkskünste auf diesem Markt noch gepflegt werden. Wer könnte dagegen etwas gehabt haben? Der Weihnachtsmann vielleicht? Doch auch seine Kunst hat doch schon einige Jahre auf dem Buckel!« Bruno Wollweber will sich heute anscheinend nicht mit Höflichkeiten aufhalten, sondern kommt gleich zum Punkt.

»Ach gehen S' mir doch mit dem, Herr Polizeimeischter! Meine Dörrzwetschge habe mehr Gehirn als der Wicht. Nur ein rotes Mäntele und drei angeklebte Bärtle machen noch koin Weihnachtsmann aus. Da braucht's schon a bissle mehr Verstand. Und Herz. Und Charme. Wenn Sie wisse, was ich mein!« Senta ist in ihrem Element. Sie erzieht gern herum und jetzt ist der Kommissar dran. Sentas Tonfall gleicht der einer Mutter von 12 Kindern, wobei es jedes offensichtlich faustdick hinter den Ohren hat und Strafpredigten immer den Richtigen treffen. Bruno Wollweber scheint die Ohren anzulegen, auch wenn man das unter seiner heutigen Mütze nicht sieht. Eine russische Fellmütze mit Ohrenklappen. Darunter liegen die Ohren automatisch an.

»Würden Sie den Weihnachtsmann nur als dumm oder auch als gefährlich einstufen?« So ganz langsam kommt wieder der Kommissar zum Vorschein.

Aber er hat nicht mit Senta gerechnet.

»Schauen Sie, Herr Polizeikommissar, ich bin Obschtdörrerin. Heute macht des niemand mehr. Altmodischer Kram, aus der Zeit, langweilig, weil es Geduld erfordert. Junge Mensche wie Sie müsse ein ganz anderes Tempo leben, des geht grad auf die Seele. Schwache Mensche zerbreche daran!« Sentas Gesicht wirkt weise, als sie das sagt. Bruno Wollweber hingegen scheint sichtlich geschmeichelt, dass ihn jemand für jung hält. Maja aber denkt noch lange über die verlorenen Seelen nach, und dabei kommt ihr immer wieder der Filz-Josef in den Sinn.

Mittwoch, 19. Dezember

Maja möchte ihrer Mam so gerne sagen, dass sie auf der Hut sein soll vor dem Filz-Josef, aber sie bringt es nicht über die Lippen. Eine ganze Tüte voller getrockneter Apfelringe liegt jetzt auf dem Nikolausteller, und keiner rührt sie an, denn Maja hat sich während ihrer Arbeit gestern den Bauch damit vollgeschlagen und der Bauch ihrer Mam scheint keinen Platz mehr für etwas anderes als das Elefantenbaby zu haben. Jedenfalls sitzt ihre Mam blass wie ein Mehlwurm am Frühstückstisch und kriegt keinen Bissen herunter.

»Mam, geht's dir nicht gut?«

»Doch, doch, Maja, alles gut, aber langsam wird's ein wenig beschwerlich mit dem kleinen Monster da!« Sie tippt auf die Bauchdecke, und Maja sieht deutlich, wie sich da und dort etwas ausbeult. Das Elefantenbaby macht Morgensport, eindeutig.

»Geht das denn mit dem Konzert heute? Wir können ja auch früher heimgehen, wenn du nicht mehr kannst. Außerdem kannst du dich heute Nachmittag richtig lange hinlegen, denn ich mach das mit dem Mandelstand, da brauchst du ja gar nicht wieder auf den Markt kommen, ich kann das auch alleine schaffen.«

»Prima, das ist gut. Das nehm ich gern an, Maja. Und wir haben's ja bald geschafft. Hast du toll gemacht, wirklich, bin total stolz auf dich!«

Maja kriegt kleine Flammen auf der Haut. Tatsächlich kann sie selber kaum glauben, dass sie die vergangenen drei Wochen so gut hinbekommen haben. Mal abgesehen von einem lästigen Kommissar und einer nervigen Cleo lief alles wie geschmiert. Wenn sich jetzt noch der tote Weihnachtsmann als Märchen herausstellen würde, wäre es grandios. Nahezu perfekt.

»Ach, Maja, was ich dir noch sagen wollte. Das Konzert fängt ja um 20 Uhr an, das heißt, du müsstest den Stand ein bisschen früher aufräumen und abschließen, aber da kann dir der Filz-Josef dabei helfen, und dann kommt ihr zusammen zur Schule, ich treffe euch gleich dort.«

Was? Maja lässt den Löffel sinken, mit dem sie gerade im Müsli herumgestochert hat.

»Wie, der Josef kommt mit?« Majas Stimme zittert.

»Ja, ist mir gestern dann einfach so eingefallen. Er hat so traurig ausgesehen, weil ich ihm abgesagt habe, und dann dachte ich, es wäre doch gut, wenn er mitkommt. Schau, der wohnt in seinem Wohnmobil, da tut ihm eine Abwechslung gut. Außerdem tut er mir gut.« Majas Mam grinst, wie man grinst, wenn man seine sieben Sinne nicht ganz beieinander hat.

Gut, denkt Maja, es ist allemal besser, wenn sie alle drei zusammen sind, als wenn ihre Mam alleine mit dem Josef wäre. Und bei dem Konzert werden sie definitiv nicht alleine sein. 600 Schüler plus Eltern und Lehrer macht ... Maja kann das nicht fertig rechnen, weil ihr die Küchenuhr signalisiert, dass sie das Müsli Müsli sein lassen und die Hufe Richtung Schule schwingen sollte.

Majas Mam winkt müde, aber immer noch selig grinsend. »Bis später, mein Schatz!«

»Ja, bis später«, murmelt Maja und möchte ihre Mam am liebsten schütteln, statt ihr zuzuwinken. Wenn morgen Toni wiederkommt, wird sie auch mit ihm reden müssen. Fragt sich nur wie? Der Josef ist sein Vater, und er wird sich nicht gerne anhören, dass sein Vater im Morgengrauen mit einem Rechen in der Hand über den Weihnachtsmarkt kriecht und furchterregend aussieht.

Als Maja am Mittag aus der Schule kommt und im gestreckten Galopp zum Weihnachtsmarkt läuft, hat sie einen unbeschwerten Vormittag hinter sich.

Dass sie sich in der Schule einmal von allem erholen könnte, hätte sie bis vor einigen Tagen auch nicht gedacht. Aber seit Cleo mit den Proben zum Weihnachtskonzert beschäftigt ist und die Lehrer offensichtlich schon im Winterschlaf sind, kann Maja die Schulstunden zum Chillen verwenden. Das hat sie ausgiebig gemacht und ist jetzt fit für eine Nachmittagsrunde Mandelnverkaufen. Ihre Mam hat schon fleißig vorgeröstet und neue Tüten angeschleppt, für den Endspurt musste sie noch richtig nachproduzieren.

»Wirst du alleine auch wirklich zurechtkommen?« Majas Mam hat sich schon zum Gehen bereit gemacht, als Maja eintrifft.

»Klar, ich mache das. Und wir sehen uns abends in der Schule!«

Majas Mam wirft noch einen Blick zum Filz-Josef rüber und der zurück. Jetzt hat er nichts mehr von einem Krieger. In seinem braunen Janker und einem graubraunen Filzhut wirkt er wie aus einem anderen Jahrhundert. Die wettergegerbten Hände wandern flink zwischen seinen Auslagen hin und her. Auch bei ihm haben sich die Reihen mit den Filzpantoffeln und Filztaschen gelichtet, stellt Maja erleichtert fest, die schon gefürchtet hatte, der Filz-Josef würde ein schlechtes Geschäft machen, so mies wie er zwischendurch drauf war. Vielleicht kann sie ihn heute mal ein bisschen beobachten. Vielleicht täuscht sie sich ja. Und es gibt für alles eine Erklärung, die völlig harmlos ist.

Maja sortiert gerade Mandeln in neue Tüten, immer 100 Gramm. Dazu wiegt sie die Tütchen und füllt dann gegebenenfalls eine Mandel dazu oder legt wieder drei weg, aber eigentlich hat sie es im Griff.

»Was sagt eigentlich der Jugendschutz dazu, dass du jeden Nachmittag hier rumhängst und arbeitest?« Maja sieht von ihren Tütchen auf und direkt in Cleos wohlgeschminktes Gesicht. Da ist ihr ja die letzten Tage richtig was abgegangen, stellt Maja fest und macht weiter mit der Arbeit.

»Hey, ich rede mit dir!« Cleos Stimme schnappt ein wenig

über, wahrscheinlich haben die Proben zum Weihnachtskonzert an den Stimmbändern gezerrt oder sie ist so viel Disziplin einfach nicht gewohnt. Das muss jetzt raus und Majas Teflonschicht ist gefragt.

»Orchesterproben sind doch auch Arbeit, liebe Cleo, oder hast du dort nur die Notenständer abgestaubt?« Maja versucht, ruhig zu bleiben.

»Ich spiele Geige!« Cleo versucht erst gar nicht, ruhig zu bleiben.

»Das ist natürlich was ganz anderes. Hoffentlich spielen die anderen lauter als du, damit es nicht so auffällt!« Maja weiß, dass sie eigentlich die Klappe halten sollte, aber mehrere Tage Abstand zu Cleo, und schon fühlt sich Maja unverletzbar.

»Pass auf, dass ich dir nicht in deine Mandeln spucke, ihr habt hier schon genug Ärger am Markt oder sitzt der Mörder von diesem Weihnachtsmann schon hinter Schloss und Riegel?«

»Das wüsstest du jetzt gerne, was, Cleo?« Maja sieht aus dem Augenwinkel, wie sich Cleos ganzer Hofstaat nähert. Mit Verstärkung im Rücken ist Cleo immer in Bestform. Jetzt muss Maja ihre Antworten vorsichtiger wählen. Oder Cleo vertreiben. Beides wird schwierig, wenn nicht wieder kleine Weihnachtswunder wirken.

»Hört mal, Mädels, Maja macht sich über meine Stellung im Orchester lustig. Vielleicht sollten wir hier vor dem Mandelstand eine kleine Schneeballschlacht veranstalten? Könnte doch sein, dass sich der eine oder andere Schneeball rein zufällig«, Cleo hebt beide Hände und mimt mit den Zeigefingern Anführungszeichen, »rein zufällig in den Stand verirrt. Und dann werden die Tütchen nass, die deine liebe Mutter in Heimarbeit so schön herstellt, und dann werden die guten teuren Mandeln nass, die man dann in die Tonne treten kann, und dann wirst du nass und bekommst einen bösen, bösen Schnupfen ...«

Bei den Worten »Mutter« und »Heimarbeit« bekommt Majas Teflon feine Risse. Sie legt automatisch eine Folie über die Mandeln.

Cleo hat sich gebückt und Schnee in die Hände genommen. Ihre Freundinnen tun es ihr nach. Maja könnte sich für ihre Frechheiten vorhin ohrfeigen. Warum lässt sie die doofen Fragen dieser doofen Pute mit ihren doofen Pappnasen im Schlepptau nicht einfach an sich abprallen? Allerdings braucht sich Maja darüber keinen Kopf mehr zu machen, denn der erste Schneeball kommt schon geflogen und Maja kann sich gerade noch bücken. Wenn die Mandeln nass werden, ist alles aus. Maja stellt sich schützend davor, während der Schnee zischend auf dem Deckel des Mandelrösters verdampft.

»Na, Lust auf mehr?« Cleo erinnert an einen Kampfhund an einer zu kurzen Leine.

»Lass das einfach, Cleo, ihr bekommt jeder eine Tüte Mandeln und zieht Leine, ja?« Maja versucht den Rückzug mit einem Friedensangebot.

»Das klingt doch schon viel besser!« Cleo jongliert mit drei Schneebällen und Maja ist erstaunt über diese Fähigkeit. Scheinbar hat Cleo doch verborgene Talente, auch wenn das jetzt hier der völlig falsche Ort dafür ist.

»Aber wir sollten uns nicht so einfach kaufen lassen, was Mädels, mit so ein paar Tütchen Mandeln kommt sie nicht davon!« Cleo lässt alle drei Schneebälle in den Mandelstand donnern. Einen Stapel Tütchen hat es schon erwischt. Und Majas Gesicht.

Maja versucht gleichzeitig Schnee aus dem Gesicht zu wischen, die Tütchen ins Trockene zu bringen und die Mandeln zu schützen, als sie merkt, dass sich draußen vor dem Stand etwas tut. Genau kann sie es allerdings nicht sehen, denn sie sieht auf eine braune Filzwand. Der Filz-Josef hat sich vor ihrem Stand aufgebaut und diskutiert. Mit seinem breiten Rücken verdeckt er fast die ganze Aussicht. Maja hört den Wortwechsel zwischen Cleo und dem Josef. Und dann eine sehr laute Cleo-Stimme: »Wir sehen uns heute Abend, und denk ja nicht, dass ich wegen einem Weihnachtskonzert friedlich bin, denk es ja nicht, Maja Wiedmann!«

Nur wenig später ist der Platz vor dem Stand leer. Fast leer. Der Josef hat Maja zugezwinkert und ist wieder in seinen Stand zurückgekehrt. Dafür hat Maja nun das Vergnügen, auf einen halben Quadratmeter hellbeigen Faserpelz zu schauen.

»Immer fleißig, die Maja. Was hat diese Cleo? Warum ärgert sie dich ständig?« Bruno Wollweber hat heute einen Hut auf. Zusammen mit der Fleecejacke sieht er aus wie ein Waldpilz. Man könnte auch sagen, zusammen mit den vielen Tütchen und Taschen, die er dazu in beiden Händen trägt, sieht er aus wie ein Waldpilz, unter dem sich kleine Fabelwesen versteckt haben. Maja muss lachen und sieht kurz zum Josef rüber, der sich erstaunlich schnell verdrückt hat, als er den Kommissar kommen sah. Jetzt tut er so, als würde er nichts bemerken, während Bruno Wollweber schon wieder eine Tüte Mandeln kauft. Was auch immer ein Kommissar verdient, für Bruno Wollweber und seine Kauflaune wird es nicht reichen. Seine Familie scheint einfach zu groß zu sein. Oder sein Herz.

»Und was war das mit heute Abend?« Bruno Wollweber fragt mit dem Blick eines bettelnden Hundes, der einen Braten riecht.

»Ach, das ist nur das Schulkonzert. Das ist immer ganz schön und festlich und alle Eltern und Lehrer kommen. Ob es aber dieses Jahr so wird, wenn Cleo mitspielt, keine Ahnung!« Maja zuckt mit den Schultern, während Bruno Wollweber sie mit großen, strahlenden Augen bittend ansieht.

»Ach, so ein Weihnachtskonzert, das wäre mal wieder etwas. Man schaltet so ab und stimmt sich ein!« Bruno Wollweber sieht schon ganz andächtig aus.

Da kommt Maja eine Idee. DIE Idee, wie sie findet.

»Kommen Sie doch einfach mit! Der Josef und meine Mam gehen auch mit zum Konzert. Vielleicht tut Ihnen so ein Abend mal ganz gut.« Den letzten Satz hat Maja so laut gesagt, dass ihn der Josef in seinem Stand nebenan auch hören konnte. Und während der Kommissar vor Begeisterung noch eine Tüte Mandeln kauft, bekommt Josefs Gesicht einen Grauton zwischen Schimmel und Haferschleim. Aber Maja ist ganz zufrieden mit sich. Der Abend verspricht interessant zu werden, und mit so viel Begleitschutz wird es bestimmt auch ein Nullkommanullproblemabend mit Cleo.

Donnerstag, 20. Dezember

Wenn Maja könnte, würde sie den gestrigen Abend ungeschehen machen. In den Jahren zuvor war das Weihnachtskonzert immer ein Innehalten. Lehrer, Eltern, Kinder – jeder kam mit jedem gut aus, auch wenn es vorher geknirscht hatte. Gestern war alles anders. Es begann schon damit, dass Maja mit Josef und Bruno Wollweber bei der Schule aufkreuzte. Die beiden Männer hatten den ganzen Weg vom Weihnachtsmarkt bis zur Schule kein Wort gewechselt, was in der Hauptsache am Josef lag, der die Fragen des Kommissars einfach überhörte oder nicht hören wollte. Bruno Wollweber plapperte ins Leere, und Maja hatte versucht, die Stille zu überbrücken. Aber eigentlich war sie zu müde dazu gewesen. Und als sie endlich bei der Schule ankamen, saß Majas Mam schon in der Turnhalle, die für diesen Abend zum Konzertsaal umfunktioniert worden war, und machte große Augen, als sie den Kommissar sah. Maja hatte versucht, Bruno Wollweber links von sich zu platzieren, rechts von sich ihre Mam und daneben den Josef. Das wäre genügend Abstand zwischen den beiden Männern gewesen. Dass der Josef so gar nicht mit dem Kommissar reden wollte, verstärkte Majas Misstrauen. Sie wollte alle im Blick behalten. Dabei hatte sie leider ein wichtiges Detail übersehen. Cleo und ihre Lieblingsbeschäftigung: das Schnüffeln in anderer Leute Angelegenheiten.

»Braucht die Heilige Familie jetzt schon Polizeischutz?« Laut und vernehmlich tönte Cleos Stimme durch die sich rasch füllende Turnhalle. Selbst Menschen, die nicht in der Nähe standen, hatten es gehört. Im Turnsaal wurde es so leise, dass eine zu Boden fallende Stecknadel Lärm gemacht hätte. Der Josef sah Majas Mam lange an. Maja hatte irgendetwas von »Zu Weihnachten lieb miteinander sein« gestammelt, nur Bruno Wollweber schien es zu gefallen. Er holte ununterbrochen Mandeln aus seiner Jackentasche und schob sie sich in den Mund, während er die kleine Szene beobachtete.

»Herr Kommissar, braucht die Familie Wiedmann Begleitschutz oder sind sie alle dringend tatverdächtig?« Cleos Stimme schnitt wie Glas durch die Luft der Turnhalle, in der es trotz vieler Tannenzweige deutlich nach Gummisohlen und Schweißfüßen roch.

Majas Mam hatte sich auf ihren Stuhl fallen lassen und sah blass aus. Auf Josefs Gesicht spiegelte sich eine Mischung aus Besorgnis und Furcht und er wirkte überhaupt nicht mehr verdächtig. Majas Teflonschicht glich einer Tüllgardine, durchlässig an jeder Stelle. Niemand durfte ihre Familie beleidigen oder verdächtigen, schlimm genug, wenn sie wegen der dummen Rechen-Sache gestern Morgen dem Josef misstraute.

»Ich würde mir lächerlich vorkommen, Maja, wenn ich

mit so vielen fremden Herren zum Weihnachtskonzert müsste!« An Cleos Stimme konnte Maja erahnen, wie gut Cleo die Situation gefiel.

Der Josef war viel zu beschäftigt damit, auf Majas Mam einzureden, um das zu bemerken. Der Kommissar war im Gegenzug damit beschäftigt, Majas Mam und den Josef zu beobachten. Beide tuschelten, während Majas Mam immer blasser wurde. Maja hörte ihre Mutter Sätze sagen wie »Du musst es ihm sagen!«.

Majas Magen zog sich zusammen. Was sollte der Josef dem Kommissar sagen?

»Na, Geheimnisse?« Cleo fuchtelte mit ihrem Geigenbogen vor Majas Nase herum. »Scheinen sich ja ganz schön gut zu verstehen, deine Mutter und der Filztyp aus dem Hinterwald. Kann ich verstehen, dass du dir da den Kommissar mitnimmst zur Unterhaltung!«

Maja hätte am liebsten den Geigenbogen von Cleo in handliche streichholzgroße Stücke zerlegt, aber gnädigerweise fing das Konzert an und Cleo musste auf ihren Platz im Orchester. Maja war viel zu aufgewühlt, um der Musik zuzuhören. Immer wieder sah sie zu ihrer Mam und dem Josef hinüber, während der Kommissar das Programm auswendig zu lernen schien und die einzelnen Musikstücke unaufhörlich vor sich hin murmelte.

In der Pause hatte Majas Mam eine Gesichtsfarbe wie der Schnee, der inzwischen wieder gefallen war. Josef hielt ihre eine Hand und Maja die andere. Langsam schien auch der Kommissar aus seiner Verzückung zu erwachen – er hatte mitten im Stück geklatscht und am Schluss Bravo gerufen – und war nun damit beschäftigt, Kurzmitteilungen auf seinem Handy anzusehen. Der Josef ergriff die Gelegenheit und zog Maja und ihre Mam nach draußen auf den Flur. Sie sollten nach Hause gehen, meinte er, einmal wegen Majas Mam und wegen des Kommissars. Josef sagte auch was von »Nur noch bis 24. durchhalten« und Maja bezog es vorsichtshalber auf ihre Mam und das Elefantenbaby.

»Wir werden es nicht mehr lange geheim halten können«, stieß Majas Mam hervor und Maja kapierte gar nichts. Was denn geheim halten? Dass die beiden sich mochten? Das sah ja wohl ein Blinder.

»Wir dürfen Maja da nicht mit hineinziehen!« Da war sie wieder, die Angst, dass ihre Mam und der Filz-Josef ein Geheimnis haben könnten, das ihr Leben verändern würde. Die Sache mit dem Rechen hatte sich Maja also nicht nur eingebildet. Da war tatsächlich etwas dran. Schließlich waren sie dann ziemlich schnell gegangen, sogar ohne dem Kommissar Bescheid zu sagen. Das würde sicher noch Folgen haben.

Majas Mam hat sich zu Hause gleich hingelegt, nachdem der Josef ihr einen seiner berühmten Tees gemacht hatte und dann gegangen war. Und jetzt, heute Morgen, liegt sie immer noch im Bett, hat aber schon wieder rosa Farbe im Gesicht. Maja muss ununterbrochen über das »Durchhalten« nachdenken und an die Sache, in die sie nicht hineingezogen werden soll. Am liebsten würde sie heute nicht in die Schule gehen, aber man kann sich nicht krank melden und dann nachmittags auf dem Weihnachtsmarkt frisch und fröhlich Mandeln oder etwas anderes verkaufen. Auch nicht vier Tage vor Weihnachten. Auch nicht, weil man eine Mam hat, die sich kaum mehr bewegen kann, so breit wie sich das Elefantenbaby macht. Und auch nicht, weil der Kommissar wie ein Luchs um den Filz-Josef schleicht, weil er ihn scheinbar für den Hauptverdächtigen hält. Und auch nicht, weil Maja den Filz-Josef immer geheimnisvoller findet. Doch wer weiß, vielleicht wird doch noch alles gut ausgehen. Maja will nicht an eine Katastrophe glauben und wird heute erst einmal zu Wilma gehen und Hüte verkaufen.

Es ist schon Nachmittag, als Maja am Weihnachtsmarkt auftaucht. Eine Schneeballschlacht mit Cleo hat ihr eine Stunde Nachsitzen eingebracht. Man gönnt sich ja sonst nichts. Majas Mam allerdings wartet sehnsüchtigst auf ihre Tochter und die Ablösung.

»Schon wieder Ärger mit Cleo?« Man sieht Maja die Probleme anscheinend an der Nasenspitze an.

»Hm« ist alles, was Maja dazu sagen möchte, denn sie ärgert sich über sich selbst.

»Lass sie doch links liegen, dann kommt auch nichts zurück!« Majas Mam meint es nur gut, und mit ihrer ausgleichenden Art würde sie mit einem Störfeld wie Cleo auch sicher ganz anders umgehen. Wahrscheinlich würde sie eine weiße Fahne vor sich hertragen. Oder sich ein Kleid aus regenbogenfarbenem Stoff und einem Peace-Zeichen darauf nähen, damit die Message gleich mal klar ist.

»Wir haben doch hier wirklich genug Probleme, da solltest du dich nicht mit solchem Kinderkram belasten!« Der Ausdruck in dem Gesicht ihrer Mutter erinnert Maja an das Gesicht vom gestrigen Abend, als der Filz-Josef den Weltrekord im Ins-Ohr-Flüstern brechen wollte. Maja würde jetzt zu gern entgegnen, dass die letzten drei Wochen wohl alles andere als Kinderkram für sie waren, aber das würde die Diskussion in die völlig falsche Richtung führen.

»Maja, wir müssen reden, heute Abend. Und bitte, versuch so wenig wie möglich den Kommissar zu treffen!« Maja horcht auf. Wieso nicht?

»... wir müssen noch bis zum 24. durchhalten, das weißt du doch, sonst endet hier alles im Chaos!«

Super, klar, wir verschweigen, wer den Weihnachtsmann umgebracht hat, verschweigen am besten auch, dass es einer von uns war, und feiern dann ganz gemütlich Weihnachten. Wo, bitte, lebt ihre Mam denn? Oder was hat der Filz-Josef mit ihr gemacht, dass sie so drauf ist?

»Mam, so geht das nicht, wir dürfen doch kein Verbrechen verschweigen! Ich geh jetzt erst mal zu Wilma und helfe dort aus, und du gehst nach Hause, sobald Wilma bei dir aufkreuzt. Und heute Abend will ich verdammt noch mal endlich alles wissen. Ja?« Majas Ansage fällt ungewöhnlich heftig aus. Nichts kann sie mehr beruhigen und sie stürzt heulend über den Weihnachtsmarkt.

»Na, na, mon chère Maja, so 'art ist es auch wieder nischt, bei mir zu arbeiten, n'est-ce pas!« Wilma trägt einen kolossalen Hut auf ihrem sowieso schon runden Kopf. Rote Locken kringeln sich unter der gewagten Kopfbedeckung hervor, die entfernt an einen Regenschirm erinnert und vermutlich alle anderen Menschen wie eine Witzfigur aussehen lassen würde, nur Wilma nicht. Wilmas Hüte haben alle eine gewagte Note. Einige sind verziert wie Fresskörbe, andere ragen hoch auf und erfordern vom Träger sehr viel Mut, wieder andere sind weiche Kappen, die man nach allen Seiten geneigt tragen kann. Je nach Gesicht und Kopfform sieht das dann sehr trendig oder sehr bescheuert aus. Maja bekommt erst einmal ein Taschentuch gereicht und dann einen Hut aufgesetzt.

»Ist ein bis'schen viel für eusch beide diese Jahr, was Maja? Deine Maman, sie trägt für zwei, und du, wie ihr das 'ier stemmt, isch bin voll die Admiration, wie sagt man, Bewünderung!«

Etwas Besseres als Wilmas wunderbar kuscheliges Deutsch-Französisch und ihre grandiosen Hüte hätte Maja jetzt nicht passieren können. Mit diesem Ungetüm an Hut sieht die Welt doch schon wieder ganz anders aus.

»Gückst du, Cherie, gar nisch so schlecht die 'üt, voilà! 'ebt die Stimmung, auch wenn die Tage trüb!« Selma hebt den Zeigefinger zum Himmel, als wolle sie ein Loch in die dicke Wolkendecke schießen, und Maja bedankt sich für das kleine Weihnachtswunder, das ihr die gute Laune zurückgebracht hat. Und heute Abend wird sie mehr wissen. Aber jetzt sollen erst einmal recht viele Menschen »eine 'üt« kaufen. Mit dem Argument, dass sie gute Laune machen, müsste doch was gehen. Vorausgesetzt, sie muss nicht Bruno Wollweber beraten, dem sie aus Wilmas Sortiment gerne eine wollige Kappe verkaufen würde, die aussieht, als sei ein Kessel Gulasch explodiert. Und für den zweiten Launekiller, Cleo, die Stalkerin, hat Maja in Wilmas Sortiment auch schon etwas entdeckt. Einen Hut, der an einen Sektkühler erinnert. Genau passend für die Schneekönigin. Aber wie durch ein Wunder bleibt Maja heute von allen verschont. Verschont vom Koalabären-Mann, den sie gestern einfach beim Weihnachtskonzert sitzen gelassen haben, der aber hier endlich die passende Kopfbedeckung finden würde, und verschont von Cleo. Vielleicht hat doch jemand herausgefunden, dass sie die Schneeballschlacht in der Schule angezettelt hat, weshalb sie extralange nachsitzen muss? Maja weiß, dass das wohl eher Wunschdenken ist. Die Wahrheit wird sein, dass Cleo einen neuen Schlachtplan ausarbeitet, der am letzten Schultag die ultimative Weihnachtsüberraschung werden soll. Wohl dem, der in so einer Situation einen Hut hat, denn wie Wilma im Weggehen noch sagt: Das Wort Hut kommt aus dem Mittelhochdeutschen und heißt Schutz. Bei Wilma klingt der Satz allerdings so: »Das Wört 'üt kommt aus die Mittel'ochdeutsch und 'eißt Schütz!«

Schutz könnten hier einige Leute gebrauchen. Tatsächlich fühlt sich Maja mit dem albernen Hut geschützter. Wahrscheinlich sind Wilmas Hüte auch nicht einfach Hüte, sondern mit einem Zauber behaftet. So wie alle Handwerker auf diesem Markt irgendetwas Magisches haben. So magisch, dass sie alle auch irgendwie verdächtig sind.

Freitag, 21. Dezember

In der Küche duftet es nach Kakao und einem etwas herben Gewürz.

»Mam, röstest du heute alte Petersilie statt Toast oder was hast du hier gemacht? Es stinkt schrecklich!«

Maja hält sich die Nase zu und kauert sich auf ihrem rosa Stuhl zusammen, als würde der Geruch wie ein dickes Tier in der Küche stehen.

Mam scheint schon seit Stunden wach zu sein. Im Halbschlaf hat Maja Stimmen gehört, da war es noch tiefdunkel draußen, und Maja ist gleich wieder eingeschlafen. Jetzt fällt ihr alles wieder ein.

»Sag mal, Mam, was waren das für Geräusche heute mitten in der Nacht?«

Majas Mam schwankt ein wenig, bevor sie sich auf den hellblauen Stuhl setzt und die Hände um einen hohen Becher Tee legt.

»Das war die Hebamme, Maja. Sie hat so viel zu tun zurzeit, ganz zu schweigen von unserem eigenen Terminkalender, sodass sie nur frühmorgens kommen konnte. Ich hab gedacht, du schläfst und merkst es gar nicht.«

»Ich hab auch geschlafen, Mam, ich dachte, ich träume, aber scheinbar hab ich doch was gehört. Was will denn die

Hebamme hier, ich denk, die kommt erst, wenn das Baby da ist?«

Ihre Mam überreicht Maja das heutige Adventskalender-Schächtelchen, statt ihr eine Antwort zu geben. Heute sind vier kleine lila Schneckenhäuser darin, in die winzige Löcher gebohrt sind, sodass man sie ebenfalls als Kette auffädeln kann.

»Sind die aber süß!« Maja scheint die Sache mit der Hebamme darüber ganz vergessen zu haben und Majas Mam freut sich über ihren Gutschein: Nudeln kochen.

»Weißt du, Maja, Hebammen betreuen schwangere Frauen auch schon vor der Geburt, denn sie müssen ja wissen, wie sich der kleine Wurm da drin anfühlt.« Sie deutet in Richtung Bauchnabel und lässt den Finger kreisen. »Dieses Elefantenbaby hier hat sich was ganz Besonderes ausgedacht. Es liegt ein wenig schief, also noch nicht in der richtigen Startposition. Das ist nicht ideal, weder für mich noch für das Baby. Also muss die Hebamme versuchen, das Kind zu drehen. Dazu gibt es eine sanfte Methode. Sie hat dazu eine Art Riesenräucherstäbchen, ähnlich geformt wie eine Trompete, das ist mit bestimmten Kräutern gefüllt, und mit dem streicht sie am Bauch entlang. Und wenn wir Glück haben, werden dadurch Stoffe in meinem Körper angeregt, sodass Bewegung in das kleine Monster kommt!« Sie streicht liebevoll über den prall gespannten Bauch unter ihrem Pullover.

»Also wenn du mich fragst, Mam, wird es sich schon wegen des Gestanks wie ein Wirbelwind um die eigene Achse drehen. Puh, waren das überhaupt Kräuter oder Reste aus der Biotonne?«

Maja hopst um ihre Mutter herum und beruhigt singend das Baby: »Wird super bei uns, Kleines, wirst schon sehen, musst dich nur noch einmal drehen, einmal hin und einmal her, hey, little baby, das ist nicht schwer!« Mutter und Tochter müssen lachen und schrecken gleichzeitig auf, beim Blick auf die Uhr. Es ist kurz vor acht, und Maja ist weit davon entfernt, schulfertig zu sein. Während ihre Mam mal wieder eine Entschuldigung schreibt, macht Maja sich blitzschnell fertig und ist schon fast an der Tür, als ihre Mam ihr den Entschuldigungszettel gibt und einen dicken Kuss: »Bis heute Mittag, meine Süße, ich dank dir so sehr für die große Hilfe!«

Maja drückt ein dickes Bussi zurück, auch auf den Bauch, weil sie Bussis für ein besseres Startmittel hält als rauchende Stinkwurzeln.

Der Tag hat gut begonnen und aus unerfindlichen Gründen geht er auch genauso weiter. Keine Störungen durch die größte lebende Stinkwurzel auf zwei Beinen, keine unangekündigten Arbeiten unentspannter Lehrer, keine unvorhergesehenen Dinge. Einfach rund das Ganze, passend für einen letzten Schultag, und Maja trifft um halb zwei völlig entspannt am Weihnachtsmarkt ein. Schnelle Begrüßung für ihre Mam, die gerade im Akkord Mandeln brät, und schon zischt Maja ab zu Leila und ihren Duftpotpourries.

Duft-Leila steht, eine Schüssel schwenkend, vor ihrem Stand und nebelt ihn ein, denn neben dem Duftrauch, den die Schüssel abgibt, erzeugt auch die Wärme in der kalten Luft mächtig Dampf. An Leilas Stand sieht es nicht nur aus wie in einer Waschküche vor hundert Jahren, es riecht auch so. Lavendel und Rosen, Bergamotte und Geranie, Ringelblume und Thymian mischen sich zu einem betörenden Mix. Das riecht weitaus besser als die komischen Kräuter der Hebamme.

»Majinka, hast du Hungärr? Gäb ich dir Pastäte, hab ich sälbst gämacht mit Kräutern aus meinem schänen Gartän.« Leila selbst bezeichnet sich als europäisches Gulasch, denn sie kommt aus Ungarn, wo sie im Süden des Landes einen Garten geerbt hat. Seit einigen Jahren schon verbringt sie nun dort Frühjahr bis Herbst, baut Kräuter und Blumen im großen Stil an und trocknet alles, was ihr Garten hergibt. Bis zum November, wenn sie wieder nach Deutschland zurückkehrt, hat sie dann Hunderte von Gewürzpotpourries, Duftkissen, Duftwachsen und Duftsträußen angefertigt. Entzückend verpackt sind sie alle, ein Stück Sommer für lange dunkle Winterabende. Ihr neuester Renner sind kleine Duftkugeln, die man an Weihnachtsbäume hängen kann. Dort mischen sie sich köstlich mit dem Duft der Tannennadeln und machen, so meint Leila, einfach glücklich.

Wenn das so einfach wäre, denkt Maja, dann bräuchten doch alle Menschen nur noch den passenden Duft, und schon sähe die Welt sonnig und schön aus.

Sonnig scheint es heute auch zu werden. Eine dünne kalte Sonne quält sich zwischen hohen Wolken hindurch und taucht den Markt in ein klares Licht. Aus allen Ständen steigen kleine Rauchwolken auf, denn jeder müht sich bei den Minusgraden mit kleinen Öfen, dauerhafte Wärme in die Buden zu bekommen. Über dem Mandelstand ist die Dampfwolke besonders groß, denn Majas Mam röstet immer noch Megaportionen Mandeln. Eine fast greifbare Karamellwolke weht herüber und Leila schnüffelt in die Luft.

»Kannst du glaubän, Majutschka, dass diesärr Weihnachtsmann so etwas nicht riechen konnte? Hat ärrrr mir gesagt, dass wir alle romantische Trottel seien, wir würden Parfüm riechen, wo doch nur Müll sei! Was für ein scheußlichärr Määnsch.«

»Genauvielleischtkönnenschiemirdaschschagen, liebefrauleila!« Bruno Wollweber hat sich wie auf Gongschlag herangepirscht und grätscht nun in das bisher nette Gespräch zwischen Maja und Leila. Maja fällt augenblicklich das Wort Spaßbremse ein. Noch dazu gleicht der Kommissar heute einem alten, Eukalyptusblätter kauenden Koalabären, denn in seinen Backen scheint er Berge von Bonbons zu verschieben, weshalb seine Aussprache auch so undeutlich ist. Erst nachdem er eine von Mams entzückenden Tüten aus der Manteltasche holt, ahnt Maja, wo er vorher gewesen ist. Anscheinend musste Majas Mam heute Rede und Antwort stehen und deshalb diese Unmengen Mandeln braten.

Leila sieht den Kommissar mit großen braunen Augen an und zuckt die Schultern.

»Was soll ich sagään, er war mir schrääklich unsympathisch. War er ein Kötzbröcken gefüllt mit Gift. Sagt man so? Und wenn Sie fragän mich, Härrr Kommissärr, dann wird habän Hölle keinen Spaß mit diesem Stinkäärrr. Auch Teufel holt sich manchmal ganz schöne Scheusale in seinen Källär, no, aber brauchen wir nicht Mitleid haben, odärrr?«

Wollweber wiegt den Kopf. »Also Moral ist nicht mein Thema, sondern das Recht, aber niemand sollte gewaltsam zu Tode kommen, nicht wahr?«

Nun wedelt Leila aufgeregt mit zwei Lavendelsträußchen, die sie gerade aufhängen wollte. »Nein, nein, meine ich Mitleid mit däääm Teufel. Diesä Trauerkloß von einäämm Weihnachtsmann ist ein Unglück, das man nicht mährrrrr umdrähen kann, selbst Hölläää wird leidän!«

Maja rollt mit den Augen. Duft und Drehen, die Worte des Tages. Wenn das so ist, dann sollte sich Bruno Wollweber jetzt umdrehen und gehen. Leila sollte eine Drehung zum Mandelstand machen, und Maja wird heute gute Laune haben, weil der Duft an Leilas Stand tatsächlich glücklich macht. Leila scheint Majas Wunsch verstanden zu haben, bei Bruno Wollweber braucht es noch einen Wink mit dem Zaunpfahl.

»Herr Kommissar, brauchen Sie nicht noch ein Säckchen Blumen der Puszta, für einen Ihrer vielen Verwandten? Dann sollten Sie jetzt eins kaufen und es bald ins Warme bringen. Die getrockneten Pflanzen sind ja so empfindlich!« Maja hat in den vergangenen drei Wochen tatsächlich das Verkaufen gelernt, und es macht ihr auch noch Spaß. Und Bruno Wollweber spielt auf unvergleichliche Weise mit.

»Du hast so recht, ich bin ein furchtbar lästiger Mensch. Gib mir zwei von den Geranium-Mischungen und ich lass euch heute so was von in Ruhe!«

Was für ein Versprechen und er hält es auch noch. Leider kann man das von anderen Personen nicht sagen ...

»Mann, das stinkt ja wie im Wald!« Mit diesen Worten hat sich Cleo, kurz nachdem der Kommissar verschwunden ist, an den Duftstand herangepirscht. Maja hat das zwar kommen sehen, aber Cleo nicht kommen sehen, was den Unterschied macht, dass sie in diesem Augenblick nicht auf sie vorbereitet ist und zusammenzuckt.

»Sachte, sachte, ich will dich ja nicht fressen!« Cleo gibt die Treuherzige. Immer ein schlechtes Zeichen, dann sind ihre Angriffe besonders heimtückisch. Maja hat ihre Teflonschicht noch nicht in Position gebracht.

»Was kann ich Gutes für dich tun, Cleo?«

»Och so 'n Säckchen verschrumpelter Blumen könnte ich gebrauchen, kann man die auch als Juckpulver einsetzen oder rauchen?«

Maja verzieht das Gesicht.

»Mann, entspann dich, es war ein Scherz!« Cleos Gesicht sieht nach Haifischattacke aus und nicht nach Scherz.

»Mensch, Cleo, lass doch einfach gut sein für heute.« Weiter kommt Maja nicht, denn Cleos Blick fällt auf eine Tüte besonders zarter Rosenblätter, die man sich zur Dekoration in eine Schüssel legen kann. Das sieht nicht nur schön aus, sondern duftet auch noch.

Cleo drückt ein wenig auf dem Zellophan herum und einzelne Blätter zerfallen zu Bröseln. Majas Teflon bekommt Risse und ihr Gesicht hektische Flecken.

»Lass das!«

»Macht mir aber Spaß!«

»Das wirst du bezahlen!«

»Einen Dreck werde ich!«

»Wenn ich losschreie, steht im nächsten Augenblick der Kommissar wieder hier!«

»Mach doch, du Feigling!«

»Warum bist du nur so ... so ... widerlich ... gemein ...« Maja ist den Tränen nahe, und wenn sie eines nicht will, dann das.

»Heul doch!« Cleos Gesicht strahlt wie ein Weihnachtsbaum im Einkaufszentrum, denn es ist ihr mal wieder gelungen, jemanden aus der Fassung zu bringen. Wäre in diesem Augenblick nicht Majas Mam vorbeigekommen, um Maja zu sagen, dass sie sich heute prächtig fühlt und sich gar nicht zu Hause ausruhen muss, wäre die Sache wohl noch grottiger ausgegangen.

So aber hat Majas Mam zum ersten Mal die unfreundliche Kommunikation zwischen ihrer Tochter und Cleo live mitbekommen.

Und hat bis zum Abend, als sie schon zu Hause gemütlich in der Küche sitzen, nicht aufgehört, Maja auszufragen.

»Wieso macht die das? Und was treibt die denn die ganze Zeit am Weihnachtsmarkt? Das ist doch total merkwürdig?«

Majas Mam versucht gerade ihre Füße zum Schneidersitz zu formen, was ihr aber nicht gelingt.

»Mam, versuch's erst gar nicht, das Elefantenbaby macht keinen Platz für deine Füße!« Vielleicht ein netter Versuch, ihre Mam abzulenken von dem Thema, denkt Maja, denn was sie auf keinen Fall möchte, ist, dass sich ihre Mam auch noch Sorgen macht wegen so einer lästigen Mitschülerin.

»Ich glaube, sie hat keine anderen Mittel, sich mitzuteilen, wahrscheinlich hat sie zu Hause nichts zu lachen!« Mam analysiert.

»Mam, hör auf, über Cleo nachzudenken.« Maja will davon nichts mehr hören, denn das Thema Filz-Josef brennt ihr eigentlich mehr auf der Seele. Tatsächlich sagt sie aber: »Wie wollen wir es morgen machen? Soll ich morgen vor dem Markt noch einkaufen? Dann komme ich aber später, das heißt, du kannst erst später heimgehen und dich hinlegen!«

»Hab ich doch heute auch nicht gemusst!« Majas Mam strahlt und tätschelt sich den Bauch. »Es wird kräftiger und ich auch!« Zweifelsohne, ihre Mam hat jetzt XXL-Format, und als es an der Tür klingelt, springt sie schnell auf, um ihre Kräfte zu beweisen.

Samstag, 22. Dezember

Endlich, der Toni ist wieder da. Gleich nachdem ihn der Josef am Freitagabend vom Bahnhof abgeholt hatte, sind sie bei Maja und ihrer Mam vorbeigekommen. Sie mussten alle Neuigkeiten der Woche erzählen. Angefangen mit Xavis akademischen Holztieren bis zum Weihnachtskonzert mit dem Kommissar. Zu gerne hätte Maja die Sache mit Tonis Vater und dem Rechen erzählt und noch lieber, dass offensichtlich ihre Mam und der Josef ein Geheimnis hüten, aber Maja hat sich nicht getraut, diese Themen anzuschneiden. Toni hat selbst gebackene Plätzchen von seiner Großmutter mitgebracht, die sie in der karibisch-weihnachtlichen Küche aufgeknabbert haben. Irgendwoher hat Majas Mam eine CD mit italienischen Schnulzen gezaubert, die was von Meer, Sonne und großer Liebe erzählt haben, und sowohl der Josef als auch der Toni haben im Schein der vielen Kerzen, die Majas Mam angezündet hat, ausgesehen wie auf einem alten Bild: Toni mit seinen braunen Locken, die ihm in alle Richtungen abstehen, und Josef mit seinem wettergegerbten Gesicht, der gestrickten Jacke aus Schafswolle und der Filzweste, dem braun und beige gemusterten Schal – alles schimmerte in solch warmen Brauntönen, dass Maja sich gar nicht sattsehen konnte. Wie zum Teufel sollte dieser Mann etwas Böses getan haben? Wenn es einen Preis im »lieb Schauen« geben würde, könnten sich Toni und sein Vater um den ersten Platz streiten. Aber vielleicht lag auch alles an Majas Mam, die mit einem blauen Kapuzenpulli und einer roten kuscheligen Wolldecke um die Mitte »Maria kurz vor der Niederkunft« immer ähnlicher wird. Wo auch immer der Lenker aller Dinge sich versteckt, hier hatte er ganze Arbeit geleistet, fand Maja. Alle Sorgen waren mit einem Mal weg. Als Toni und sein Vater gingen, war die Stimmung wie Weihnachten, Ostern, große Ferien und Geburtstag zusammen. Maja war so zufrieden mit dem Abend, dass sie sicher war, dass alles gut werden würde. Und für ihre Mam vielleicht sogar supergut, denn der Josef schien sie wirklich zu mögen. Vorausgesetzt, der Josef hatte nichts angestellt. Doch an diesem Abend wollte Maja nicht mehr darüber nachdenken.

Als Maja am nächsten Morgen aufwacht, ist draußen fast noch kein Tageslicht zu sehen. Sie denkt noch einmal an den gestrigen und letzten Schultag. Nachdem nun Ferien sind, wird Cleo ihr wohl nichts mehr antun können, außer für 14 Tage aus ihrem Gesichtsfeld zu verschwinden. Wahrscheinlich wird sie Ferien auf einem superteuren Eisschloss machen und sich Gemeinheiten für das nächste Jahr ausdenken. Und Maja wird nun Zeit haben, die Löcher in ihrer Teflonschicht zu flicken. Und mit einem Kumpel wie Toni an der Seite fühlt man sich stark, auch wenn er nicht um die Ecke wohnt. Allerdings hat eine Kleinigkeit nicht so gewirkt, als ob Cleo gechillte Ferien haben würde. In der Mathestunde haben sie Rechenspiele gespielt, mathematische Rätsel und Denksportaufgaben. Nachdem Maja alle problemlos lösen konnte und Cleo auf keine der Fragen eine Antwort wusste, hat Maja direkt Mitleid bekommen. Auch hat Cleo längst nicht so selbstbewusst ausgesehen wie in den vergangenen Wochen. Maja hat fast so etwas wie Schadenfreude empfunden, als die Lehrerin Cleo den Tipp gab, die Ferien zum Nachlernen zu nutzen, nur Cleos Antwort hat sie irritiert: »Danke, werd genügend Zeit dafür haben!« Nanu, es wird doch nicht ihr ganzer Hofstaat ausgeflogen sein? Und irgendwie hat Maja immer angenommen, dass die Eltern von Cleo genügend Kohle besitzen, um sich teure Skiurlaube leisten zu können. Also Maja wüsste viele Dinge, die sie in ihrer Ferienzeit lieber machen würde, als sich mit unverständlichen Gleichungen zu beschäftigen.

Als Maja wenig später, nach dem versprochenen Einkauf, auf dem Weg zum Weihnachtsmarkt ist, hört sie nur allzu bekannte Schritte hinter sich. Schritte einer Eiskönigin. Maja beschleunigt. Sie will weder in eine Schneeballschlacht noch in ein Wortgefecht verwickelt werden. Weit und breit sind allerdings keine Cleo-Freundinnen zu sehen. Die wird doch nicht etwa einen Einsamkeitsanfall haben? Maja dreht sich um und bleibt stehen, so abrupt, dass Cleo fast über sie stolpert.

»Was gibt's denn?« Maja versucht so überrascht wie möglich zu tun.

»Was soll's schon geben, ist ja wohl nicht verboten, denselben Weg zu nehmen?« Cleos Stimme ist schneidend wie ein Messer.

»Aber musst du so gehen, dass du mir an den Fersen klebst?«

»Hat sich so ergeben!«

»Na dann lass ich dir jetzt den Vortritt!«

»Wird auch Zeit!«

Cleo düst ab, und Maja hat das Gefühl, dass sie am Weihnachtsmarkt einige böse Überraschungen erwarten werden. Wie böse, ahnt sie allerdings noch nicht, als sie Toni von hinten die Hände über die Augen legt. Der hat schon den ganzen Vormittag die Auslagen neu geordnet und den Stand auf Vordermann gebracht. Anscheinend hat sein Vater die Zeit genutzt, um Mam Gesellschaft zu leisten. Maja weiß, wie kuschelig das ist, denn neben Mams Elefantenbabybauch ist im Mandelstand eigentlich kein Platz mehr.

»Servus, Maja, na, wie ist der erste Ferientag?« Toni freut sich sichtlich und verstaut Majas Einkaufstüten hinter einem Karton Filzwolle, die sich dort in allen Regenbogenfarben stapelt. Kurze Zeit später kommt auch sein Vater.

»Schön war das gestern, Maja. Pass auf, ich würd dir gern was erzählen!« Jetzt kommt's, denkt Maja und spürt, wie die Panik in ihr aufsteigt. Irgendwie hat sie das alles verdrängt.

»Ich wollte dir noch ein bissl was über das Filzen erzählen ... Nachdem du nun schon an allen Ständen ausgeholfen hast, hast du doch sonst eine Wissenslücke.« Der Filz-Josef streicht sich über seinen dichten Bart und grinst, als wolle er Maja das Filzen anhand seines Bartes erklären. Maja atmet erleichtert aus, mit so was Harmlosem und Überflüssigem wie Filz hat sie gar nicht mehr gerechnet. Und ehrlicherweise ist ihr der Josef immer noch unheimlich. Deshalb macht Maja auf hektisch. »Keine Zeit, Josef, muss heute zum Glühwein-Sandro und dort aushelfen.«

Kurz darauf kommt Maja am Stand von Glühwein-Sandro an, der sie mit einem Becher Kinderpunsch empfängt.

Das Erste, was Maja auffällt, sind die entzückenden Gläser, in denen das Gebräu serviert wird. Sandro hat eine Gläserlinie entworfen, und jeder, der zwei Euro mehr für den Glühwein, Punsch oder warmen Sangria hinlegt, bekommt das Glas dazu. Auf den Gläsern tanzen kleine Fantasievögel zwischen Blumenranken. Orange, Zitronengelb und Rosa sind die Grundfarben. Das ist zwar überhaupt nicht weihnachtlich, aber Majas Mam hat gesagt, dass sie das sehr an ihre Jahre in der Karibik erinnert, wo Weihnachten ein quietschbuntes Fest ist.

»Olà, Maja, wenn deine Mama es erlaubt, darfst du heute die Kinderpunsche ausschenken. Nichte die Gebräue mit die Alkohol, da bekomme ich Ärger mit die Aufseher hier und mit dem Commissario, diese Bruno Wolleweber!« Ob Sandro Spanier ist oder nur so tut, ist Maja nie ganz klar. Jedenfalls bringt er auf köstliche Art die Artikel durcheinander und setzt gerne an alle Worte ein E dran.

»Und wer schenkt dann die alkoholischen Sachen aus?« Maja hat leider gleich den Knackpunkt in Sandros Plan entdeckt.

»Chica, chica, wase füre eine Frage!« Sandro rauft sich seine schulterlangen schwarzen Haare und ahnt, dass er einen Denkfehler gemacht hat, denn er muss ja eigentlich am Mandelstand Mandeln verkaufen und Maja soll derweil seinen Stand hüten. Das Ganze geht aber nicht auf, wenn Maja die alkoholischen Getränke nicht ausschenken darf.

Sandros Haare haben, nachdem er ununterbrochen darin gewühlt hat, die Form von Biberbauten nach der Sturmflut angenommen und unter seinen dunkelblau schimmernden Bartstoppeln zeichnet sich eine tiefrote Färbung ab.

»Du, das alles wege diese Weihnachts-Harlekino!« Sandros Augen funkeln tiefseeschwarz, während Maja denkt, dass Sandro schon wieder einen Programmierungsfehler hat, denn der Rollentausch mit den anderen Standbesitzern findet ja nicht wegen des toten Weihnachtsmannes statt, sondern wegen des Elefantenbabys, das Mam ständig auf der Blase hockt.

»Vielleicht muss Mam ja heute gar nicht nach Hause und ich helfe ihr einfach bei den Mandeln, dann kannst du hier weitermachen?«

Sandros Gesicht hellt sich etwas auf.

»Dase wäre wunderbar, denne iche macke die beste Glühweine seit die Römerzeiten!«

Toll, das kann ja auch überhaupt keiner nachprüfen, denkt Maja, aber Sandro ist jetzt in seinem Element.

»Iste nicht damit getan, dass du mixte Gewürznelken, Sternanis, Zitronenschalen, Zimte unde Zucker, du musste auch verwenden die tiefe, schwere Weine aus die Süden unseres Spanienlandes. Alles andere iste keine Glühwein, sondern Gifte. Dem Nicolo-Harlekino hätte iche das gegeben!«

Maja hätte mit sich selbst wetten können, dass bei Sandros letzten Worten Bruno Wollweber aus dem Nichts auftaucht. Er taucht dann zwar nicht aus dem Nichts, sondern hinter Sandros Bude auf, hat aber offensichtlich alles gehört.

»Ah Maja, hallo, und der Herr Sandro. Was haben Sie für interessante Theorien? Glühwein gleich Giftwein?« Bruno Wollweber hebt fragend die Schultern und macht eine Lauschbewegung mit den Händen.

»Nichtse für ungute, Herr Commissario, ware nur eine Vergleiche. Bei mir bekomme die Kunden nur die beste heiße Weine, der nicht kranke, sondern gesunde macht. Gewürzweine kennte man schone seit die Antike, damals hatte die Weine Aufgabe von Medizin. Wein darfe nur ein wenig erhitzt, so 70 Grade, nichte mehr, sonst werden Stoffe in die Gewürze frei, die machen ...«, Sandro macht das Bekloppt-Zeichen, »und dann iste gefährlich, sonste nichte!«

»Und warum hätten Sie dem Weihnachtsmann dann die gefährlichere Variante verkauft?« Der Kommissar ist wieder in seinem Element: lästige Fragen stellen.

Und Maja hat wieder einmal das Gefühl, die Situation retten zu müssen.

»Wollen Sie nicht einen Kinderpunsch? Wahrscheinlich dürfen Sie im Dienst ja keinen echten trinken …« Maja hat schon eines der hübschen Gläser gefüllt und dem Kommissar gereicht. »Man kann die Gläser auch behalten, sind die nicht total süß?«

Der Koalabären-Mann nippt. Das hat schon mal geklappt, der Rest wird sich finden, wenn Sandro die Klappe hält. Tut er aber nicht.

»Sie werden nichte treffen auf niedere Qualität von Weine in meine Sangrias oder Glühweine, Herr Commissario, das iste Ehrensache!«

»Aber Sie haben doch gerade gesagt, dass Sie dem Weihnachtsmann sehr gerne einen schlechten Glühwein angedreht hätten?!« Der so gemütlich aussehende Bruno Wollweber gibt keine Ruhe.

Sandro windet sich. »Neine, eine Redensarte, Sie wissen doch, dasse die Manne eine schlechte Manne war!«

»Bis jetzt wissen wir nicht genau, wie schlecht der Mann tatsächlich war!« Bruno Wollweber hat nun nichts Gemütliches mehr an sich, als er fortfährt. »Er mag zwar lästig und unfreundlich gewesen sein, aber das ist ja noch kein Verbrechen. Einen Mann allerdings mit einem spitzen Gegenstand zu erschlagen, ist sehr wohl ein Verbrechen!«

Der Blick des Kommissars ist fest auf Sandros kohlschwarze Augen geheftet. Sandros Blick flackert. Und vermutlich wäre er entweder in Tränen ausgebrochen oder hätte sich in noch mehr Widersprüche verheddert, wenn nicht Majas Mam die Situation gerettet hätte, unfreiwillig, aber zum richtigen Zeitpunkt, als sie kurz vom Mandelstand herüberkommt.

»Maja-Schatz, Entwarnung, mir geht's prächtig, der kleine Elefant scheint sich gedreht zu haben und ich fühle mich pudelwohl. Kannst mir bei den Mandeln helfen oder einfach nach Hause gehen und chillen, hm, ist das ein Angebot?«

Maja weiß nicht so recht. Soll sie Sandro jetzt allein lassen, der so aufgelöst wirkt, als würde er gleich mit einem Kopfsprung in seinen Sangria-Eimer flüchten, oder soll sie ihrer Mam helfen und den 22. Nachmittag auf dem Weihnachtsmarkt verbringen, allerdings wohl geschützt gegen Cleo-Attacken? Oder soll sie endlich mal einen ruhigen Nachmittag zu Hause im Warmen genießen und vielleicht mal an die eigenen Weihnachtsgeschenke denken?

»Du kannst doch auch fernsehen oder eine Freundin besuchen!« Majas Mam scheint beste Laune zu haben, die sich dem Himmel sei Dank auch auf die beiden Herren überträgt.

»Frau Wiedemanne, magste du eine alkoholfreie Glühpunsche?« Sandro verteilt mit zitternden Händen gefüllte Gläser. »Herr Commissario, noch eine Schlucke, auf nur eine Bein stehte man schlechte!«

Jetzt endlich müssen alle lachen, denn Bruno Wollweber hebt ein Bein, und das sieht so ähnlich aus, als würde ein Koalabär versuchen, Tango zu tanzen. Außerdem hat der Kommissar Blut geleckt, und zwar weniger an weiteren Fragen zu seinem Fall als an der Aussicht, umsonst an zwei entzückende Glühweingläser zu kommen.

»Die wären was für die Frau meines Bruders!« Prima, denkt Maja, dann nimm doch die Gläser und troll dich, du dicker Bär, das wäre ein kleines Weihnachtswunder. Auch Sandros Blick sagt Ähnliches. Nur Majas Mam ist von all den Verdächtigungen irgendwie weit entfernt. Ihr Gesicht leuchtet, als auch noch der Filz-Josef auftaucht, der Sandro komische Zeichen macht. Und ihr Gesicht leuchtet, als eine Musiktruppe südamerikanische, aber dennoch weihnachtliche Melodien spielt. Maja entscheidet sich tatsächlich für einen ruhigen Nachmittag und umarmt ihre Mam zum Abschied, die in der Zwischenzeit den Kommissar untergehakt hat. Der wiederum kann gar nicht schnell genug die Gläser in seiner Manteltasche verschwinden lassen und folgt Majas Mam zum Mandelstand – ein sicheres Mittel, um den Kommissar die nächsten Stunden ruhigzustellen. Mit einem Mund voller Mandeln fragt sich's einfach schlecht.

Sonntag, 23. Dezember

Majas Mam sind beim sonntäglichen Frühstück die Mühen der vergangenen 22 Tage anzusehen, auch wenn durch das Rotationssystem Ruhezeiten für sie rausgesprungen sind. Gleichzeitig weiß sie aber auch, dass viel auf Majas Rücken ausgetragen wurde. Was sie nur am Rande ahnt, ist, was Maja durch die Pestbeule namens Cleo auszuhalten hatte, die das Wort Fairness weder buchstabieren kann noch genau weiß, was es bedeutet. Aber damit will Maja ihre Mam nicht mehr belasten, die Cleo-Plage scheint ja ausgestanden, und die letzten zwei Tage werden sie auch noch hinkriegen, vorausgesetzt, der Kommissar verhaftet nicht den ganzen Weihnachtsmarkt. So ähnlich hat es Toni formuliert, beim Pizzaessen in ihrer karibischen Küche. Majas Mam hat die beiden am Abend einfach mitgebracht, und Maja, die in Wollsocken und mit Wärmflasche gemütlich auf dem Sofa lag, musste sich erst einmal den Schlaf aus den Augen reiben, was ihr ein wenig peinlich war, weil Toni sie beobachtet hat.

Als sie sich dann, nachdem die Pizzen verputzt waren, von Josef und seinem Sohn verabschiedet haben, hat der Josef verdächtig lange die Hand von Majas Mam gehalten. Anscheinend wollte Toni es ihm nachmachen und hat Majas Hand auch eine halbe Ewigkeit festgehalten. So lange, dass Maja ihm die Hand mit einem Ruck entziehen musste. Man muss es ja echt nicht übertreiben, findet Maja, als sie ihrer Mam beim Frühstück davon erzählt. Eigentlich will Maja noch einmal auf das Thema Josef kommen. Denn die Sache mit dem Rechen auf dem Weihnachtsmarkt hat sie nicht vergessen. Aber so wie ihre Mam heute aus der Wäsche schaut, kann Maja froh sein, wenn der Tag gut vorübergeht und der Rosenkugel-Joscha heute für sie fachmännisch den Mandelstand betreut.

Der Kugel-Joscha ist Russe und sein Stand mit den schillernden Rosen- und Weihnachtskugeln gleicht einem Glaspalast. Wie man Hunderte zarter Glaskugeln kilometerweit transportieren kann, um sie auf einem Weihnachtsmarkt auszustellen und zu verkaufen, ist Maja ein Rätsel, das sie schon beim Glasbläser-Willi, ihrem ersten Hilfsjob am Weihnachtsmarkt, nicht lösen konnte. Vielleicht verrät ihr der Joscha auch gleich, wie man sich inmitten dieser zerbrechlichen Ware gegen Terrorziegen wehren kann. Und vielleicht hat er auch einen Tipp, wer den Weihnachtsmann um die Ecke gebracht hat, damit sie den guten Wollweber heute möglichst zügig loswird.

Jetzt, als Maja dem Kugel-Joscha gegenübersteht, ahnt sie, dass das heute eine echte Herausforderung wird, denn vor dem Stand liegen schon drei zerbrochene Kugeln. Diesmal war es der Wind, aber wenn Maja an Cleo denkt, fällt ihr eher das Wort Tornado ein. Wenn Cleo heute noch im

Lande ist, wird es ohne Katastrophenmanagement sicher nicht gut laufen.

»Hallo, Maja!« Joscha packt mit rissigen Händen Majas Handschuhhand und schüttelt sie heftig. Erstaunlich, wie so kräftige Pranken so etwas Zartes fertigen können.

»Hast du Hunger?« Joscha überreicht Maja eine Bratwurstsemmel mit dick Senf drauf, der sich zwischen den Brötchenhälften einen Weg nach draußen sucht.

Maja nimmt das Brötchen nur zu gern an. Joscha ist ein Berg von einem Mann und sein Gesicht ist zur Hälfte mit einem grauen Bart bedeckt. Unter seiner grüngrauen Strickmütze stehen seine wuscheligen Haare nach allen Seiten ab. Mehrere Schichten Wolle lassen ihn aussehen wie ausgestopft, und dennoch bewegt er sich zwischen seinen Glaskugeln, als wäre er im Ballett.

»Heute hast du Schanze, zu zeigen Geschick, Maja. Ist nicht einfach, zu heben Glaskugel!« Also das hätte Maja sich jetzt schon noch zugetraut, diese leichten Kügelchen hochzuheben, aber vermutlich ist es einfach Joschas russisch-deutsche Ausdrucksweise, die Glaskugelheben zu einem Kraftakt macht.

»Musst nicht Angst haben vor Kugel!« Joscha dreht eines der zierlichsten Exemplare in der Hand.

Sehr lieb von Joscha, denkt Maja, dass er mit ihr wie mit einem Vollidioten spricht, denn vermutlich wird Cleo sie im Laufe des Nachmittags zum Vollidioten machen.

»Jede Kugel hat Seele. Wenn Kunde Kugel will, musst du verkaufen Seele!«

Das wird ja immer toller, für jedes Glaskügelchen die Seele zu verkaufen, scheint Maja ein hoher Preis. Ganz so zartfühlend war der Glasbläser-Willi nicht.

»Maja, schau hier, das sind Rosenkugeln. Haben große Tradition in Gartenkunst. Sind eigentlich Abfallprodukt von Glasbläser-Handwerk. Murano, kleine Insel bei Venedig, hatten schon Kugeln für Gärten von Reichen vor 600 Jahre. Auf andre Seite sind Christbaumkugeln.« Joscha streicht sich bedächtig über den Bart und hebt eine der rot schillernden Christbaumkugeln, in deren Glas Spiralen geblasen sind, hoch. An zierlichen Krönchen kann man die runden Kunstwerke aufhängen.

»Christbaumkugeln sind junge Erfindung. 19. Jahrhundert. Aus den Glasmanufakturen in Thüringen und Böhmen. Früher haben die Leute erst Äpfel und Nüsse an Weihnachtsbäume gehängt. Aber ist wenig prachtvoll, Apfel wird in Stube schrumplig und Nuss ist runzlig. Dann haben Leute angefangen, Kerzen auf Bäume zu stecken. Kaum war Licht an Baum, wollten Menschen noch mehr Glanz. So ist mit Menschen. Haben nie genug. Wenn schön, muss schöner, wenn hell, muss heller, wenn reich, muss reicher.«

Maja hat das Gefühl, dass das Gespräch jetzt ein wenig philosophisch werden könnte, und Philosophie ist immer etwas, das sich zieht. Sie erinnert sich da noch gut an ihren Paps, der ähnlich weit ausholen konnte, auch wenn es nur darum ging, die Idealzeit zum Eierkochen zu ermitteln. Auf keinen Fall will Maja jetzt einen Grundkurs in Weltphilosophie machen. Dazu sah ihre Mam heute früh viel zu blass aus, als dass sie ohne Hilfe durch den Nachmittag käme. Also muss Maja versuchen, Joscha möglichst schnell zum Mandelstand zu bugsieren, und sie selbst kann dann sehen, wie sie den zerbrechlichen Kugelladen am Laufen hält. Aber Joscha zieht erfreulicherweise selbst die Bremse.

»Will dich nicht langweilen mit Kugeln. Nur so viel. Glaskugel aus Böhmen hat Siegeszug gemacht über Teich!« Maja muss grinsen, jetzt können die Kugeln schon schwimmen, denkt sie.

»Kaufhaus-Fritze aus Amerika hat 1888 erste Kugeln nach Amerika importiert, und was soll ich sagen: sehhrrr großes Erfolg!« Joscha breitet die Arme aus, als wolle er damit sagen, dass seine Kugeln echt das Zeug zum Weltbestseller hätten.

Maja rutscht ein knappes »Super, das ist ja eine echt runde Sache« raus. Joscha soll sich jetzt einfach an den Mandelstand verziehen, sonst wird das nix mit Mams Ruhestunde. Schneller, als Maja lieb ist, passiert genau das, also das mit dem Verziehen. Nachdem Joscha Maja noch Luftpolsterfolie, Seidenpapier und die Pappschächtelchen gezeigt hat, in denen die Kugeln in jedem Fall transportiert werden müssen, ist er auch schon weg. Keine Sekunde zu früh. Aber zu spät für Bruno Wollweber.

»Nein, der Joscha ist nicht der Mörder, der Weihnachtsmann ist nicht mit einer Glaskugel erschlagen worden und schon gar nicht an den Splittern einer Rosenkugel erstickt!« Bevor der Kommissar etwas fragen kann, platzt Maja mit dem Satz heraus.

»Und am besten, Sie nehmen gleich Kugeln in drei Größen, dann können Sie ermitteln, welche für welches Familienmitglied die passende ist!« Bruno Wollweber reißt die Augen auf und ist das erste Mal, seit Maja ihn kennt, sprachlos. Allerdings wundert sich Maja auch über sich selbst, denn so forsch ist sie dem Kommissar noch nie entgegengetreten.

»Wie kommst du drauf, dass ich dich das fragen will?« Wollweber setzt einen Blick gespielter Unschuld auf. Maja sieht hinter Bruno Wollweber den Kugel-Joscha erneut auftauchen, der scheinbar etwas vergessen hat. Maja versucht ihm mit den Augen ein Zeichen zu geben, aber Joscha achtet gar nicht auf sie, sondern dreht den Koalabären-Mann an den Schultern zu sich herum.

»Hören Sie, Kommissar, wenn Sie wissen wollen, wer dem Weihnachtsmann den Lichtschalter ausgedreht hat, fragen Sie Glaskugel. Ist für viele Menschen schöne Methode, Wahrheit zu sehen. Versuchen Sie damit, aber lassen Sie uns zufrieden. Sie nerven wie Luftblase in flüssiges Glas.«

Maja bekommt den Mund nicht mehr zu. Der Joscha redet sich um Kopf und Kragen. Aber wieder einmal erstaunt sie Bruno Wollweber.

»Ja, Herr Joscha, das ist ja eine zauberhafte Idee. Bin ich selbst noch gar nicht draufgekommen. Wer weiß, vielleicht hätte ich auf diese Art manchen Fall viel schneller gelöst.

Dann wollen wir mal sehen ...« Der Kommissar hat eine besonders große Rosenkugel in die Hand genommen und dreht sie flink in beiden Händen. Plötzlich lässt er sie fallen und fängt sie erst kurz vor dem Boden wieder auf.

»Oha, Herr Joscha, tut mir leid, hab ich Sie erschreckt? Aber die Wahrheit kann manchmal ganz schön schwer sein, wenn man da nicht aufpasst, wird das eine zerbrechliche Angelegenheit. Wo waren Sie eigentlich am Tag vor Nikolaus?«

Maja kann dann nur noch Wortfetzen verstehen, denn Bruno Wollweber hat Joscha in Richtung Mandelstand gezogen, wo Majas Mutter schon unruhig auf die Ablösung wartet. Man kann dem Kommissar eigentlich nicht vorwerfen, dass er den Betrieb aufhält. Er hält sich an die Spielregeln, demnächst wird er noch selbst Mandeln verkaufen. Darüber muss Maja schon wieder lachen. Allerdings nur kurz, denn die zweite Bedrohung des Weltfriedens betritt gerade den Platz. Cleo in russischer Pelzmütze und einem bodenlangen Mantel, der mit Fellkragen und Puscheln an den Ärmeln besetzt ist.

»Na, noch alle Murmeln, oh entschuldige, Glaskugeln an der Waffel, Maja? Falls nicht, kannst du dir ja hier ein paar borgen!« Cleo ist bei dem Witz wieder einmal ihr bestes Publikum und hat Mühe, die Mütze auf dem Kopf zu behalten, weil sie so über ihre Worte lachen muss.

Majas Teflonschicht scheint heute aus Glas. Maja stellt sich breitbeinig vor den Stand, sodass Cleo nicht an die Auslagen treten kann.

»Was denn, ich will doch nur ein paar Glaskugeln kaufen. Wird sich der Typ, dem der Stand gehört, nicht freuen, wenn du ihm das erste Geschäft des Tages versaust!« Cleos Stimme hat einen schrillen Tonfall angenommen, und Maja erinnert sich daran, dass manche Menschen in bestimmten Tonhöhen Glas zersingen können. Bloß nicht. Wenn Cleo jetzt einen Kreischkrampf bekommt, weil sie sich ärgert und ihr die Worte ausgehen, wird sie es womöglich fertig bringen, mit einem einzigen Piepsen ihres Kehlkopfs Joschas gesammeltes Kugellager zum Platzen zu bringen.

Vielleicht geht Majas Fantasie heute tatsächlich ein wenig mit ihr durch, denn sie versucht, Cleo den Mund zuzuhalten. Blöder kann man sich nicht anstellen. Nicht in der Nähe von Hunderten von Glaskugeln. Es kommt zum Gerangel und dann natürlich so, wie es kommen muss. Drei Kugeln sausen in den Schnee, weil Cleos voluminöser Mantel wie ein Drachenflügel an den Glaskugeln entlangstreift. Maja springt zur Seite und reißt Cleo nach hinten mit sich, weit weg von den Kugeln. In der Zwischenzeit kommt Joscha erneut angerannt, und Maja sieht, wie Bruno Wollweber tatsächlich den Posten am Mandelstand übernimmt.

Die Welt gerät aus den Fugen. Für Maja in jedem Fall, die in Tränen aufgelöst ist und sich noch mehr ärgert, dass ihr das vor Cleo passiert, die mit triumphalem Lächeln davonschreitet.

»Ist das Tochter von totem Weihnachtsmann?« Joscha

sieht Cleos wehendem Mantel nach. »Dann muss sie aufpassen, dass ihr nicht selbes Schicksal passiert wie Vater!«

Joscha tätschelt Maja die Wange und Maja läuft es ein wenig kalt den Rücken herunter.

So temperamentvoll der Tag begonnen hat, er geht ruhig weiter, ohne besondere Vorkommnisse, außer dass Majas Mam eine Stunde früher Schluss macht, nachdem sie Joscha abgelöst hat. »Die Luft ist raus, Maja, wir haben uns tapfer geschlagen. An diese Adventszeit werden wir uns noch lange erinnern. Du jeden Tag an einem anderen Stand, eine Hilfe, für die ich dir gar nicht genug danken kann und den lieben Freunden hier am Markt natürlich auch. Aber jetzt gehen wir einfach heim, den letzten Vormittag werden wir dann morgen auch noch rumbekommen!«

Ein bisschen wehmütig schauen Josef und Toni ihnen nach, traurig, dass es keinen gemeinsamen vorletzten Abend geben wird. Aber vielleicht ist es schon ganz gut, sich daran zu gewöhnen, denn bald werden sie sich überhaupt nicht mehr sehen. Und Maja merkt, dass sie sich das gar nicht vorstellen mag.

Montag, 24. Dezember

Über dem Weihnachtsmarkt liegt noch eine gespenstische Ruhe, als Maja und ihre Mam an Heiligabend den letzten Schlitten Mandeln für diesen Winter dorthin ziehen.

»Wieso ist es so still hier?«, fragt Majas Mam, und ihre Stimme klingt gepresst, als hätte sie eine Vorahnung.

»Keine Ahnung, das war doch früher nicht so. Am 24. steppt doch hier schon ganz früh der Bär, oder?« Maja kommt es ebenfalls merkwürdig vor, obwohl sie bei »steppendem Bär« an einen tanzenden Bruno Wollweber denken muss, und das ist eher komisch.

Als sie um die Ecke zum Eingang biegen, sehen sie allerdings auch den Grund für die Stille. Um den ganzen Weihnachtsmarkt parken Polizeiautos, zahlreiche Polizisten stehen herum und sprechen in Funkgeräte. Die Standbesitzer, die schon ihre Stände hergerichtet haben für den Endspurt bis heute Mittag um 12 Uhr, warten dicht gedrängt in Grüppchen. Nur einer steht abseits. Zusammen mit Bruno Wollweber, der eifrig etwas auf einen Zettel schreibt. Majas Mam kneift die Augen zusammen.

»Was ... was ... Josef ... was ist denn los?« Tatsächlich ist es der Filz-Josef, der neben dem Kommissar steht und verzweifelte Handbewegungen macht. Immer wieder zeigt er auf die Spitze der großen Tanne. Maja sieht ebenfalls hinauf, kann aber nichts entdecken, außer dass der Stern ganz oben auf der Spitze heute ganz besonders schief sitzt.

Ihre Mam ist mittlerweile zum Josef gegangen und steht dicht bei ihm. Nun gestikuliert auch Majas Mam. Dennoch kommen zwei Polizisten und führen den Josef ab. Einfach so. In Handschellen und ohne ein weiteres Wort. Maja hört einen verzweifelten Toni schreien: »Nicht, mein Papa ist unschuldig, glaubt mir doch, das ist Quatsch. Er würde so etwas nie tun! Aufhören!« Erst als ihm Majas Mam den Arm um die Schultern legt und Maja ebenfalls, beruhigt er sich etwas.

»Tja, meine Damen und meine Herren, wie es aussieht, haben wir kurz vor Schluss den Fall gelöst! Auch, und das müssen Sie mir glauben, wenn es mir unendlich leidtut, dass ganz offensichtlich der Herr Josef der Täter ist!« Bruno Wollweber hat ein Gesicht zwischen bekümmerter Waschbär und stolz wie Oskar.

»Bitte, das kann nicht sein, lassen Sie mich erklären!« Maja hat ihre Mam selten so aufgeregt gesehen. »Das war mit Sicherheit ganz anders, als es jetzt aussieht!«

Bruno Wollweber zieht die Augenbrauen hoch, als wolle er sagen: nicht noch eine Erklärung, wie der Fall abgelaufen sein könnte.

»Frau Wiedmann, die Beweislage ist eindeutig, so eindeutig wie Schneekristall oder Gletscherwasser. Wir haben an der Streuguttonne Fingerabdrücke von diesem Herrn gefunden, das haben unsere flotten Jungs von der

Spurensicherung nun auch schon nach bald drei Wochen herausgefunden.« Der Kommissar hüstelt und deutet mit dem Fausthandschuh der rechten Hand in Richtung seiner Kollegen, von denen einige weiße Anzüge tragen und auf allen vieren auf der Erde kriechen. Das lässt sie ein wenig wie Eisbären aussehen, und wäre die Situation nicht so verzweifelt schrecklich, würden Maja und Toni wohl herzlich lachen. So aber sehen sie, wie Tonis Paps mit jener Handbewegung in ein Polizeiauto befördert wird, die man aus dem Fernsehen so gut kennt: Ein Polizist drückt dem Josef den Kopf nach unten, damit er sich nicht absichtlich am Türrahmen verletzt, und schließt schwungvoll die Tür hinter ihm. Bruno Wollweber tippt sich an die graubeige Mütze und steigt ebenfalls in das mit laufendem Motor wartende Auto. Zurück bleiben Maja, ihre Mam, Toni und ein Dutzend Standbesitzer, die Maja in den letzten dreieinhalb Wochen so lieb gewonnen hat.

»Det iss 'n Irrtum vom Amt, dette kann nich sein. Ick fress 'nen Besen mit Senf druff, wenn det wahr is!« Lina, die Schmucktante, lässt ihrem Unglauben Luft.

Ebenso Aifa, die schöne Äthiopierin mit den Strickpullovern für Hunde: »Särr grrrroßßees Unglück. Wirrrr müssen Josäffffff rrrrrrääättttttään!«

»Ich habä das Gefühl, das ist einä großä Verschwörung!«Leila hat Tränen in den Augen.

»Polizeistaat, sag ich, Polizeistaat, kann keiner wolln ... so was, kann keiner ... wolln ...« Der Glasbläser-Willi gurgelt Worte heraus wie Reißnägel. Jedes einzelne scheint die Zuhörer ins Herz zu treffen, denn nun sieht Maja, dass auch ihre Mam angefangen hat zu weinen. Und Emma und Selma und Mereth auch. Auch Maja muss schlucken. Aber als sie sieht, dass der Toni noch unglücklicher bei der ganzen Heulerei wird, reißt sie sich zusammen.

»Was ist denn eigentlich geschehen?« Maja versucht es mal mit Vernunft und Teflonschicht, das hat ja die vergangenen Wochen ganz gut geklappt. Zumindest hin und wieder.

Aus den kleinen Grüppchen löst sich der Kirschkern-Rudi, der bislang nichts gesagt hat. »Die haben heute Nacht noch mal die ganze Gegend auf den Kopf gestellt. Wenn ihr mich fragt, will dieser tapsige Kommissar den Fall nur schnell noch vor Heiligabend abschließen, damit er nicht wie ein Volltrottel in die Feiertage geht oder womöglich auch noch arbeiten muss. So viele Geschenke, wie der in den letzten Tagen bei uns eingekauft hat, muss der jetzt drei Tage lang Familienfeste feiern.«

Toni scheint das alles gar nicht zu hören. Er steht wie betäubt da und lässt die Schultern hängen. In die Gruppe der anderen Standbesitzer kommt jetzt Bewegung, denn die Kirchturmuhr schlägt 9 Uhr. Am letzten Tag kommen immer einige Besucher schon früh, um Last-Minute-Geschenke zu kaufen. Selbst vor dem traurigen Hintergrund wollen sich die Standbesitzer das nicht entgehen lassen. Sogar Majas Mam scheint einen Sinn darin zu sehen, weiterzumachen wie bisher. Mechanisch sperrt sie das Schutzgitter des Standes auf. Mit einer Fingerbewegung bedeutet sie Maja und Toni, ihr mit dem Wegheben des Gitters zu helfen. Wie Marionetten funktionieren sie alle. Kurz darauf blubbern die ersten Mandeln im Topf, und Toni und Maja befüllen die letzten Tütchen, die noch übrig sind. Für alle Fälle haben sie noch weiße unbemalte und unbedruckte Tütchen dabei, sollte der Andrang zu groß werden. Keiner von ihnen spricht ein Wort. Welch ein Glück, dass heute alle Menschen in Zeitnot zu sein scheinen, denn niemand hat Muße für ein Schwätzchen, alle wollen nur mal schnell eben ein paar Mandeln, um sich den Einkaufsstress zu versüßen. Toni kann heute nichts mehr die Laune versüßen. Maja versucht ihn mit ein paar belanglosen Geschichten aufzumuntern. Und immer wieder mit dem Satz: »Es ist bestimmt ein ganz, ganz großer Irrtum!«

»Das ist ein ganz, ganz großer Scheißdreck!« Tonis Antwort erschüttert Maja, weil so gar keine Hoffnung mitklingt.

»Glaubst du denn nicht an die Unschuld von deinem Paps?« Maja erinnert sich an die Szene mit dem Rechen im Schnee und ahnt, dass der Toni eventuell doch mehr weiß, es aber nie gesagt hat.

»Paps hat gesagt, dass der Idiot von Weihnachtsmann sogar im Tod Scherereien macht! Warum sollte er das sagen? Und außerdem hat er gesagt, dass Gift für den zu schade sei! Und jetzt das ...«

Maja versteht allerdings jetzt gar nichts mehr.

»Was meinst du damit?«

»Der flauschige Kommissar, den wir bisher immer für eine Witzfigur gehalten haben, hat gesagt, dass mein Paps den Weihnachtsmann vergiftet hätte. Denn jetzt haben sie Gift in seinem Körper nachgewiesen, und zwar eines, das schnell wirkt.«

»Aber ich dachte, der ist erstochen worden?« Majas Mam schaltet sich nun auch ein, nachdem ihr eine Fuhre Mandeln verbrannt ist und der ganze Stand ein wenig verkohlt riecht.

»Ja, vergiftet und erstochen, so als ob's einer sehr gründlich machen wollte! Und jetzt glauben sie, dass es der Paps war, weil seine Fingerabdrücke auf der Streuguttone kleben und auf der Gürtelschnalle vom Weihnachtsmann, die sie jetzt gefunden haben. War gut versteckt unter dem ganzen Schnee der letzten Tage. Und irgendwelche Kameras haben meinen Paps dabei gefilmt, wie er was im Schnee gesucht hat.« Maja wird es heiß, und sie muss erneut an den Vorfall denken, als sie den Josef kniend im Schnee beobachtet hat. Gleich bei der Streuguttonne, so als ob er etwas suchen würde.

Maja möchte die Zweifel vertreiben, die sich gerade klebrig wie Kaugummi in ihrem Kopf festsetzen, sie will Toni etwas Tröstendes sagen, so was wie »Das ist ein Zufall« oder »Falsch ausgewertete Spuren« oder »Völliger Mist«. Aber kein Wort kommt ihr über die Lippen, so geschockt ist sie von ihrer eigenen Ungläubigkeit.

***

Inzwischen ist es 11 Uhr und Maja, ihre Mam und der Toni verkaufen wie Roboter die letzten Mandeln. Ein paar Stammkunden wundern sich über die unpersönliche Art der drei, schieben es aber auf die Anstrengungen der letzten Wochen. Von der Verhaftung heute früh haben sie nichts mitbekommen. Ein paar regen sich darüber auf, dass es der Besitzer des Filz-Standes wohl nicht mehr nötig hat, am letzten Tag seinen Stand aufzumachen, aber ansonsten ist alles wie gewöhnlich. Sogar Cleo taucht auf und schlendert zwischen den Ständen herum. Als sie allerdings am Mandelstand vorbeikommt, sieht sie nur ganz kurz zu Maja herüber. Traut sich anscheinend nicht, irgendwelche Dummheiten zu machen, weil Maja nicht allein ist.

Um 11.45 Uhr kommt Sandro mit den letzten Resten heißen Kinderpunschs zu ihnen herüber und Trockenobst-Senta bringt Apfelringe zur Stärkung. Viele Worte verlieren sie alle nicht, der Schreck sitzt tief. Als Majas Mam den Becher mit dem Punsch nimmt, sieht Maja, wie ihre Hände zittern. Sie kann kaum die Tasse halten. Als Punkt 12 Uhr über Lautsprecher verkündet wird, dass die Organisatoren des Künstlerweihnachtsmarkts allen Gästen und Budenbetreibern ein schönes Weihnachtsfest wünschen, möchte Maja am liebsten den Lautsprechern den Stinkefinger zeigen. Schönes Weihnachtsfest ... ein Witz.

Nun leert sich der Markt schnell, als ob jemand auf einen Knopf gedrückt hätte. Alle Standbesitzer schließen in

Windeseile ihre Buden. Sperrgitter werden vorgeschoben, Schlösser angebracht. Richtig abbauen werden sie nach den Weihnachtsfeiertagen, jetzt will jeder nur noch nach Hause zu seiner Familie, die er vielleicht über drei Wochen nicht gesehen hat. Maja und Toni starren wie betäubt auf die sich eilig verabschiedenden Standbesitzer. Hier ein Winken, dort ein »Macht es gut«. Fast sieht es so aus, als wollten sie die Flucht ergreifen, nicht dass noch mal jemand auf die Idee kommt, sie auszuhorchen, selbst wenn sie nicht glauben können, dass der Filz-Josef ein Mörder ist.

Majas Mam steht immer noch reglos da, mit der Teetasse in beiden Händen, und starrt auf den gespenstisch leeren Markt, als plötzlich die Tasse zu Boden fällt, wo sie im Schnee weich landet. Majas Mam krümmt sich über dem Röstkessel und hält sich den Bauch. Gleichzeitig fährt ein Polizeiauto vor, aus dem der Koalabären-Mann steigt. Umständlich wurstelt sich der Kommissar aus dem Auto, unter den Arm hat er ein längliches Paket geklemmt, das in hellblau geblümtes Geschenkpapier gehüllt ist. Maja kann es nicht glauben, der wird ihnen doch nicht etwas zu Weihnachten schenken wollen? Ein anderer Polizist zieht den Filz-Josef aus dem Wagen. Dann fährt das Polizeiauto davon und lässt einen bepackten Kommissar und einen Filz-Josef in Handschellen zurück. Doch Maja hat keine Zeit, sich zu wundern.

»Hilfe, bitte kommt doch, ich glaub, es geht los!« Maja versucht ihre Mam davor zu bewahren, in den Schnee zu sinken, der Toni rennt auf seinen Vater zu und springt an ihm hoch, nur der Kommissar steht da und weiß nicht, wohin er zuerst schauen soll. Im Nu ist Josef bei Majas Mam und stützt sie so gut es mit Handschellen eben geht. Hastig ruft er seinem Sohn zu, er soll den Filz-Stand öffnen.

»Aber Paps, da klebt ein Polizeisiegel, das kann ich nicht machen!« Toni schaut zweifelnd auf den silbernen Klebestreifen, der über dem Schloss an ihrem Stand klebt.

»Das ist ein Notfall, reiß es weg und schließ auf, schnell!« Josefs Worte klingen gepresst, denn er muss Majas Mam halten, dabei versuchen, ihr mit den Handschellen nicht wehzutun, und gleichzeitig will er seine Fracht zum Filzstand führen.

Nun kommt auch Leben in den Kommissar. »Was soll das, Siegel dürfen nicht aufgebrochen werden!« Er fuchtelt mit seinem Paket herum, das die Form eines Brotlaibs hat.

»Schnell, Toni, hilf mir, ich kann sie nicht mehr lange halten. Herr Kommissar, sehen Sie denn nicht, was hier los ist, jetzt machen Sie mir schon die Handschellen ab, ich kann so nicht arbeiten!«

»Sie sollen nicht arbeiten, Sie sollen mir beweisen, dass Sie die Wahrheit sagen!«

»Später, jetzt müssen wir erst einmal ein Kind auf die Welt bringen!«

»Was?!« Kommissar Wollweber läuft unter seiner Mütze rot an und ähnelt einem Kapuzineräffchen in Panik.

»Gott wie rührend, ein Christkind, na das ist ja eine süße Geschichte, Maja, dass ausgerechnet dir Pechvogel das passieren muss, ein Geschwisterchen, das dir gleich zur Geburt die Schau stiehlt …« Scheinbar aus dem Nichts ist Cleo aufgetaucht und möchte gerade ihren Auftritt auskosten, als Majas Mam einen Schrei loslässt, der allen in die Glieder fährt. Sie klammert sich an den Josef: »Du bist doch unschuldig, oder? Ich weiß es, er ist unschuldig!« Maja erkennt die Stimme ihrer Mutter nicht wieder. Irgendetwas zwischen Dampfkochtopf und Alarmglocke.

Der Toni hat es endlich geschafft, den Stand aufzusperren.

»Hey, Mädchen, ja, du mit deinem Prinzessinnen-Mantel, hol heißes Wasser, da in meiner Thermoskanne muss noch welches sein. Toni, du nimmst dem Kommissar dieses blöde Paket ab, damit er mir endlich die Handschellen losmachen kann.« Der Josef fackelt nun nicht lange, Majas Mam muss irgendwohin gebracht werden, wo sie weich liegen kann. Josefs Handy liegt auf dem Polizeipräsidium, Maja hat keines, bleibt nur Bruno Wollweber. Der aber klammert sich an das Paket, als sei es das Liebste, was er hat, und ruft trotzig: »Ich geb meinen Christstollen nicht her, am Ende vergiften Sie ihn noch, wie den Zimtstern vom Weihnachtsmann!«

Wollweber presst das Paket, das wohl ein 4-Kilogramm-Christstollen ist, an seine Brust, während der Filz-Josef sich aufrichtet, nachdem er Majas Mam halbwegs auf eine dicke Lage Filzdecken gebettet hat, mitten in seinem Stand auf dem Boden, zwischen Plastikschachteln voller Filzpantoffeln und Kissen, Filztaschen und dicken flauschigen Zöpfen unverfilzter Wolle in allen Regenbogenfarben.

»Reden Sie doch keinen Schmarrn!« Der Filz-Josef scheint zehn Sachen gleichzeitig zu machen: Majas Mam beruhigen, Filzdecken herbeischaffen, Tücher suchen und den Fall aufklären. »Der Weihnachtsmann wollte uns alle erpressen. Hat gesagt, er würde vergiftete Sachen auslegen, wenn wir nicht spuren würden. Schutzgeld wollte er von uns. Für jede Kleinigkeit, die nicht korrekt sei, wollte er uns verpfeifen. Und wenn wir nicht wollen würden, dass ein Unglück geschieht, sollten wir ihm ein Zehntel unserer Tageseinnahmen abgeben!«

Maja und Toni und auch Cleo sehen sich gegenseitig an. Wenn das wahr ist, war der Weihnachtsmann noch schrecklicher als gedacht. Der Kommissar scheint aber immer noch nicht daran zu glauben, steht unschlüssig da, abwägend, ob er die Handschellen nun aufschließen soll oder nicht.

»Jetzt legen Sie doch endlich mal Ihren blöden Stollen zur Seite, und entweder rufen Sie jetzt einen Krankenwagen oder Sie nehmen mir die Handschellen ab, am besten beides!«

Majas Mam lässt wieder einen markerschütternden Schrei hören, von dem Maja glaubt, er müsse im Umkreis von fünf Kilometern zu hören sein, aber niemand kommt, niemand hilft. Die kleine Truppe aus Kommissar, Filz-Josef, Cleo, Toni und Maja ist ganz allein mit Majas

Mam, die tatsächlich mitten auf dem Weihnachtsmarkt um 14.00 Uhr an Heiligabend in einem Haufen Filz ein Kind zu bekommen scheint.

Der Kommissar fuchtelt mit Handschellenschlüssel, Handy und Christstollen herum. Cleo, die solche Fälle der Hilflosigkeit immer ausnutzt, springt herbei, nimmt dem Kommissar den Schlüssel ab und schnappt sich mit der anderen Hand das Handy. Den Schlüssel wirft sie Toni zu. Während Toni bei seinem Vater die Handschellen aufmacht, versucht Cleo, das Handy von Bruno Wollweber zu aktivieren. Sie ist ziemlich geschickt im Umgang mit fremden Handys, findet Maja, die sich neben ihre Mam gekniet hat und ihr mit einem sauberen Tuch die Stirn abtupft. Im Minutentakt verkrampfen sich ihre Gesichtszüge. Majas Mam diktiert Cleo die Nummer der Hebamme, die Gott sei Dank direkt um die Ecke wohnt und verspricht, in 5 Minuten am Weihnachtsmarkt einzutreffen. Bruno Wollweber rennt nun los, um der Hebamme entgegenzueilen, damit sie auch den richtigen Stand findet.

»Das ist das Vernünftigste, was Sie tun können, Herr Kommissar!«, meint der Josef, reibt sich seine Handgelenke und umarmt dann kurz Toni. Bruno Wollweber aber ruft im Wegrennen: »Sie bleiben hier und rühren sich nicht von der Stelle, Sie sind immer noch der Hauptverdächtige!«

Weit kommt der Kommissar allerdings nicht. Er hält noch immer den Christstollen vor seine Brust gepresst und übersieht dabei im Laufen ein Kabel, das vom Tannenbaum bis zu einem Verteilerkasten läuft. Das Kabel versorgt die vielen Lämpchen des Baums mit Strom und lag die vergangenen Wochen verdeckt im Schnee. Durch das ganze Verhaftungschaos und den hastigen Abbau schaut es vorwitzig hervor. Es steht gerade hoch genug empor, dass sich die Schuhspitzen von Bruno Wollwebers Stiefeln darin verfangen können und er im gestreckten Flug vornüberfällt. Im Fallen lässt Bruno Wollweber endlich den Stollen los, und das gute Teil fliegt einige Zentimeter von Bruno Wollweber entfernt in den Schnee. Durch das Berühren des Kabels ist der Christbaum ins Wanken geraten, neigt sich bedrohlich zur Seite, bebt hin und her. Dabei löst sich der Stern, der bereits schief saß, von der Spitze und saust blitzschnell herab. Fünf Zacken aus Stahl leuchten in der untergehenden Sonne wie fünf Schwerter. Toni, Cleo, Josef, sogar der Kommissar, der sich am Boden rasch auf den Rücken herumgerollt hat, sehen den Stern fallen, direkt auf den Kommissar zu, der neben seinem Stollen im Schnee mit den Beinen zappelt.

Wumm! Mit einer Spitze steckt der Stern mitten im ... Weihnachtsstollen, wo er noch ein wenig nachbebt.

»Wenn Sie mir bisher nicht geglaubt haben, Herr Kommissar, hier ist der Beweis. Ganz genauso erging es dem Weihnachtsmann. Der rannte auch in aller Eile davon, als ich ihn entdeckt habe. In der Nacht, bevor der Weihnachtsmarkt eröffnet werden sollte, wollte er vergiftete Zimtsterne auslegen. Aber ich bin ihm auf die Schliche gekommen und hab ihn verfolgt. Er hat Panik bekommen und ist dann losgerannt, gerade so wie Sie, direkt in die Stolperfalle hinein. Leider hatte er nicht das Glück, einen dicken, fetten Butterstollen dabeizuhaben, sondern hatte nur kleine, feine, aber vergiftete Zimtsterne in seiner Brusttasche. Als dann der Stern vom Baum fiel, genauso wie bei Ihnen, hat sich eine Spitze in seine Brust gebohrt. Er ist also nicht nur daran gestorben, sondern auch noch an dem Gift seiner eigenen Zimtsterne!« Schnell sprudeln die Worte aus Josefs Mund hervor, während der Kommissar ungläubig den Stern im Stollen betrachtet.

»Aber wieso haben Sie das denn nicht gleich der Polizei erzählt?« Bruno Wollweber richtet sich langsam auf, als er das fragt.

»Weil Sie mir dann so sehr geglaubt hätten wie heute? Weil Sie mich dann verhaftet hätten? Weil Sie dann den Stand gleich am ersten Tag gesperrt hätten? Und den ganzen Weihnachtsmarkt gleich dazu? Und ihr Scheißsiegel auf alles gepappt hätten? « Der Josef hat endgültig keine Geduld mehr mit dem Kommissar. Eigentlich will er ja auch zu Majas Mam und ihr helfen. Er rauft sich die Haare. Cleo steht da mit einer Thermoskanne mit heißem Wasser, die sie beim Glühweinstand aufgegabelt hat, weil Sandro seinen Stand schlampig abgeschlossen hat. Toni aber grinst von einem Ohr zum anderen, so sehr ist ihm die Erleichterung anzusehen.

Endlich taucht die Hebamme auf und geht gleich in den Stand zu Majas Mam. Schreie dringen aus dem Filzstand, und plötzlich ist ein neuer Laut zu hören. Zunächst ein leises Wimmern, wie von einem jungen Hund, dann ein kräftiges, aber sehr hohes Krähen, das gar nicht aufhören will. Der Josef stürzt zu seinem Stand und öffnet die Tür. Hinter ihm versuchen Toni, Cleo und der Kommissar in die Bude zu linsen. Wie ein dickes Knäuel bleiben alle im Türrahmen stecken. Keiner traut sich weiterzugehen. Langsam schiebt sich der ganze Pulk wieder rückwärts, weil die Hebamme mit Maja herauskommt. Mit einem sehr feierlichen Gesicht, in den Armen ein Bündel Filzdecken und Geschirrtücher, aus dem heraus das leise Krähen zu vernehmen ist.

»Ein Christkind!« Cleo findet – wer hätte es gedacht – als Erste ihre Stimme wieder. Josef nimmt der Hebamme das Bündel ab und wiegt es selig. Kommissar Wollweber reibt sich die Fäustlinge und bekommt eine rote Nase und noch rötere Äuglein. Nach wenigen Minuten schaut Majas Mam erschöpft aus dem Filzstand: »Darf ich vorstellen, Luna!« Und Maja schaut in den immer dunkler werdenden Himmel, dorthin, wo, wie sie vermutet, derjenige sitzt, der für Weihnachtszauber zuständig ist, und murmelt: »Du musst ja wohl immer das letzte Wort haben!« Dann schaut sie wieder auf die kleine zusammengewürfelte Truppe und den Neuzugang Luna, ihre Schwester, die so winzig ist, dass Maja gar nicht glauben kann, dass sie immer von einem Elefantenbaby gesprochen haben.

Gar nicht viel später kommt die kleine Gesellschaft bei Maja zu Hause an. Die Hebamme hat sich in Sorge um ihren Weihnachtsbraten schnell verabschiedet und versprochen, am nächsten Tag vorbeizukommen und noch einmal nach Mutter und Kind zu sehen.

Maja hat das Baby getragen, der Kommissar seinen Christstollen, den er vom Weihnachtsstern befreit hatte, Cleo trug noch immer die Thermoskanne. Von der großen Tanne hat der Filz-Josef einige Zweige abgeschnitten, die er nun in eine Vase stellt. Majas Mam legt sich gleich hin. Neben ihr liegt die winzige Luna. Ein geschäftiges Treiben herrscht in der kleinen Wohnung. Erstaunlicherweise tut Cleo, was man ihr sagt. Irgendwann fragt Toni sie, warum sie an Heiligabend nicht daheim ist. Als Maja dann hört, dass ihre Eltern eine Riesenparty feiern und gar nicht bemerken würden, ob sie da sei oder nicht, ahnt sie, warum Cleo in den vergangenen Wochen so oft auf dem Weihnachtsmarkt herumhing und zickig war.

»Und Sie, Herr Kommissar, müssen Sie nicht zu Ihrer Riesenfamilie und all die Geschenke verteilen, die Sie uns freundlicherweise in den letzten Wochen abgekauft haben?« Die Stimme vom Filz-Josef klingt belustigt.

»Ach wissen Sie, das ist so eine Sache mit Wunsch und Wirklichkeit, und manchmal sind eben die Dinge nicht so, wie sie scheinen, und man wünscht sich eine große Familie und hat tatsächlich nur eine sehr kleine, also um es ehrlich zu sagen, gar keine!« Bruno Wollweber scheint diese Ausfragerei sehr unangenehm zu sein, gleichzeitig erinnert er wieder an einen sehr, sehr traurigen Koalabären, den man beim Naschen von jungen Eukalyptusblättern erwischt hat.

»Schön, dass Sie das einsehen«, erwidert der Josef, »die Dinge sind manchmal nicht so, wie sie scheinen. Exakt so ist es. Der Weihnachtsmann hat sich selbst umgebracht, zugegeben unfreiwilligerweise, und ich habe ihn in die Streuguttonne befördert, damit wir in Ruhe den Weihnachtsmarkt beginnen konnten. Gut, das war nicht korrekt, aber wenn Sie die Situation bedenken ...« Josef hebt entschuldigend die Schultern. In diesem Augenblick schiebt sich ein kleines, feines Wimmern in die Unterhaltung, und alle gehen zu Majas Mam, um Majas winzige Schwester zu bewundern, die in der Zwischenzeit Windeln und einen Strampler anhat. Josef setzt sich auf die Bettkante, und wenn man es nicht besser wüsste, könnte man ihn für den stolzen Vater halten. Toni hat Majas Hand genommen und schaut sie ununterbrochen an, doch Maja ist vollkommen damit beschäftigt, Cleo anzustarren, die aus der Küche eine Platte mit Schinkenbroten bringt, die sie wohl in der Zwischenzeit zubereitet hat.

»Tja, Selbstständigkeit lernt man in meiner Familie«, ist ihr Kommentar dazu, als alle dankbar zugreifen. Bruno Wollweber hat ebenfalls eine Platte in der Hand, die er herumreicht – Stollen für alle.

Am Ende des Heiligabends, den alle, bis auf Majas Mam und Luna, in der Küche gefeiert haben, sind sie sich einig, dass dies wohl das seltsamste und auch schönste Weihnachtsfest war.

Bruno Wollweber bringt Cleo nach Hause, die plötzlich gar nicht mehr nach zickiger Schneekönigin klingt, sondern irgendwie richtig nett war heute Abend. Josef hat Toni im Schlepptau, der eigentlich gerne bleiben würde. Und Maja schickt einen letzten Blick in den Nachthimmel, in dem dicke Schneeflocken wirbeln. Winterzauber ist also noch zu steigern. Wie es aussieht und vor allem wie Josef Majas Mam und das Baby ansieht, werden sie Josef und Toni bald und nicht erst in einem Jahr wiedersehen. Und auch Bruno Wollweber wird wiederkommen, gleich am nächsten Tag will er alle seine Geschenke verteilen, und Cleo hat vorgeschlagen, beim Aufräumen zu helfen. Wenn das mal alles keine riesengroßen Weihnachtswunder sind?

Maja betrachtet die drei kleinen Perlenarmbänder, die sie an ihrem freien Nachmittag geknüpft hat. Ein Miniarmbändchen für das Baby, eines mit nur zwei Perlen an einem Lederband, also jungstauglich und somit für den Toni, und eines für ihre Mam. Zwei Perlen hat sie noch übrig, daraus macht sie vielleicht ein Versöhnungsband für Cleo.

Zufrieden steigt Maja in das Paar Filzpantoffeln, das ihr der Toni geschenkt hat. Vorne sind zwei Herzen eingefilzt und die Innenseite ist aus rosafarbener, sehr weicher Wolle. Und wenn man darauf läuft, ist es wie auf Wolken ...

Weitere Bücher von Claire Sing

ISBN 978-3-7607-3604-4

Sommer, Sonne, Italien!
Auf dem Campingplatz muss Karlotta
ganz schön aufpassen, damit sie sich
nicht gehörig verzettelt!
Mit echten Briefchen im Innenteil!

Auch zu bestellen unter:
www.arsedition.de

arsEdition

ISBN 978-3-7607-7961-4

Papa Bonbons italienische Liebe Rosalia kommt zu Besuch und mit ihr Giulio, Rosalias Neffe. Das ist vielversprechend, findet Karlotta, aber leider sieht sie von Papa und seinem Besuch bald nicht mehr als bunte Zettel am Kühlschrank, die sie ganz schön verwirren.
Mit echten Zetteln im Innenteil!

Auch zu bestellen unter:
www.arsedition.de

Die magische Erfolgsreihe

ISBN 978-3-7607-2823-0

Schwarze Magie und Mitgliedschaft bei den Schwarzen Zauberkutten werden in der Hexenwelt streng bestraft. Die 13-jährige Elena Bredov kann sich nicht vorstellen, dass ihr Vater Leon tatsächlich schuldig ist. Doch die Zauberrichter fällen ihr Urteil: Leon Bredov soll fortan verflucht sein zu einem Leben als Grüner Leguan! Entehrt und verarmt bleibt den Bredovs nur ein einziger Ausweg: das HEXIL – ein Aufenthalt in der Menschenwelt. Unerkannt leben Elena und ihre Familie unter den Menschen. Aber bald schöpfen Elenas Mitschülerinnen Nele und Jana Verdacht. Wer ist die geheimnisvolle Neue in ihrer Klasse?

Auch zu bestellen unter:
www.arsedition.de

Der verhängnisvolle Fluch

978-3-7607-2823-0

Das magische Amulett

978-3-7607-2824-7

Das Rätsel des Dornenbaums

978-3-7607-4055-3

Gefangen in der Unterwelt

978-3-7607-4179-6

Die große Prüfung

978-3-7607-5055-2

Späte Rache

978-3-7607-5230-3

In magischer Mission

978-3-7607-6378-1

Die Macht der Acht

978-3-7607-6680-5

Der dunkle Verräter

978-3-7607-8355-0

Auch zu bestellen unter:
www.arsedition.de